U0919006

A SINGLE SPY

独行间谍

[美国] 威廉·克里斯蒂 著
王 波 王一多 苏士浩 译

译林出版社

图书在版编目（CIP）数据

独行间谍 /（美）威廉·克里斯蒂
(William Christie) 著；王波，王一多，苏士浩译．—
南京：译林出版社，2023.12
(后窗文库)
书名原文：A Single Spy
ISBN 978-7-5447-8852-6

Ⅰ.①独… Ⅱ.①威… ②王… ③王… ④苏… Ⅲ.
①长篇小说－美国－现代 Ⅳ.①I712.45

中国版本图书馆 CIP 数据核字（2021）第 216922 号

独行间谍 ［美国］威廉·克里斯蒂 / 著 王 波 王一多 苏士浩 / 译

责任编辑 赵 奕
装帧设计 薛顾璨
校 对 戴小娥 王 敏
责任印制 闻媛媛

原文出版 Minotaur, 2017
出版发行 译林出版社
地 址 南京市湖南路 1 号 A 楼
邮 箱 yilin@yilin.com
网 址 www.yilin.com
市场热线 025-86633278
排 版 南京展望文化发展有限公司
印 刷 江苏凤凰通达印刷有限公司
开 本 890 毫米 ×1240 毫米 1/32
印 张 12.625
插 页 2
版 次 2023 年 12 月第 1 版
印 次 2023 年 12 月第 1 次印刷
书 号 ISBN 978-7-5447-8852-6
定 价 69.00 元

目录

第一部分

新苏联人

第一章　1936年，苏联阿塞拜疆

骡子的脾气上来了，喉底鼓动着沉沉的声响。趁它还没叫唤起来，阿列克谢赶紧从地上跃起，顺着它的鼻子、耳朵捋着。它要是发出震耳欲聋的嘶叫声，就会把他们所有人都毁了。终于，骡子在沙子里来回蹭着前蹄，消停下来，不作声了。若是一头骡子恼了，只要让它想点别的，很快它就会忘得一干二净。真的不能逆着它的性子硬来。当然，别人肯定会抽打这些牲畜，但话又说回来，人就是喜欢抽打东西，尤其是那些还不了手的。其实只要不时地喂骡子一些甜菜，它们就会像小狗一样跟着。

远远望去，沙漠似是一马平川，但置身其中，你会发现到处都是难以察觉的丘陵和山谷，旅人、马匹和骡队都被掩藏其中，不见了踪影，当然还有一个十几岁的男孩。

阿列克谢抬头望月，发觉夜已过半，但距离日出至少还有三个小时。月是半盈，满一些视线会更清晰，却也更容易暴露他们。从星星的方位判断，他知道他们没走错路。夜里很冷，骡子也消停了，于是他又把手插回了羊皮袄的口袋里。骡子用鼻子触碰他，不过他清楚得很，这不是因为喜欢，不过是卖乖乞食罢了。

他检查了一下骡子身上驮的东西，确保磨不到它。挽具上绑了长长的两卷东西，那是几把用像地毯一样的帆布裹着的莫辛–纳甘步枪。步枪是其他国家的人想换取的、苏联生产的少数几样东西之一。其他骡子身上驮的也都是步枪，还有罐装的子弹。

和伊朗交界的地方就在前面。这个地方只是一条马走的路，苏联的边防士兵会在此巡逻。但有传闻说，这里很快就会设下高高的铁丝网、布下地雷。所以在此以前，大家都跑到那里，有什么钱就赚什么钱。

和他在一起的是沙赫萨万部落的人，将与他们接头的也是。他们是游牧民，操着阿塞拜疆语，人为划定的苏伊边界使得他们不能进行传统的游牧迁徙，即在阿塞拜疆南部和伊朗北部之间来回进行迁徙。做过军士的礼萨·巴列维1921年夺取政权，自封为伊朗国王之后立下的第一个目标就是让所有独立的部落臣服于他。两年后，他打败了沙赫萨万部落，放逐了他们的头领。部落中的一部分人迁至阿尔达比勒，并定居下来；剩下的人则仍然根据草场的季节变化赶着羊群、骆驼群和马群四处迁徙，并且要设法赶在政府前面一步。但是，草场越来越少，他们必须同别人争夺；牧群越来越小，头领也越来越不那么强大，为了生存，这就意味着更多的抢掠。所以，他们永远需要枪支。

国界的另一边，他们的阿塞拜疆兄弟经历了集体农庄和苏维埃政权，开始干起走私的勾当。阿列克谢知道，这些只能是权宜之计，但他不确定他们是否知道。他们还在高谈阔论，说自己是自由人。

他们之所以容许一个外人同行，是因为阿列克谢能做三样事情，而他们做不了。第一样就是能读会写。在巴库的大街小巷，他一直凭借自己的机智生存。一天早晨，他撞见四个沙赫萨万人，看上去比山里来的乡巴佬要冷酷得多。他们绝望地到处在寻找走私接头人。虽然阿列克谢当时并不知道这些，但他总是忙活着挣点小钱，于是主动提出给他们带路，走投无路之下，他们也只好答应了。

接头期间，阿列克谢只能在外面的大厅等着领取酬劳。两个彪形大汉恶狠狠地瞪着他，他努力做出一副年幼、温顺的样子。交易结束时，他们给的卢布显然是假币。他把这个发现悄悄告诉了沙赫萨万人，匕首出鞘，只见几道光影之后，刚才那两个壮汉的喉咙被划开了，他们无力地企图用手堵住。这可比宰头羊要可怕得多，起码羊是绑着的，一刀下去，不会到处乱跑，把血溅得到处都是。此时此刻，阿列克谢忽然觉得，没拿到钱就离开或许并不是这世界上最糟糕的事情，但那几个沙赫萨万人却受不了遭蒙骗的奇耻大辱，一脚把门踹开，要和接头人重新谈判。

结果只会变得更糟。这些噪声引起了楼下的人的注意，又有几个大汉冲上了楼梯。阿列克谢面前有两条路，要么在走廊里独自招呼这几个凶神恶煞，要么跑到正在打斗的房间里。最终他还是跑了进来，别无他法，冲到一个最近的安全角落，努力让自己小得不能再小。这场面可不像孩子打架：

生死搏斗从来不会持续很长的时间。最后的结果是，接头人和四个手下被划开了肚皮，肠子流了一地。就在他们奄奄一息哀号之际，沙赫萨万人把真钱从他们的口袋里翻了出来。现在阿列克谢明白了，沙赫萨万人只有在匆忙之时才会割喉毙敌，他们不希望把动静闹大，或者觉得没有必要。看完想看的一切，当一条通往门口的安全通道出现在他面前时，阿列克谢第一个跑了出来。几个沙赫萨万人紧随其后，不知是出于本能，还是担心没有向导会再次迷失在这座大城市里。出来后，阿列克谢没有领着他们跑到街上，而是爬上并翻过了三个毗连的房顶，因为在街上可能会碰到更多爪牙，都要为那个被开膛破肚的罪犯头目报仇。这让沙赫萨万人印象极为深刻，其实，阿列克谢并没有冲他们挥手，催促他们赶紧跟上来，但他们选择忽略这个事实。他们一脱离险境，笑谈自己的死里逃生，就主动给了他一个差事。

阿列克谢能与他们为伍所依靠的第二样本事就是开锁。在他们逃跑过程中，他撬开屋顶小门的锁，前后只用了几秒。沙赫萨万人觉得这简直是他们见过最不可思议的事情，城市生活、城里人用的工具以及使用方式对他们来说完全陌生，他们习惯了进进出出全是用脚踹。有一个会开锁的同伙更符合他们在沙漠中伏匿的本能，也更安全。

这第三样本事简直像是为他们的生意量身定做的。他会说俄语和波斯语，其他人都不会。他上学必须说俄语，又从小生活在靠近伊朗边境的国家农场，自然也学到不少波斯语。沙赫萨万人只会说阿塞拜疆语和他们的部落方言，他们身上的那种游牧民族优越感使得他们觉得没有必要学习其他东西。

一般来说，在穿越边境的过程中，他们遇到的陌生人都是被豺狼啃得尸骨无存，但他们还是觉得，有个翻译在紧急关头能发挥很大作用。

骑术和射击是沙赫萨万人的第二天性，在他们的训练下，阿列克谢把这两项技能练得驾轻就熟，这可是他以前做梦也想不到的。他们还教他如何在沙漠中生存，如何隐蔽侦察。但他们要求他必须皈依伊斯兰教，成为一名穆斯林，为了不坏了这个好买卖，他答应了，他们在做礼拜的时候他也照着做。

几趟跑下来，他藏的卢布比苏联大部分高级官员拥有的都多，更别提十六岁的同龄人了。他甚至再也不用闯进国营食品店去偷吃的了。当然，他偶尔还是会去拿一些员工私藏的好货，纯粹是享受偷盗带来的快感。自从三年前从国家孤儿院逃出来，这已成了他的家常便饭。那些用不到的东西，他就拿到巴库的跳蚤市场卖掉。市场不是共产主义的产物，但政府容许了它的存在，实在是因为形势太糟，如果禁止老百姓拿物品换食物，他们可能就要造反了。政府监管很严，所以阿列克谢早就了解到，最好的办法是找个老妇人把赃物低价出手。

他们在沙漠中蛰伏，是因为这些走私贩懒得追踪苏联边防巡逻队。他们有一个更简单、更直接的办法。他们在边境附近停下来时，会派四个人摸到距离最近的边防哨所一公里远的地方。边防士兵对那些愤怒的部落民开枪滋扰已司空见惯，但当这四个人用新型的捷格加廖夫轻机枪扫射时，他们会慌作一团，会立即发射紧急信号弹，召集所有在外的巡逻小队赶来增援。那时，这些走私贩就可以大摇大摆地穿过国境，没有任何阻挠。

有时，莫辛–纳甘步枪能换到伊朗黄金，这当然是最好的情形。有时，当季的时候，能换到鸦片。但大部分情况下，他们只是赶回了一群羊，这是部落的主要货币。虽然羊群不好管理，但国家体制外的活牲口总是能卖个好价钱。

他们贩卖的步枪来自红军在当地的驻军——阿塞拜疆师里的一名沙赫萨万军士。旧一些的武器会涂上润滑油，放置一边以待战时启用，但实际上，箱子里面的步枪早已被报废的破枪替换了。有人会定期数一下木箱数量，但没谁会费劲地去查看里面。弹药也是一样，木箱都堆在弹药库里，但里面用金属罐装的子弹早就无影无踪了。

深夜的沙漠里，声音可以传得很远。尽管隔了好几公里，大家都听到了边防哨所那边的枪声。通常机关枪打完后，哨所里就一通疯狂地射击，但这一次的回击简直是震天响。骡子惊得直乱跳，阿列克谢赶紧使出浑身解数去安抚它们。

信号弹射向远处，发出细微的红光和白光。现在，大家都在倒数巡逻队赶回增援的时间。

空中传来一声又轻又低的口哨声。就是那种晚上突然听到的闷响，转瞬即逝，谁也不会在意。但沙赫萨万人却了解了其中的含义。没有人再下达什么指令，大家都悄悄地回到马背上，队伍随即开拔了。就连骡子也都默默地跟着，不闹脾气了，大概是因为走起来更暖和。

一路上，队伍两侧的人都在提防着伏兵，他们越过边界的马路进入了伊朗境内。伊朗的边防士兵甚至不需要用钱来打发，他们晚上不会巡逻，因为太冷、太危险。

不一会儿，队伍停了下来。按照老规矩，阿列克谢策马来到了头领面前。

部落的头领塞利姆轻声喊道："阿纳托利，该出发了。"

那是一个到处都有人告密的世界，阿列克谢深谙这一点。名字对他们来说太重要了，所以当初沙赫萨万人问他名字的时候，他报的是集体农庄里自己死对头的名字。若是消息泄露，说一个苏联男孩混迹在一群部落走私贩之中，可能发生的情况是，当局会找到农场逮捕阿纳托利。所以，每次他们喊他这个名字的时候，他都不由得想象阿纳托利拼命地向警察辩解自己不是走私贩的情景，真是忍不住都要笑起来。

他的任务是出去和伊朗那边的探子接头，然后把双方集中到一起。这要比两帮荷枪实弹的人在一片漆黑中不期而遇安全得多。大家总是非常警惕其他的抢劫者搞伏击，抢走货物。

"刚才哨所那边的枪声可比以前要厉害得多。"阿列克谢轻声道。

"别担心，"塞利姆解释道，"估计上次的事情之后，他们在那边布防了更多的士兵。"

阿列克谢还是很担心。听那枪声，士兵多了不少。他翻身下马，把缰绳递给塞利姆，"拉希德，我们走吧。"

他一直都是和拉希德一起出勤的。晚上一个人在沙漠里行动，搞不好就永远消失了。

"我走不了了，"拉希德答道，"我病了。"

拉希德和他一般大。沙赫萨万人会把十六岁的孩子当作成人，从实用性角度出发，当然希望自己的探子跑得最快、目标最小。拉希德以前从没生病过。再说了，假如他真的生病了，为什么一开始还要跟来呢？

阿列克谢走到拉希德的马前，“怎么回事？”

“我闹肚子，”拉希德病恹恹地说，“走不了路了。”

阿列克谢立马就知道了，他在撒谎，装得根本不像。

“我再派个人和你一起吧。”塞利姆说，他在一旁都听到了。

“不用了，我自己去。”阿列克谢一口回绝。

塞利姆想了一阵，“你确定？”

“没问题。”阿列克谢答道。

塞利姆又思忖了一番：“如果走丢了，或者遇到任何问题，放一枪，我们立马赶到。”

“我知道了。”阿列克谢说。

塞利姆坐在马鞍上，探身向前，指着不远处的一座小山头。对沙赫萨万人来说，即使在黑夜里，沙漠里的山丘也都是各不相同的。

“看到了。”阿列克谢应道。

塞利姆拍了拍他的后背。

阿列克谢把步枪留在了马背上，晚上提着枪太不方便。他压低身子，从马鞍上解下水袋，甩到后背上，再直起身子，摸向皮袄下方，从皮制枪套中掏出一把纳甘左轮手枪，和那些戴蓝帽子的秘密警察所佩带的一样。他回头看了一眼，塞利姆冲他点了点头。他随即一路小跑，消失在夜色里。

看不到他们后，阿列克谢立即蹲了下来，把整件事情在脑子里过了一遍。肯定是哪里出了问题。拉希德明显是装病，这样就不用和他一起去接头了，所以沙漠里一定还有什么事情在等着他。或许沙赫萨万部落的人决定要除掉他？那塞利姆演得可比拉希德像多了。不会的，他们不会费力去演这么一场大戏，肯定会一刀割开他的喉咙。很可能是，拉希德和他的兄弟背地里与别人谈了一笔买卖，设好了埋伏，抢走这批枪。阿列克谢想过回去跨上他的马，狂奔而去，但沙赫萨万人一定会追上他，然后做掉他。总之，无论如何，他都不能直接奔到那个山头去。

阿列克谢起身，往他的右边走去，绕着最近的一个高地兜了个大圈子。他移动得十分缓慢。沙赫萨万人曾教他，行动不为人察觉的诀窍就是，压制住急躁，使劲放慢脚步。走的时候他弯下腰，这样就不会在沙漠里呈现一个人影。

每走几步，阿列克谢都会停下来，环视四周，仔细地听。他还特别留意气味，清新的沙漠空气总能透露许多秘密。就在那时，一阵风拂过，他闻到了烟味。不是有人抽烟，而是衣服上的那种烟味。所以，前面肯定有人，不只是他原本要去的那座山头上有人。

他趴到地上，贴着地面匍匐而行。这样气味不会传得很远。他还迎着风爬行，这样风能带给他更多的信息。

在他前方，有个影子微微抬起。阿列克谢朝那里缓缓爬行，并用手摸着路上必须挪开的石块。他停了下来。前面有人。他能感觉得到。紧接着，他听到了水壶拧开的金属刮擦声。他有些纳闷：部落的人都用皮水袋，不用水壶。仿佛是对他耐心的回馈，微风又向他传递了更多的信息。窸窸窣窣的声响。窃窃私语的声音。还有一把步枪的木头枪托碰到石头的声音。

那里有许多人，到处都是。沙赫萨万人的队伍似乎处于一个月牙形的伏击圈中央。吵吵闹闹的，绝不会是其他部落的人。是伊朗士兵吗？不是。伊朗士兵晚上是不会出来的，而且这帮人比伊朗士兵更加训练有素，但比不上那些部落的人。他们肯定是苏联人。但苏联人怎么会跑到伊朗人的地盘？

很快他就明白了。这次碰头是他们唯一确定会停留的地方。拉希德这小子之前肯定是被苏联人抓住了，靠透露情报才保住了小命。

像往常一样，恐惧让他的心里有了紧张的感觉，阿列克谢的手指轻触着左轮手枪金属扳机平滑的曲线，但他又收了回去。这样放上一枪，无异于向世人暴露了自己的位置。一旦战斗打响，这样夹在苏联人和沙赫萨万人中间，岂不是自寻死路。

怎么办？跑回沙赫萨万人那边等同于为他们陪葬。在苏联人准备埋伏的时候溜走，也几乎是不可能的。阿列克谢想过，干脆找个地方躲起来，等到战斗结束后再逃走。但即使他在双方交火时没挨着枪子，苏联人大概也会等到天亮后打扫战场、搜寻活口。他是步行，他这两条腿又能跑多远？迟早要被抓住。苏联人可骑着马呢，四条腿的马呀。

阿列克谢把手枪放在沙地上，然后把衣服上的木扣从搭环中解开，打开了皮袄下面的那个大口袋。

沙赫萨万人靠步枪生活，不太瞧得起机关枪，因为虽说机关枪是火力威猛的新式武器，但最大的缺点是太耗弹药，弹药既紧缺又昂贵。有一次，他们运的一批货里有一箱一战时期的M1914型手榴弹，他们也只是把它们当成好玩的玩具而已。他们曾经在部落的一员、红军的一个逃兵指导下，在沙漠里投掷那些手榴弹，度过了一个愉快的下午。那个逃兵因遭到苏联中尉的殴打羞辱，愤怒之下一刀割掉了那个军官的命根子，然后出逃。他们冲着爆炸大声地叫喊，但因为没有投掷的传统，扔不到安全投掷距离之外，差点把自己轰上天。

阿列克谢还一直留着他的那枚手榴弹，觉得有一天会派上用场。

这枚手榴弹的形状像一个小瓶子，窄的那端是一个木柄，其余部分则都是金属薄板制成的。想到那些金属疙瘩爆发的巨大威力，他的手不由得抖了起来。阿列克谢把手榴弹放了下来，弯了弯手指，好让它们别再哆嗦。他又把手榴弹捡了起来，握住手柄，按住弹簧驱动的起动杆。手柄上有一个金属安全环，可以防止起动杆弹起点燃引信，他确保把它夹在中指和无名指之间。他放开起动杆底部的击针，做好了投掷准备。

很快，趁着手没再抖起来，他向后仰起身子，估算了一下距离，在胳膊挥到最高点时将手榴弹猛掷了出去。脱手的一刹那，手指夹着的安全环从手柄上滑出，起动杆弹了起来，完成了整套投弹程序。

当引信点燃了导火线时，手榴弹在半空中发出砰的一声。山上有人紧张之下，开了一枪。

阿列克谢可没承想会是这样。沙赫萨万人随即反击，他周围的山坡上立即枪声大作，枪口火焰四起。肯定有一百多个苏联人。

这下糟了。苏联人的子弹嗖嗖地从他的头顶掠过，沙赫萨万人的子弹都打进了他四周的沙地里。阿列克谢把鼻子埋进沙子里，身体使劲蜷成一小团。密密麻麻的子弹就像策马的皮鞭在他周围发出声响。距离是那样近，他几乎可以感受到子弹裹挟的气流。这么多条枪一齐射击，那声音真是震耳欲聋。现在，他的手又开始剧烈地抖动起来，他直担心自己会不自觉地扣下手枪扳机。煎熬的时光总是那样漫长，他觉得自己刚才不该扔那枚手榴弹。但那是他唯一的希望了。

忽然一声巨响，紧接着是山顶上的尖叫。一切结束了。

似乎整个世界都压在了他的身上，不让他离开地面。尽管一万个不愿意，还是要站起来，他知道当沙赫萨万人确定射程的时候留在那里铁定是死。

双腿的力气像是被抽干了一样，他还是蹒跚而行。拼命地向山上攀登，一手握着手枪，一手扒着沙。他几乎能感受到苏联人枪管里喷出的火光。他也能感受到沙赫萨万人射出的子弹无情地鞭打他周遭的空气。

总算爬了上来，阿列克谢赶紧跑进了手榴弹爆炸升起的那一大团黑烟里，那是唯一没有子弹飞来飞去的地方。突然，他踩到了一个软乎乎的身体，有人惨叫起来。刚把脚抽回来，他就一头撞上了一个迎面跑来的人，直接被撞飞，重重地摔到地上，几乎失去知觉。

阿列克谢艰难地顺了口气，挣扎着想站起来。对面那个人慢慢出现在他面前，戴着一顶苏联红军的毛毡帽，中间有个高高的尖顶，像是把烟囱扣到了脑袋上，样子十分滑稽。那人吼道："瞎啊？你他妈的往哪儿跑！"然后透过烟雾，低头贴近瞧了一下，刚张开嘴："你……"

阿列克谢握着左轮手枪，扣下了扳机。枪口的炸震吓到了自己，他此前从未在夜里开过枪。那一枪似乎让那个苏联兵身上着了火。苏联兵应声向后倒下，压在了阿列克谢的腿上。他拼命地将那人踢开，站了起来。空出的那只手一把抢过那顶毛毡帽，然后拨动手枪转轮，做好继续开枪的准备。

山上苏军射击的步枪声实在太响了，刚才他手枪发出的声音完全被吞没了。手榴弹炸起的烟雾逐渐淡去，苏联人四处乱跑。他们很可能在大喊大叫，但根本听不到。

阿列克谢把自己头上的羊羔皮帽一把拍掉，随手换上了那个苏联人的毛毡帽，起身就拼命地跑。就在他到达山顶的时候，旁边有人用俄语大喊："回来，㞞包！"手枪子弹从他身边呼啸而过，结果他反而跑得更快了。

在山的另一侧下坡时，他加快了速度，跑得太快，整个身体重心向前，差点摔趴在地上。他越过矮小的灌木丛，只顾着在黑夜中跑，几乎没看到那个牵着六匹马的苏联人。

那个苏联兵把枪甩在肩上，才能腾出手来牵着所有马的缰绳。"怎么啦？"他向戴着毛毡帽的阿列克谢喊道。

"把马牵过来！"阿列克谢一边用俄语喊道，一边迅速跑了过去。

"你要干吗？"那人惊呼，阿列克谢猛冲向他，拿枪柄砸向他的眉心。

那人软软地倒在了地上，也缓冲了阿列克谢摔倒的势头。他丢掉了手枪，趁着马匹还没意识到自己脱了缰而跑掉，赶紧跑过去拽住缰绳。有一匹马已经跑了，他还有五匹。

他火急火燎地去拿回地上的手枪，但似乎每次他伸出那只空手时，另外一只手牵着的几匹受了刺激的马都会暴跳起来，将他拽了回去。

就在他准备放弃时，终于在黑灯瞎火之中摸到了那个铁疙瘩。阿列克谢把枪塞进枪套，就近翻上马鞍，策马疾奔，把其余的马都牵在后头。

在到达最近一个山坡的时候，苏联人在沙赫萨万人的上方发射了信号枪，整个沙漠泛起了微微的光亮。阿列克谢可以看到苏联人枪口射出光亮，照亮了他们的周围。他知道沙赫萨万人一定会按照平时应急演练时那样分散逃离，然后到预定的地点会合。他觉得自己也许还能让他们相信，是他开的第一枪，试图向他们发出警报。

好像是要证明他有对有错，枪战在沙赫萨万人队伍的身后爆发了。那里至少有两挺苏联机枪，更让阿列克谢惊讶的是，他看到机枪射出一种特殊的子弹，在一片黑暗之中划出一条条发光的弹道，引导着苏联人往哪瞄准。枪管喷射的光线在沙赫萨万人队伍的尾部交会，彻底封住了他们唯一的逃跑路线。

阿列克谢掉头，快马加鞭地离开，他知道他的走私生涯已经结束了。苏联人的马上没有水壶，但他自己水袋里的水足够支撑一些时日。他在脑海里闪过自己在伊朗可能要面临的生活，然后又掉转马头，向阿塞拜疆、向他熟悉的一切奔去。

他一路狂奔，直到胯下的马力竭而倒。他任由那匹马瘫倒在沙漠里，喘着粗气，肋骨随之起伏。他随即跳上另一匹马，由于刚才没人骑，它跑得要轻快得多。第三匹马累倒的时候，只剩下最后两匹，他稳住速度慢慢跑，一匹累了就换另一匹。只要他避开大路，一人一骑的苏联人就算寻踪追来，也永远赶不上他。

第二章　1936年，阿塞拜疆巴库

阿列克谢径直穿过哈加尼路走到一个可以躲开早晨太阳的阴凉处，也懒得抬起头看一下上面石拱门里的诗人雕像。起初他还好奇，这些人既不是将军也不是统治者，有什么本事能有一座自己的塑像。所以，他特意找到他们的名字，拜读了他们的作品。他们当中有一些人确实有真才实学，其他人很可能是有些门路。

他疾步跑上白色的石梯，几根沙色的柱子高高耸立，向上穿过下一个楼层和玻璃天窗，相形之下，阿列克谢总是觉得自己格外渺小。右转穿过另一扇门，他停了下来，深吸一口气。他喜欢图书馆的气息，综合图书馆不仅是巴库最大的图书馆，也是阿塞拜疆最大的图书馆。

这里不允许把书借回家，但没关系。在那些可外借的图书馆，你必须登记姓名，出示证件，这两件事阿列克谢都不想做。在综合图书馆，你只需在卡片目录里找到你想看的书，把单子交给阅览室里的图书管理员即可，他们会把书取来。

在这个特别的阅览室里，有一位年轻漂亮的女管理员，而且总是十分友善。如果她今天在，依然那样亲切的话，他准备邀请她共进午餐，并要告诉她，他比看起来年纪要大，她一定会对他有钱买单这事留下深刻的印象。

上午这个时候，阅览室里总是一半都是退休的老人。摆放着三长排素木桌椅，可容纳500人左右。天花板很高，屋里主要的光源来自几扇与外墙齐高的拱形窗。早晨太阳的柔光从沙色的墙面反射进来，依稀映着些粉色。

太好了，他想见的那位图书管理员就在服务台的桌子后面。她在和别人说着什么，但当她抬头看见他的一刹那，一改往日腼腆的笑容，脸上满是恐惧。

阿列克谢愣住了，只是那么一瞬，然后急转，直奔门口而去。就在他跑到半道时，房门打开，两名身着制服、明显警察模样的大汉截住了他的退路。

阿列克谢赶紧刹住，随手抓起一把椅子朝警察的腿部掷去，希望能阻挡他们一下。然后，他又急转，直奔向图书管理员的那张桌子，那里是唯一的另一个出口。一个瘦削的中年男人，穿了一身比警察还糟糕的制服，走到过道上，张开双手，用成年人那种理智的、阿列克谢一向很讨厌的声音喊道："站住！"

阿列克谢丝毫没有收住步子的意思，冲着那人的鼻子就是一拳，不偏不倚。

那人既吃惊又疼痛，大叫着倒在地上。阿列克谢从他的身上跨了过去，叫你多管闲事！

就在他几乎跑到管理员的那张桌子时，突然旁边又冒出来两名警察。

阿列克谢停了下来，前有堵截后有追兵。他又有那么一瞬间不知所措，但随即抓起一把空椅子，向窗户跑去。他跳到桌子上，踩在一个长胡子老人的报纸上。老人抬起头，目瞪口呆地望着他。他将椅子猛摔向拱窗的玻璃嵌板。

椅子并没有像他所预想的那样砸穿窗户，开辟出一条通向外面窗台的路，只是砸碎了玻璃，又弹了回来，正巧飞向他的脸。他还没来得及抬手挡开，椅子就砸了过来。他一下子跌倒在光滑的木桌面上，平躺在那里。里面的人开始尖叫，直震得他耳朵疼。趁着他还不能动，有人一棍子猛打在他肋骨下面的肚子上。肺里的空气一下子全被挤了出来，他整个人蜷缩起来，像一个紧实的皮球。

阿列克谢感到那样无助，拼命喘息却吸不进去一口气。又有一拳打在他的耳朵上，他被人从桌子上拽到地上。他的胳膊被很专业地别到了背后，呼吸变得更加困难。他感觉自己几乎要窒息而死，于是猛烈地挣扎起来。他并非真的想挣脱，只是想呼吸点空气而已。但不管是出于什么目的，没待他得逞，一记闷棍打在他的后脑勺上，整个世界一片黑暗。

第三章　1936年，阿塞拜疆巴库

醒来的时候，阿列克谢的脸贴在潮湿的水泥地上。他试图抬起头来，但感觉像是被绑在了砧铁上。想翻个身，头骨却像是粉碎了一般，疼得他只好停下来。他的视线一片模糊，双眼似乎无法聚焦。什么也做不了，只能躺在那里等待着，真心期盼着某些地方甚至一切会好转起来。这样的期盼由来已久，从他摆脱父亲的控制开始，直到现在，毒打都是他惨痛的记忆。

他知道自己身处牢房之中—就算脑子不清醒也猜得出来，但他必须集中精力努力回忆自己是怎么来到这里的。一点一滴，他总算都记了起来。

他面前就是桌腿，旁边还有一个凳子。这两个物件连同他没伸展开的身体占据了整个牢房的地面。这里根本算不上一间牢房，只是一个小隔间，躺着都伸不开腿，更没有什么活动的空间。四面的墙一片惨白。等到他勉强能慢慢翻个身了，他才看到天花板上悬着一个灯泡，外面有个铁丝罩子，强烈的灯光直刺得他眼睛疼。这灯泡至少得有200瓦。

身体的痛楚害得他什么也做不了，于是就检查了一下口袋。他的刀、钱、撬锁拨片，还有证件都不见了。他们唯一漏掉的东西是他缝在外衣内衬里的500卢布，还有内裤口袋里的那把小折刀，就缝在私处上面的地方。这一招也是从沙赫萨万人那里学到的，一般警察搜身都不愿在下面那个地方搜得太过仔细。

费了好大劲，他才爬到凳子上，却感觉头上像被捅了一刀又一刀。桌子上有个金属盘，盘里放了一小条黑面包、一搪瓷缸子水。阿列克谢强迫自己吃完那条潮乎乎的面包，喝光了水。可刚吃完，他就想尿尿，可这牢房里哪有便桶呀。

阿列克谢拍着铁门，每拍一下都感觉脑袋里有回声。他喊道:“喂！我要上厕所!”他一直拍，直到牢门上窥探孔的金属盖打开了。窥探孔的玻璃镶在门上一个锥形的小容器里，所以里面的人碰不到玻璃，外面的人则可以观察到整个牢房。这扇牢门至少有七厘米厚。

“拍什么拍?”一个守卫喝道。

“我要上厕所。”阿列克谢冲着窥探孔答道。

“离门远点。”那个声音命令道。

阿列克谢照做了，尽管退到对面的墙也不过两步路。

两个守卫堵在门口，他们都戴着秘密警察那种有山莓图案嵌边的红领章。

“不管什么原因，只要你拍门，就得受罚，”个头较矮的那人说，“记住咯。”

“我要上厕所。”阿列克谢重复了一遍。

“这里不许喊叫，”守卫冷漠地答道，他极其不耐烦，似乎每天都要不停地重复这些话，“如果你需要叫人，老实等着，等到窥探孔开了，就伸根手指。”

阿列克谢在他们面前伸了根手指。

“很幽默嘛，”守卫说，“你在这儿会过得很好。幽默的人过得都不赖。”

“把手放在背后，放在后面不要动，”年轻一些的守卫命令道，“走吧。”

他们把他带过了走道，塞进一间铺着瓷砖的小厕所。厕所的地上有个坑洞，以及铁制的脚座。坑洞里汩汩地有水冒出。阿列克谢还巴望着至少能有个水龙头可以多喝点水，但没这个运气。他不想浪费这次来之不易的机会，就在坑洞上蹲了下来，想要上个大号。突然听到金属的刮擦声，门上的窥探孔开了。阿列克谢叹了口气。

费了九牛二虎之力，他才拉出了一小坨硬屎，然后起身，小心地穿好裤子——这时可不能把内裤里的小刀掉到地上。

他们走了回去。在他那扇敞开的牢房门口站着一名军士，手里拿着一个装得满满当当的文件夹。“你们去哪儿了？”他问，“我们一直在等他。”

“突发情况，”年长的守卫答道，“他呀，刚才要去拉一坨世界上最小的屎。”

旁边年轻的守卫直乐得哈哈大笑，结果被拿着文件夹的军士冷眼一瞪，立马不吱声了。“走。”军士向阿列克谢喊道。

他们走过空荡荡的过道，在铁门前停了下来。女守卫透过窥探孔瞟了一眼，转动钥匙，开门放行。最后，又走到一扇门前，守卫开门，顿时明亮的阳光透了进来。

阿列克谢顿了一下。一名守卫冲他的肩胛骨之间猛推了一把，他在门口一个趔趄。因为手又别在背后，所以他直接摔了个脸着地。抬起头，他发现前面站了两排端着步枪的秘密警察，队伍一直排到了一辆灰色厢式货车敞开的后门。

狠狠地挨了一脚，他从地上爬起来，腰上又吃了一枪托，随后他被带到车厢的后面。

这下他才知道，原来囚车里是这个样子。车厢四面有四个铁柜子，中间有一条狭窄的过道。过道顶端有一个守卫的座位。靠近货车尾部的一个柜子的门还开着，阿列克谢爬上保险杠，被硬塞了进去。

他倒在一个人的身上，被那人一把推开，头又碰上了后面的墙。这时，柜门被猛地关上，把他的脚挤了进去。

里面充斥着排泄物和呕吐物的味道。阿列克谢在黑暗中摸索，坐到了一条金属长凳上。他的眼睛还没适应这里。里面还有一个人，坐在他的对面，就是刚才把他推开的那个人。这里面的空间实在逼仄，他们的膝盖都碰在一起。

囚车开动了。车里颠簸得着实厉害，如果不紧抓住座位，脑袋就会不断撞到车顶。

阿列克谢没打算开口。喋喋不休只会让人觉得你心虚害怕。

他的眼睛逐渐适应了黑暗，但他能看到的也只是对面那个人昏暗的轮廓。这时，他听到那个人在座位上移动，然后一只手突然扼住了他的喉咙。一个嘶哑刺耳的声音说："乖乖坐着，别出声，不会伤害你的。"

阿列克谢一动没动，任由那人的另一只手翻着他的口袋。没有抵抗，扼住他喉咙的那只手也就松了一些。而另一只手则顺着他的裤子摸了下来，然后摸了摸他的鞋子，看看是否值得拿走。

这时，阿列克谢突然从座位上站了起来。那人还弯着腰，扼在他喉咙上的手自然也使不上什么劲，滑了下来。他把这个小偷按在墙上，一刀捅在他的肋骨下。

刀子捅进去的时候，小偷大叫了一声，阿列克谢又把刀子转了一圈。小偷再没来得及看他第二眼。正如沙赫萨万人所说，如果你希望不出声，少流血，就一刀捅在他的心脏上，再把刀子转一圈。

阿列克谢把他摁在墙上，直到那人身体瘫软，嘶哑的呼吸停了下来。他把刀子拔了出来，把小偷的衬衣塞进他身上的刀孔里，免得血流得到处都是。他又将尸体移到角落里靠着墙。刀上的血迹用死人的衣服擦拭干净后，他把刀折起来又放回内裤里。他在进门被推第一下时，就开始提防有人找碴，在弯腰摸索座位的时候，他就伸进腰带，把刀取了出来。只有傻瓜才会指望别人对自己友善。

阿列克谢翻了翻小偷的口袋。没有刀子。好吧，如果他打算制造点麻烦，应该准备一把的。他翻出一块怀表，一支自来水笔。明显都是偷来的。阿列克谢想过把它们拿走，去交易，但他还是决定遵从社会主义的原则：不留任何私产。这样别人就没办法从你那里拿走任何东西。

另一个口袋里，他找到大约一斤面包，裹在一块布里。毫无疑问，也是从别人那儿偷来的。阿列克谢嗅了嗅，貌似还不错。

囚车一路颠来簸去，他一边用脚支住死人的膝盖，防止尸体摔倒，一边悠然地吃着面包。

第四章　1936年，阿塞拜疆巴库

囚车突然停了下来，刹车发出尖锐的声音，阿列克谢一下被甩到了铁墙上。还好他的脚支在小偷身上，否则尸体倒下来，肯定会压住他。囚车掉头，很快又倒车。刚停下来，一束强烈的光线从柜子的门缝中照了进来，这说明车厢的后门打开了。里面的守卫用力打开柜门，喊道："出去！都出去！"

阿列克谢就站在门边上。等到锁一响，门一开，他立刻走了出去，跨过囚车的保险杠。

囚车正好倒在一列火车车厢门口。在囚车和火车之间的两侧，一边堵着一名守卫，挥着刺刀大喊："快走！快走！"

阿列克谢抓住扶手走进列车车厢的时候瞄了一下四周。他们不是在车站附近的某个地方。囚犯是被拉到了一个铁路调车场。

在车厢里，他一路用肩膀挤开其他囚犯。他们都还在眨巴着眼睛适应光线，努力辨别方位。如果他从中扰乱一下顺序，他们很有可能会记不清刚才谁在哪个柜子。

从外面看，这节车厢和普通行李车厢差不多。而车厢里面，过道两边就是隔间，中间用交叉的斜钢筋栅栏隔断，所以守卫可以看到里面的一举一动。

守卫越来越多，大喊着让他们挤进过道，关进一间开着的隔间。

阿列克谢快速地检查了一下。当然没有窗户，也没有座位，只有架子。上面有两层，中间除了在门边有攀爬的地方外绕着隔间一周，下面还有一层，底下就是地面了。只看了一眼，他就分辨出了普通罪犯和政治犯的区别。小偷都在中间一层。政治犯全都低眉顺眼的，都是从家里被生拉硬拽出来的老百姓，泪眼蒙眬地四处张望，想找人问问他们究竟犯了什么错，他们不该在这里。而那些小偷则冷酷似铁，都是在街上混的，都在物色好欺负的软蛋，看看他们身上有没有什么值得拿的东西。

显然，中间那层是最理想的地方。阿列克谢知道他们肯定会把这些人肚子贴屁股地塞在一块，而且估计这一趟路程也绝不会短。但他也清楚，要想在中间占块地儿，他得去争抢。他不希望再引起注意，直到后来他发现他们对囚车里的那具尸体的处理态度十分认真。

就在那时，警哨响起，过道里叫嚷起来。守卫冲进隔间，用警棍在犯人堆里开出一条路来。

拿着文件夹的那个警察队长跟在他们后面走了进来。“好呀，”他喊道，“你们当中哪个喜欢玩刀子？”

阿列克谢早就挤进一个角落里，躲在一个衣衫褴褛的高个子政治犯的后头，那人拿了一个行李箱放在前面，像个盾牌一样。如果他们都不知道，那最好不过了。或许还有别人也带了把刀子玩，这会儿正心虚着呢。

守卫瞪着这群犯人的时候，整个隔间鸦雀无声，犯人们也都避免直视守卫的脸。沉默持续了一会儿，直到他们把囚车里的那名守卫带到了隔间。

“好吧，”拿着文件夹的警察队长厉声道，“你是打算告诉我你不知道谁在你的车里吗？”

阿列克谢漫不经心地把手放在嘴巴上。

那名守卫把犯人扫视了一遍，显然十分尴尬，因为其他的守卫都在盯着他。他们这会儿都在庆幸自己不用担责任。

“就是那个。”他最后指着阿列克谢说。

阿列克谢装出一副“你们在说什么，我还只是个孩子”的表情，当作最后的挣扎。守卫用警棍把其他人赶开，直接抓住了他，把他拽出隔间。阿列克谢了解他的苏联同胞，了解那儿的警察。他们唯一关心的是找个人顶罪。现在，他落到了他们手里，他们肯定不会自找麻烦去弄清楚是不是他干的。

他们正准备把他拖下火车，这时拿着文件夹的警察队长说：“等一下。”

两名守卫把阿列克谢的脸压在铁栅栏上并按住。

警察队长翻开文件夹，找出想找的那页材料，“把他转过来。”

守卫把他转过来，将他的背砸在栅栏上。

队长拿着一张别着照片的卡片放在阿列克谢的脸边上，

做了个手势。守卫又把他转了回去，把他的脸压在栅栏上。

“你们不能把他带走。”队长说。

“我的囚车里死了个人，”后面有个声音说，“有明文规定，如果犯人在拘留期间再次犯罪，必须停止押送，在事件未明之时实施扣留。”

“这些我都知道，”队长有些厌烦了，“你先看看这个。”纸张窸窣作响。“我们必须如期押送，不得延误。他们那边会决定怎么处置他。”

“那现在我怎么办？”后面那个声音问，垂头丧气。

“打个报告报上去，”队长说，“我的建议是这样。”

“我操。”后面那个声音骂道。

“把他关进惩戒室，”队长说，“这次好好搜一搜，别让他把我们哪个给捅了。”

他们把阿列克谢按在栅栏上又搜了一遍，依然没有搜到那把刀。他们推着他走过过道。

惩戒室。普通狱室都要三十个人挤一间，阿列克谢可不想去那什么惩戒室。

过道还没走到头又出现了一道栅栏，阿列克谢猜测这是用来隔开犯人和守卫区域的，他们打开了一道滑动栅栏门。

“把鞋子脱掉。”一名守卫命令道。

他们可能猜到了他的刀子藏在了那儿，准备彻底地搜查他了。他刚脱下鞋子，还没来得及起身，就被他们推进了那道门里。

阿列克谢站起身来才发现自己被关进了一间狭窄的狱室，里面有一张上下铺的双层床。一个人独享的单间，真是难以置信。如果另一间的犯人知道是这么个情况的话，他们可能会为了抢这个单间而把对方打死。

火车开动了。没一会儿，当的一声，狱室的门滑开了，一名守卫把阿列克谢的鞋子扔了进来。鞋底的缝线已经被扯开了，一只鞋子的鞋跟都掉了下来。阿列克谢拿在手里看了看，想了个好主意。鞋底再稍微削一点，鞋跟里可能是藏刀的好地方，尤其是现在，多亏了他们把鞋底的钉子都已经给松了，但是这件事要等到天黑了以后才能动手。

又过了一会儿，栅栏门又滑开了，守卫递给他一块黑面包、一杯水以及一片黑得发亮的鱼肉。阿列克谢小心地用舌头触了一下鱼肉，是熏制的里海鲤鱼，味道像屎一样，齁得他口渴到抓狂。如果这一路要吃的都是这些东西，再加上他看到他们提供的水量，鱼还是别吃了。

第二天，他的判断得以证实。只有干面包、鱼、几杯水，每天两趟厕所。

随着时间一天天流逝，他试图掌握动向，但他的狱室里没有灯，唯一的光亮来自过道。他们经常停车，也经常上水。火车头换了，车厢对接了，又断开了。他们坐在那里，一动不动，度过了极其漫长的一段时间。

一想到其他狱室会是什么情景，阿列克谢就告诉自己多亏了老天庇佑。手刃那个毛贼反倒给他带来了如此的幸运。

第五章　1936年，苏联某地

夜半时分，他们把他从火车上押了下来。他们押着他从过道走到门前时，阿列克谢透过栅栏惊讶地发现其他狱室早已空空如也，一路上所有犯人都已经被转移走了。他不由得心里一紧：只有自己去，其他人都不去，会是什么地方呢？

他所看到的也几乎提供不了任何线索。那不过是又一个铁路调车场，只是这一个非常大。

阿列克谢估计还会有一辆囚车，甚至可能更糟。但再次令他错愕的是，他发现自己被塞进了一辆汽车的后座，被两个壮实的便衣秘密警察夹在中间。当然，他们是一言不发，他当然也知道自己最好什么也别问。

自打从火车上下来，这是第一次处在如此狭小的空间，他马上就意识到，自己这么多天没洗漱，身上会是什么味道。尽管押送他的人表现得安之若素，但他们几乎不约而同地点上了香烟。

天冷得刺骨，比沙漠的夜晚还要凛冽。他们颠簸着通过无数道铁轨，最后从一道有卫兵把守的栅栏门驶离了调车场。随后他们来到了一个城市，那里到处都是明灯广厦。比巴库要大得多。他也是茫然无措，根本不知道之前火车开往什么方向。他以前听说犯人都被送到了西伯利亚，他据此结合地理课知识认真地思考起来。卡拉干达？还是克拉斯诺雅茨克？

不对，经过了一座又一座城市，不可能是在绕圈子。他们穿过了一条河，但也可能是任何一条河。建筑和路标也没透露出任何信息，因为他只认识巴库的街道。汽车在街角拐了个弯，远处的地平线上赫然出现一幅画面，他以前只在书本里见过。那是克里姆林宫的洋葱状穹顶。他们竟然在莫斯科。是莫斯科。专门有一辆车来接他？

在火车上的惩戒室里的时候，他感觉自己准备好了应对一切可能发生的事情，而现在却紧张得胃痉挛。

十月二十五日大街，他有所耳闻。一座黄色的大楼。另一个路标，在那座建筑的边上又拐了个弯。马拉亚·卢比扬卡大街。卢比扬卡？不是吧。在苏联，国家安全总局的大名尽人皆知。

车停了下来，他们将他推下车。其中一名便衣按了一下墙上的按钮，大门从里面开了。他们把他交给两名穿着军装、蹬着锃亮靴子、配着手枪的国安士兵。

他们押着阿列克谢走过一条全白的走廊，墙是白的，天花板和地板也都是白的。这里用的也是巴库监狱里的那种带铁丝罩的200瓦灯泡，照得整个走廊亮堂堂的。一扇白色的漆门敞开着，他们把他推了进去。房间里铺满白色的瓷砖，除此之外则是光秃秃一片。

“把衣服脱了。”一名士兵命令道。

现在他的小折刀藏在鞋跟里。如果被这两名士兵发现了，那他已经做好了挨打的准备。如果他们没发现，那以后随时可能用到。

他把衣服交了出去，他们拿刀片将裤子和外套的缝线割开，很快发现了他那500卢布。

“为什么把钱藏在外套里？”一名士兵问。

“因为到处都是贼呀。”阿列克谢答道。

他们眯缝着眼睛怀疑地盯着他，而他则努力睁大眼睛，装作一副无辜的样子。

然后，他们仔细地检查他的衣服，一丁一点也不放过，又割开了鞋子的缝边，但没有把鞋跟拿掉。阿列克谢一丝不挂地站在那里，眼睛盯着墙，这样他们就不会发现他不时瞄几眼那双鞋子。

“这是什么？”他们指着他内裤里那个自己缝的装刀子的小兜问。

阿列克谢耸了耸肩，“有一天，我的口袋被扒了，后来就把钱放那儿了。”

他们把他衣服上所有的金属扣子都割了下来，把他的腰带扔到房间的另一边。

衣服检查结束之后，他们打开手电筒，检查他的头发和头皮，然后是鼻子和耳朵。一名士兵戴上了一副厚厚的黑色橡胶手套。

“张嘴。”他把戴着手套的手指伸进阿列克谢嘴里的空隙，又用拇指和食指提起他的舌头，就像拨开挡住视线的帘子。

“把手放在墙上，脚分开。”手伸的这一下，让阿列克谢几乎要呕吐，但他还是强迫自己咽了下去。倒不是因为那人用手指插进他的肛门寻找是否藏有违禁品，而是因为塞进他肛门的手指所戴的橡胶手套与先前伸进他嘴里的是同一副。虽然那名士兵够体贴，先检查了他的嘴，但是他十分确定那副手套伸进去的可不只是他的嘴巴和肛门。

他还在努力将那个念头从脑海中挥去，这时，他们递给他一块糙得像砂轮似的肥皂，让他冲个热水澡。若是他们阻拦他洗澡，他肯定会从他们俩身上踏过去，哪怕为此挨枪子也心甘。他急忙冲到水流下，在手指上打上肥皂，使劲地清洗嘴巴。尽管洗得很仓促，但这么长时间以来头一次洗澡，内心的喜悦不言而喻。

洗完后，他们让他穿上衣服。不给毛巾，阿列克谢只好像狗一样甩干身体。但依旧湿漉漉的，他穿上了已经破烂的衣服。

他们带他从一个门出去，穿过一个露天的内庭，来到这座建筑的另一部分。他想穿着湿衣服自己可能会冻死，再次进入室内时，不由自主地打了个寒战。

他们给他拍了照，采集了指纹，把他和其他两个人关在一间昏暗的牢房里。里面有三张铁床、床垫，但没有其他家具。牢房里其他人都在睡觉，或者在装睡。每分钟窥探孔上金属盖都会被咣当地打开一次，检查他们的情况。外面的走廊里，一路的铁门不断砸出当当的声音，像是连绵的炮火一般。

阿列克谢脱下鞋枕在头下，把衣服蒙在眼睛上，好像可以减轻一点灯光的灼目感。不一会儿，他把刀从鞋跟的凹洞里取了出来，重新放回了内裤的口袋里。

这一夜接下来的时间里，似乎每隔几分钟，门都会开一次。他的狱友被带走，又有新来的人填补到他们的位置。这样的事情发生了一次又一次。

早上，牢门伴着守卫的呼喊声打开了，“起来！”

阿列克谢赶紧从床上爬了起来，守卫扔给他一把扫帚，“把房间打扫干净，麻利点。”

阿列克谢穿上鞋，跺了跺脚，把松掉的鞋跟给跺了进去。

打扫完后，守卫把他们都赶到厕所，站在边上喊道：“快点！快点！”

回到牢房，他们被发了一大块潮乎乎的黑面包，一缸子茶水，其实就是热水，但至少是热乎的。

那是一天中最幸福的时刻。阿列克谢坐在牢房里，看着不同的犯人不断地被带进带出。白天是不准睡觉的。如果有犯人打盹，被每分钟例行窥探孔检查的守卫发现，守卫就会进来呵斥，还会威胁要责打所有人。

他们午饭吃的是牛肚汤。现在的这两个狱友衣衫虽然已褴褛不堪，但根据衣料判断，他们似乎也曾风光一时。他们的岁数要比他大一倍，大概三十岁。看到盛汤的脏兮兮的盘子和勺子，其中一个人开始痛哭起来。阿列克谢只是摇摇头，舀了一勺。那个爱哭鬼应该先尝一口再哭——那味道才真让人想哭。但至少那不是熏鲤鱼。勺子可能不是太干净，但他敢肯定这玩意儿没捅进过谁的屁眼。

下午来了一名守卫，指着阿列克谢，“出来！”

阿列克谢走进走廊，自觉地把手别在背后。两名守卫押着他走过走廊，通过两道门，进了电梯。这是他第一次乘电梯。电梯上行，刚启动时那感觉太吓人，他差点摔倒。

这段路程太短暂了。之后他走进另一个走廊，等着一道道铁门打开，最后进了另一间牢房。

这间要大一些，除了床还有桌凳，但他立马觉察这里会有麻烦。因为除了两个畏畏缩缩的政治犯，还有三个小偷。

他们个个肌肉健硕，只穿着背心，露出大片的刺青。贼头个子不高，臂膀似猩猩一般，冷笑起来露出两颗黯淡的钢牙。毛贼不会镶金牙，否则有人总惦记着把那玩意从你的嘴里撬出来。

门刚关上，那人就慢悠悠地走到阿列克谢面前，伸出两根手指，向他戳去。那意思再明白不过了，我能把你的眼睛给挖出来。“小孩，看你那件衣服合不合我身。乖乖把它交出来，我就不会伤害你。”

阿列克谢迅速在心里盘算了一番。这个小偷好像根本不把窥探孔那边的守卫放在眼里，如此一来，一切就取决于自己了。他知道任人摆布会是什么下场。

阿列克谢将右手伸进裤子里。

贼头大笑起来，声音着实刺耳，“哦，他有好东西给我们看？”

就在所有人都盯着阿列克谢的胯部时，他突然伸出左手，一把抓住那人伸出的一根手指。贼头目瞪口呆。阿列克谢猛地一扳，伴着一声脆响，那根手指折了。小偷像牲口一般叫唤起来。阿列克谢起脚正中那人裆部，然后一把将他推到另外两个毛贼身上。

这一动作只拖住了他们一会儿，但时间也足够他掏刀子了。他们扑了过来。阿列克谢向右一个箭步，原本并肩攻击的两个毛贼，一下子变成了一个在前一个稍微靠后。他靠到桌边，随手抓起一个凳子防护他薄弱的一侧。离得最近的小偷迎面一拳，阿列克谢先行一步，拿凳子挡住了拳头，又拿刀朝那人的脸部划去。他原本瞄准的是眼睛，但划偏了，只割到眉毛上方的额头。不过效果也达到了，血不住地涌了出来，糊住了那个小偷的视线，这和剜了他的眼珠子也没什么区别。

靠后的那个毛贼一看到刀子，就退出了战斗，赶紧溜得远一些，两只空手在身前张开。但那个贼头突然从地上爬了起来，欲一报断指之仇，铆足劲朝他踢来。阿列克谢侧身一闪，随手拿刀向那人的喉部划去。贼头受到重创，鲜血四溅，拼命按住自己的喉咙。阿列克谢操起凳子狠狠砸在他的后脑勺上。

整个过程中，那两名政治犯都躲在床底下呼喊，差点把肺给叫出来。阿列克谢小心翼翼地走向仅剩的那个小偷，不管他投降与否，都得有个结果。不料，自己却踩到了地面上的血，脚底一滑，摔了个四脚朝天。那个毛贼立即从角落里冲出来，朝他跳过来，企图用自己的体重死死压住他，固定住他拿刀的手。

仓促之间，阿列克谢只能抬起膝盖，还好毛贼先是撞到他的膝盖，没能直接压到他身上。这才给阿列克谢腾出足够的空间一刀捅进毛贼的肋部。他继续捅，并用左手挡住那双企图掐住他喉咙的手。可惜捅他的肺并不会很快致命。

这时，牢门轰然打开，许多双脚冲了进来。那个毛贼被拉开，阿列克谢把刀子留在了他的肋部。橡胶警棍一顿暴打，阿列克谢用胳膊死死护住脑袋。牢房里发出震耳欲聋的尖叫声，但不是他在叫。警棍暴雨般从四面八方落下，最后他被揪着领子拖到走廊。

第六章　1936年，莫斯科卢比扬卡广场

阿列克谢没有抵抗。若是让他自己站起来走，他肯定会大喜过望，但他们就是拖着他，一路蹭着地板。

这一次来到了厕所。他们扯掉他所有的衣服，将他光溜溜地按在墙上，赤身裸体地重新搜了个遍。但这次可没澡洗。他们还让他趴在墙上，冲他泼了几桶冰水，用这种方式将小偷的血从他身上冲掉。

之后他再也没有见到自己的衣物。其他守卫都站在边上，拿着警棍敲着手掌。一名守卫扔给他一捆衣服：一条质地坚硬的帆布裤子，一件外套，里面摸起来像是棉花，和被子一样外面用针线缝起来固定住。没有鞋子，只给了一双草编的拖鞋，也没有袜子。他们嚷着让他快点穿。刚穿完，他们就将他铐了起来，右手放在身前，左手放在背后，夹在两腿之间的铁链有些磨裆，他只好像猿人一样弯着腰走。

一名守卫拔出手枪，说："做好审讯准备。头不要往两边转，没有命令不许乱动。如果不严格服从命令，我们有权立

即射杀你。”

阿列克谢弯着腰的姿势甚至连向前看路都困难，但他也没打算就此争论。

这是他第二次乘电梯，这种情况下，他可没办法像第一次那样好好享受。他蹒跚着经过一条条通道。前面的守卫每到一扇门前都会把钥匙在腰带扣上敲一下，警告里面的人有一名犯人通过。如果里面有声音回应，门开了，他们就会把他的脸按在墙上，所以他根本看不到是谁。如果别人从走廊走过，他们也会这样做。

走了又长又累的一段路，经过了一条条迷宫似的走廊，终于，他们抓住他的领子，把他推进了一个房间里。阿列克谢的手铐打开了，被拉起来站得笔直，后背有些酸痛。面前站着两个面若冰霜、国家安全总局的中尉。其中一个在一张字据上盖了个章交给守卫，用来交换阿列克谢。另一个紧紧钳住他的大臂，将他带到相邻的一间办公室，按在一把沉重的木椅上，然后离开了。

这间办公室既朴素又优雅。墙上只有暗色的木隔板以及一幅领袖的肖像。一张宽敞漂亮的木桌与墙和椅子一样是暗色的，桌上的一切布置得井井有条。桌子后面坐着一个人，一身送殡似的黑西装，头发夹着几道灰白，平整的背头像是戴了一顶无边帽。和这栋楼里那些养尊处优的契卡不同，他简直骨瘦如柴，颧骨下脸颊的肉看起来就像被用勺子剜掉了一样。阿列克谢肩膀微耸，心想这个人看上去恰似一只准备啄食他尸体的秃鹫。

烟灰缸里还燃着一支烟。他正拿着一本苏联国内的护照仔细地翻阅着。

他抬起头，盯着阿列克谢，那双眼睛在房间的昏暗处黑得发亮，仿佛可以洞穿一切。不一会儿，令阿列克谢大为惊讶的是，那人没说俄语，而是操着一口流利的德语，说："年轻人，你的证件上说你是阿纳托利·鲍里索维奇·布尔加科夫，我说你是阿列克谢·伊万诺维奇·斯米尔诺夫。你怎么说？"

阿列克谢惊得无言以对。他们知道他的名字，知道他会说德语。

"你晚上可够忙的。"那人不动声色地观察着，依然说着德语，"要在平时，我很喜欢和你玩猫捉老鼠的游戏。但我们这次见面花费的时间比预期的要久太多，时间又是如此宝贵。所以，如果你不是阿列克谢·伊万诺维奇·斯米尔诺夫，也不会说德语，那么你对我就毫无价值。我会让你离开这个房间，然后立即消失。"

阿列克谢相信了。"我是阿列克谢·伊万诺维奇·斯米尔诺夫。"他也用德语说。

瘦子对阿列克谢的德语不置可否。他把那本国内护照摔在桌子上，若有所思地吸了一口烟。"做得很好。我猜这是你从一个向苏联公民发放真实证件的人那里搞到的。"

"是的，尊敬的长官。"阿列克谢依然用德语说。他无意让这个家伙这么快就对他失望。单是坐在那里他就已经够害怕的了。而且，他必须集中精力，德语日久不用已经生疏了。用外语撒谎更是难上加难。

瘦子盯着他，似乎要熟记他脸上的每个细节。"你知道自己在哪儿吗？"

"莫斯科，"阿列克谢答道，"卢比扬卡。"

"你听没听过这么句话：入此门者断绝一切希望？"

"这是意大利诗人但丁的《地狱》这本书中讲到的，"阿列克谢答道，"是地狱之门上的标志。"

"你相信有地狱吗？"

阿列克谢环视了一下房间。

瘦子的嘴唇微动，露出一个极小、极短的微笑。"你读过《神曲》中的其他书吗？"

"我没看完。"阿列克谢答道。

"为什么？"

"地狱比天堂有意思多了。"

"是呀，一直都是这样，对吧？"瘦子说，"你知道我为什么会问你这些问题吗？"

"你知道我能听懂你说德语，"阿列克谢答道，"你希望我多说点话，好看看我德语说得如何。"

"你为什么会这么想？"

"因为这些问题都没什么意义。"

"可以吓唬你。"

"我已经很害怕了。"阿列克谢答道。

瘦子又给了他一个简短的微笑，实际上只是嘴唇抽搐了一下。"你还想到其他什么原因吗？"

阿列克谢稍加思索。"你可能想看看我离开学校多年，现在蠢到了什么程度。"

"对，但你一直是我们综合图书馆的忠实读者，不是吗？我得向你对知识的忠贞不渝致敬，特别是因为图书馆是你唯一雷打不动坚持去的地方。我为了认识你，派一队人马在巴库的每一个图书馆守株待兔还是很有必要的。通过所有这些，你能看出什么？图书馆那天之后所发生的一切。现在，请注意。你的答案十分重要。”

阿列克谢吐出一口气。“你希望从我这里得到什么东西。”

瘦子的双手在桌子上十指相扣。“很好。你达到了我所有的期望，甚至可以说出乎我的意料，但你还是太自以为是了。正如我之前所言，我没有时间可以浪费。苏维埃社会主义共和国联盟内务人民委员部负责国家安全的主要部门已经决定给你提供一个加入我们，成为一名秘密特工的机会。我们只接受志愿者担任这项至关重要的工作。如果你同意，而且不折不扣地执行命令以示忠诚，国家安全总局将会用你所能想象得到的一切方式为你提供便利，未来还会为你提供比普通公民更多更好的机遇。你的任务将是积极为苏维埃政府在全世界建立共产主义社会添砖加瓦。对你来说，你将有机会赢得最高的荣誉。”他顿了一下，一双尖锐的眼睛盯着阿列克谢，“你接受吗？”

阿列克谢十分清楚，拒绝就意味着自己小命不保。“我接受。”

瘦子继续用那双凌厉的眼睛打量他。他深吸一口烟，又把烟整齐地放回到烟灰缸上。“丝毫不要幻想以为我不清楚你打的什么算盘。你现在答应了，得以释放，然后一有机会就会消失。我相信就算我们十分警惕，你也总能达成这个目的。我也相信那些小偷会敞开怀抱欢迎你加入。今天晚上你碰到的那三个人现在就在诊疗室——唔，确切地说，拜你所赐，有一个已经离开了这个世界——你给他们留下了深刻印象。他们一直在谈论你。你可以文上刺青，当一名罪犯。你可以远走高飞，但我们还会抓到你。我们可以抓到任何人，迟早而已。到时候，就只是让你吃个枪子痛快死掉还是扔到科累马矿底折磨死的问题了。无论怎样我们都会感到高兴，因为我们对待任何叛徒都绝不会心慈手软。现在，我再最后问你一遍。你接受吗？”

阿列克谢对视着那双黑色的眼睛。他心里确实是那样想的，但好死不如赖活着。“我接受。”

瘦子依然不露声色，不置可否。他从桌上递过一张白纸和一支钢笔。“在上面写上今天的日期，莫斯科，以及‘保证书’三个字。用俄语写。”他补充道。

阿列克谢耸了耸肩。

“怎么了？”瘦子问。

“长官，日期是？”阿列克谢问。

瘦子咕哝了一声，表示理解，把台历翻了过去，这样阿列克谢就能看到了。

原来从巴库到莫斯科，已经过了将近两个星期了。阿列克谢照刚才的要求写好了，抬起头。

“照我说的写，”瘦子命令道，“该保证书交由苏维埃社会主义共和国联盟内务人民委员部国家安全总局，本人阿列克谢·伊万诺维奇·斯米尔诺夫，在此保证即刻执行、遵从国家安全总局下达的所有命令。我发誓向国家安全总局报告所发现的所有颠覆苏联政权的活动。我发誓不向任何人透露自己在国家安全总局的相关工作。我愿意亲笔签署所有关于我职责的报告……”他顿了一下。“你得自己选个名字：人名、动物、物件或者数字，用这个代号我们就知道是你。”

得知他们秘密警察似乎已经改名了，阿列克谢先是愣了一下。但也可能他们这个不一样，甚至更机密？对于自己该选个什么代号，他毫无头绪。他绞尽了脑汁，直到看见瘦子有些不耐烦了，他才脱口而出脑子里唯一想到的那个词。“但丁怎么样？”

“就但丁吧，”瘦子答道，“写上去。”当阿列克谢在纸上写时，他说：“现在签上你的全名，在下面括弧：但丁。”

阿列克谢写完后，瘦子把那张纸拿了过去，小心地装进文件夹，然后站起来，伸出手来。

阿列克谢也站起来，握住那只手。那人比他预想得要高。

“很好，”瘦子说，“我是格里戈里·彼得罗维奇·亚库舍夫。从此刻起，我就是你的上司，你将立即开始接受培训。你必须全力以赴，因为在我们的工作中只有优秀的才能被接受。现在，记住这个电话号码：K–6–32–15。”

“K–6–32–15。”阿列克谢重复道。

“你将马上被释放，有人会把你带到你的住所。明天下午1点整，你打那个号码给我。使用街上的电话亭，任何情况下都不要用任何住所里的电话。打电话找我只能用代号。明白没有？”

“明白。”阿列克谢答道。

“希望如此，”亚库舍夫继续说，“我已经警告过你一次，不会有第二次。我期待我们明天的会面。”

阿列克谢不知道说什么好——说“谢谢”似乎也莫名

地别扭——于是微微地鞠了一躬，他的新上司脸上闪过一丝微笑。

他离开办公室的时候，那两个面若冰霜的中尉却冲着他微笑。他们护送他乘电梯到一楼，貌似那里专门为他准备了流水线服务。理发师给他修剪了蓬乱的头发，刮掉了一样蓬乱的胡须，都是在那一趟列车之行中长起来的。他又洗了个热水澡，不过这次可悠闲得多，最后还有一条松软的白毛巾。两周多没洗澡，而现在不到一天，一切像是从冰水升华成了蒸气。每一站，这两个变得和蔼的中尉都会全程盯着他，监督着每个人的工作。

他一擦干身子，梳完头发，他们就为他递上了一套精干的棕色西装，也许并不特别合身，但和苏联其他任何衣服比起来也并不逊色。一件带领子、袖扣的白衬衫，一条领带，一双锃亮的皮鞋，一块基洛夫手表。对着镜子孤芳自赏一番之后，他被带到了另一个小房间，里面有一张桌子、一把椅子。桌上有供他享用的罗宋汤、厚猪排、炸土豆以及半条配着黄油的白面包切片，玻璃瓶里甚至还有红酒。阿列克谢心存疑虑地尝了一口，觉得很难喝，怯怯地问他能不能要点茶。一个穿着白衣服的女孩就候在边上。中尉只递给她一个眼神，她立即把茶端了上来。

阿列克谢告诉自己慢慢来，他知道经历了这么多天的黑面包、熏鱼和水，突然有这么一顿大餐会是什么结果。他的胃已经收缩了，他只好强迫自己把食物留在盘子里，不能一股脑儿全塞进嘴里，也不能装进新西装的口袋里。

一个中尉竟然礼貌地问他是否吃完了，而不是把他扔出房间。走过大厅，他们在他肩膀上披了一件厚厚的羊毛冬装大衣，脖子上系了一条围巾，手上戴了一副手套，头上扣了一顶王冠似的皮帽。虽然没有镜子，但阿列克谢低头看了看衣服，自己完全像是换了一个人。看着像《格林童话》里的青蛙王子，只是没有公主，一个力量把他摔在墙上，又把他从青蛙变成了王子。

他一定是乐出了声，因为一个中尉问他："同志，你笑什么？"

要是把脑袋里想的说出来，后脑勺肯定是要挨枪子的。所以，阿列克谢答道："我刚才就是庆幸自己运气好。斯大林同志万岁！"

结果，所有听到的人都齐呼："斯大林同志万岁！"声音之大，差点把他吓得从新衣服里跳出来。

也不知道从哪儿冒出来一个二十岁左右的年轻人，但明显是冲他来的，也穿了一身西装。他伸出手来，"叫我谢尔盖。"

阿列克谢握手，但犹豫了一下。"我该用什么名字？"

谢尔盖笑了，"代号只在通信的时候用。我会叫你阿列克谢。"

所有人都挂着微笑，但阿列克谢很清楚，只要他们接收的命令一变，这些脸上笑呵呵的人每个都会把他撕成碎片。

一名身着制服的军士打开了一扇铁门，莫斯科的夜景映入眼帘。"再会。"他说。我会再见到你的。

他脸上，也挂着微笑。

第七章　1936年，莫斯科

不知为何，卢比扬卡外面的空气感觉没有之前那般寒冷。阿列克谢觉得不仅是因为他身上穿得暖。他也不会说是自由的空气，但至少是开放的。迎来了新的生活。星星很漂亮，即将到来的清晨让它们微微褪了些光亮。

当他们从小巷来到捷尔任斯基广场时，他的眼睛立刻被一栋建筑上的招牌吸引住了，上面写着：儿童世界。“那是什么？”他问谢尔盖。

“那个吗？玩具店？”

“整个店只卖玩具？”阿列克谢惊讶地问。

“是的。”

他们穿过广场，进了南面的一栋楼里。“你会喜欢这个的。”谢尔盖指着似乎通到地下的楼梯上方的一块牌子说，“这是崭新的。今年才开通。”

上面写着：捷尔任斯基车站。他们沿着楼梯往下走，门廊处矗立着一座什么人的半身像，谢尔盖拦住他。“这是我们伟大战线的创始人——费利克斯·捷尔任斯基同志。”

阿列克谢在塑像前尊敬地驻足，假装自己颇受触动。这个人看起来与其他人别无二致。但这也没什么好惊讶的。他开始明白所有残酷的人看起来都像是普通人。

谢尔盖花了50戈比，给他们每人买了张票。然后他们继续往地下走，来到一处月台，这里看起来和隧道差不多，两边是带着醒目图案的黑色大理石墙壁，顶上是电灯。月台下面是铁轨。火车在一座城市下面运行。莫斯科真是让人惊叹不已。

“早上的第一班列车刚开走，”谢尔盖说，“我们可能还得等会儿。”

“人们像这样在地下不得发疯?”他问。

谢尔盖笑道:“有些会吧。但大多数人都会被斯大林同志伟大的社会主义成就所震惊从而忘记了害怕。后来他们就习惯了。”

先是一阵儿轰隆声传来，随即一束光沿着地道出现，一列火车伴着一阵猛烈的气浪雷鸣般驶来。又是一股气流，车门竟自己打开了，他们俩都进了车厢。

谢尔盖站在车厢里，手上握住直抵车顶的一根泛着金属光泽的扶手杆。阿列克谢也学着他的样子。他很惊讶，在隧道里穿行竟和坐在外面的火车里感觉并无不同。

他们在车厢里经过了两站，在第三站下了车。站牌上写着：苏维埃宫。

“这里比刚才还要漂亮。”阿列克谢感叹道。车站地面是用红色和灰色的花岗岩方砖铺就的，走在上面，一排排大理石柱融入一片乳白之中，似是由内向外散发着自己的光芒。

“这里是去苏维埃宫的路，”谢尔盖答道，“所以必须得相称才行。”

“苏维埃宫是什么？”这似乎是一种不惹麻烦的方式，看看提问题是否有用。

“你没听说过建筑设计大赛？”谢尔盖惊道，“那可是举世皆知的新闻。”

“消息传到我在巴库住的那个地方有时会晚一些，”阿列克谢答道，“原谅我的无知。”

“这将是世界奇迹，”谢尔盖感叹道，“它是整个苏联的会议厅和行政中心，就建在拆除的资产阶级的大教堂之上，象征着无产阶级的辉煌。它将是世界上最高的建筑。”

“我们从车站走出去，它会赫然矗立在我们眼前？”阿列克谢问。他觉得他们乘的移动电梯就已经够令人惊叹的了。

“唔，现在还没建成呢，但有朝一日会的。”

乘车人进出时经过的门廊是一个由柱子支撑的巨大圆拱。进去的人比出来的要多。谢尔盖抓着他的胳膊说：“总能分辨出没乘过车的人。他们总是忍不住往上看，然后老是撞到别人。”

他们沿着才刚刚苏醒的街道向南走。阿列克谢不知道在没有向导的情况下他该如何找到路。

拐到边上一条小路，谢尔盖领着他爬了几级台阶，进了一栋石头建筑。他们乘电梯上了几层，又过了走廊，谢尔盖打开一扇门，挥舞着手说：“这是你的公寓。”

阿列克谢第一眼就注意到，这里与苏联其他的公寓不同，没有别人住在里面。这在他的人生阅历里还是头一遭。新粉刷的墙、厚厚的蓝窗帘，沙发、椅子、桌子，还有几件苏联风格的家具，但这些在他的眼里已经是奢华无比了。一个煤气炉，一台电冰箱，不是冷藏柜。一打开，一股冷气扑面，还有满架子的食物。牛奶、酸奶油、黄油、奶酪。如果他们试图想给他留下深刻印象，现在目的已经达到了。

谢尔盖指着桌上放的几张纸。“这里有一张莫斯科地图和一张地铁图。你可以带在身上，但一定要保管好。地图是涉密物品，不能让我们的敌人获知我们街道的规划。”他把手伸进口袋，拿出许多钱放在桌上。

“亚库舍夫同志指示把那500卢布还给你，另外在你第一个月的工资账上预支了1 500卢布给你，你签一下收据。”

阿列克谢拿起递过来的笔签了字。这和他走私生意旺季时一个月挣的差不多。一名技术不娴熟的工人一个月大概能挣150卢布。50卢布能买5公斤糖，前提是你能找到一家有5公斤糖卖的商店。

谢尔盖把钥匙交给他。“这间公寓是你的了。你可以随意使用。床单桌布什么的有人换洗，房间有人打扫，一切都不劳你动手。在桌上留一张你需要的食物单子，会有人免费给你送来，工资一分都不会少。以前呢，你有权在政府特供商店里购物，但现在由于某些原因已经不可能了，这个必须跟你说清楚了。”

阿列克谢知道政府特供商店，那里有一般人接触不到的食物和货物。这种商店以前一直是他最喜欢闯进去行窃的地方。

他不敢对眼前奢侈的一切感到高兴，他打心底清楚，他必须为所有一切付出某种代价。刚才所有那些钱肯定是诱饵，试试他敢不敢跑路。

“现在我该让你休息会儿了，”谢尔盖说，“你还记得你的命令吧？”

阿列克谢点了点头。“有什么建议吗？”

谢尔盖脸上的笑容消失了。“严格执行命令，每次都不能有例外或差池。只有这样你才能有光明的前途。”他转身准备离开，在桌上放了件什么东西。是阿列克谢的小折刀。“亚库舍夫同志希望你留着它，图个吉利吧。他还告诫你不要让它捅进任何人的身体。”

“不会的。”阿列克谢说，将它拿了起来。

谢尔盖在他后面关上了门。阿列克谢把刀子放进口袋，环视了一圈公寓，现在都归他所有了。他又有了一间自己的房子，还是最好的一间。谢尔盖不忘提醒一句“只是暂时的”。

第八章　1936年，莫斯科

阿列克谢需要买份《真理报》，换点硬币打电话。他突然想起来，他们给他这么多钱的另一个原因是想看看他是否会疯狂购物，太过招摇。所以，钱还是要塞在内裤里。

苏联的每个钟显示的时间都不一样，所以他觉得把自己的性命赌在一块苏联手表上是不明智的。在电话亭，他先打给接线员，询问她时间。差2分钟1点整。他数着时间，然后拨下了K–6–32–15。

一个男人的声音应了句，“喂？”

阿列克谢说：“请接亚库舍夫同志。”

“你是哪位？”

阿列克谢这个名字几乎到了嘴边，他忽然想起来，“但丁。”

“稍等。”

几秒钟后，亚库舍夫的声音从电话中传来。说的依旧是德语。“我猜你离住的地方不远吧？”

“是的。”阿列克谢也用德语答道。

“45分钟后准时沿彼得罗夫卡大街向北走，过了大剧院。看到我时，不要露出认识的样子。在我们相遇的地方你会领受指示，明白吗?”

“明白。”阿列克谢答道。

电话挂断了。

阿列克谢跑到苏维埃宫地铁站，犯的第一个大错就是搭乘了一趟往南而不是向北的列车。意识到自己犯错后，他赶紧在下一站下车，跑到对面的月台。在等下一班列车时，他几乎是魂飞魄散。好在地铁似乎几分钟就有一班。

他把这个城市和地铁的地图藏在报纸里。如果地图是涉密物品，拿在手里走街串巷肯定不行。若是在这里搞砸了，结局不会是遗憾地握个手，然后拿着火车票回巴库，而是要挨枪子的。他们不会容许一个哪怕只窥到他们世界一小部分的人活在这世上。

还好他们的第一个测试还算简单。他将在捷尔任斯基广场下车，就是昨天早上他们上车的那个地方。

阿列克谢在大剧院的南边一直等到1点45分。尽管地上没有雪，但天很冷，他的脸都冻得麻木了。街上电车咣当咣当驶过，安全间隙中，运着货物的马车满城跑。路上几乎没有什么汽车，那时的汽车还只有官员才能使用。

空气中充斥着烧木头和煤炭的烟味、炒洋葱味、烟草味，还有没洗澡的人和脏衣服的味道，尽管寒冷已经将这些味道压下去了一些。

他把报纸折了起来，开始往北走。为了确认一下，他抬帽向迎面经过的一名中年女士行礼，指着门口矗立着八根大柱子的那栋美轮美奂的建筑。“不好意思，同志，请问那边是大剧院吗？”

“是。”她粗声道，脚下的步子丝毫没有慢下来。

这条鹅卵石路很宽，但人行道很窄。剧院前面有个小公园，树木林立，灌木丛生，但现在只剩下光秃秃的树干伫立在寒风中。阿列克谢看到亚库舍夫同志从公园中走出来。他脑海中有个声音告诉他停下来，于是，他驻足开始观赏。剧院看起来就像是罗马、希腊书籍中的插图。入口顶部上方的雕塑是四匹马拉着一架战车，战车上有一个人。

这时，一个人与他擦肩而过，阿列克谢感觉有只手滑进了他西装大衣的口袋，手法丝毫不逊于一个厉害的扒手。

他继续往北走，又找到了一条长凳。坐下来后，他才从口袋里掏出那张纸条，放进报纸里，这样他读纸条的时候不会被别人发现。上面写了一个地址、一个公寓门牌号，还有“2点钟”。

在地图上找了好一会儿，这个地址还要再往北两条街。2点整，阿列克谢艰难地爬上楼梯。公寓的门微开着，所以他认为这是个信号，于是没敲门就直接走了进去。

亚库舍夫同志正坐在沙发上。“把门关上，脱掉大衣和帽子，自己倒杯茶，然后坐下。”

他下达的指令绝对清晰明确。阿列克谢根据指示，从边几上的俄式茶壶中倒了一杯茶，又加了一勺糖。

“你刚才为什么要停住？”亚库舍夫同志开门见山地问。

“我怕你会跑到我的耳边下达指令。”阿列克谢答道，“而如果我走的时候突然停下来，那样看起来就好像我认出了你，这就等于违背了你的命令。”

亚库舍夫先是没说话，只是静静地盯着他，把他紧张坏了。“你做得对。我们这次完成的叫作擦肩而过。特工之间传递情报但不相认。”

“我明白。”阿列克谢说。

“说到监视，你一路上发觉有人盯梢吗？”

“是的，”阿列克谢答道，“我离开公寓的时候有两个，一个在后面，一个在前面。我走出捷尔任斯基车站的时候，又换了两个人，用的是同样的方法。”

“你怎么知道他们在跟踪你？”

“我不确定该如何描述。”

“必须说。”亚库舍夫命令道。

阿列克谢搜肠刮肚想找几个合适的词来描述。“通常人们干什么就是干什么，很自然。但要盯你的人必须假装自己在做别的事情，这就不自然了。如果你近一些观察他们，你就可以分辨出来。”

亚库舍夫点了一支烟。“我不是第一次得出这样的结论，你之前的经历使你非常适合我们这项工作。”他递出打开的香烟盒，“想来一根吗？”

“不了，谢谢。我不抽烟。”

“这倒挺稀奇。为什么不抽？”

阿列克谢想起巴库街上的那些小男孩，搞不到烟草抽的时候就抽苔藓，然后咳出血来。“我见过有人没有烟草抽的时候就生病了，甚至发了疯。”

“所以你总是做好了一切都会被别人夺走的准备吗？”

阿列克谢耸了耸肩，“至少是那些会让我发疯的东西。”

“那酒呢？没酒喝可不会引发什么不良后果。”亚库舍夫的嘴角又抽搐了一下，勉强算是个微笑，“除非你喝起来像许多苏联人那样。你不沾酒是因为你是穆斯林？”

这个问题，阿列克谢才发现，又是一个看似无心实则可能致命的问题。“不，我不是穆斯林。最初，我不喝酒是因为有人一喝醉就会打我。后来，我躲掉了很多灾祸就是因为别人喝醉了而我没有。”

显然亚库舍夫对他的答案很满意，因为他突然转了话题。“你是故意搭错地铁来甩掉最初跟踪你的那两个人吗？”

他真是什么都知道，不是吗？“不，我就是不小心搭错了车。”阿列克谢坦白道。

“很好。如果你察觉到有人监视你，你不能采取任何措施。因为如果只是因为你所处的位置或者对你有所怀疑而采取例行性监视，一旦你企图摆脱，那就等于向你的敌人坐实了，你就是一名受过训练的特工。所以你必须时刻牢记，假如自己被监视了，不要轻举妄动。唯一的例外就是接头的时候，你必须完全确定自己摆脱了所有监视，否则取消接头。千万记住我的话。”

“我会的。”阿列克谢说。

“事实上，跟踪你的不止四个人。其他人都在你的视线之外，随时准备增援你见到的那几个人。我们在训练你的同时也在训练他们。我会教你占据有利位置的技巧。在这样的位置上，你能够一直觉察到别人的监视，但不会显露出来。这和电影里不一样，不是看商店橱窗玻璃的反射，也不是突然回头。我们的办法要简单得多，但绝对有效。”

阿列克谢点点头，呷了口茶，茶已经凉了。

“以后上午我们就练这个，”亚库舍夫说，“剩下的时间我有个紧急的任务要交给你。我们已经注意到莫斯科国立大学有一群学生，一群叛徒，罔顾我们社会主义制度给予他们的一切优越条件，竟然参与密谋行刺我们敬爱的领袖斯大林同志。你的任务就是渗透到这次密谋当中。”

阿列克谢只是又喝了几口茶。

“很好，”亚库舍夫说，“你害怕脸上会暴露自己的想法，所以只是喝茶，丝毫不露声色。做得很好。只有首先征服自己，你才能征服别人。现在告诉我，你具体是怎么想的？”

阿列克谢放下杯子。“这些人策划的阴谋一旦败露，只有死路一条，他们会邀请一个完全不相识的人入伙吗？”

亚库舍夫顺着烟卷向下望着他。“给你几个月，你肯定能慢慢取得他们的信任。但到那时就为时晚矣。”他手伸进脚边敞开的公文包，取出一张相片，交给阿列克谢。“巧了，我相信你认识这个人。”

这张相片是在街上拍的，显然当时主角并不知情。这回，阿列克谢知道自己的表情已经出卖了他，“认识。”

“她叫什么名字？”

“我认识她那会儿，她叫阿依达。”

第九章　1932年，苏联阿塞拜疆巴库

这所孤儿院曾是一座豪宅。它是13岁的阿列克谢见过的最不可思议的东西。一堵墙上绘着蓝色飞鸟。尽管墙面已经开裂、剥落，但依然奇妙无比。

一个白发苍苍的妇人，面如苍鹰，穿了一身他所见过最好的连衣裙。墙上的领袖同志严厉地俯视着他。妇人看了看他那些盖了章的生平资料，然后抬起头望着他，问："你是阿列克谢·伊万诺维奇？"就好像这些文件可能说了谎。

阿列克谢小心翼翼地点了点头。

她用俄语对他说："欢迎来到第27号特殊孤儿院。"

阿列克谢纳闷，有什么特殊的。

"你懂俄语吗？孩子。"

"懂的，夫人。"

"阿列克谢·伊万诺维奇，在这里不能用那个词。我们这里都是共产主义者，没有资产阶级反动派。我是安娜·拉希莫夫娜·阿利耶夫。我负责管理这个地方。你可以称呼我院长

同志。”

“是，院长同志。”

“我相信你路上过得挺愉快，迄今为止也被照顾得很好。”

这不是个问题，阿列克谢也不需要回答。

“你注意到我们待的这个地方了吧？”她问。

阿列克谢又点了点头。

“这座大房子原来的主人是一户人家，”她一脸厌恶地说，“现在剥削人民的资本家被打倒了，国家接管了这个地方，通过培养下一代来建设共产主义。”

她盯着他，似乎期望他说点什么。阿列克谢不知道说什么好。如果他想到什么就说出来，那就太愚蠢了，他想的是似乎对她来说运气不错。

“你！”她脱口而出，像是在回答一个自己从未问过的问题，“你就是下一代。在这里我们会教育你们建设共产主义。”她的口吻柔和了一些，“天有不测风云，现在由国家来照看你。这里其他的孩子也都和你一样。我知道这不容易，所有的改变都不容易。但你很快就会在这里找到家的感觉，过上幸福的新生活。”

她的口气就和集体农庄里那些高价兜售东西的人一模一样。

“你有什么问题吗？”

当然有许多问题，但经验告诉他，提问不是明智之举。“没有，院长同志。”

她低头看了看文件，又转向他。“阿列克谢·伊万诺维奇，在我们这里生活的既有男孩也有女孩。你有和女孩在一起的经历吗？”

好吧，问题越发尖锐了，但他习惯了不明白别人的意思。“我以前的学校里有女孩，院长同志。而且农场里……”不知道该怎么回答，他停了下来。

出于某种原因，她叹了口气，又低头看起文件。“因为我们男孩女孩都有，所以你和女孩之间保持正确的关系很重要，对吧？”

阿列克谢还是不懂她在说什么，但她所期待的回应却是很明显的，所以他不管三七二十一，只是忠实地点头。

她又叹了口气。“阿列克谢·伊万诺维奇，你知道阴茎是什么吗？”

阿列克谢更摸不着头脑，这和他们谈的事情有什么关系。“是——是的，院长同志。”

她的脸色明朗了一些，似乎现在有事可做了。“很好。任何情况下都不许这里的任何一个女孩碰你的阴茎。懂吗？”

不懂，完全不懂。“是，院长同志。”

“很好。如果你做了，你的健康就会出问题。你会生病，我们也无能为力，明白吗？”

一点都不明白。“是，院长同志。”

“很好。”既然已经对他阴茎的健康尽到了社会主义责任，她轻拍了一下桌上的文件，就像把他的陈年旧事都处理好了似的。然后她从椅子上起身，说：“现在该去见见其他人了。”

在一个满是桌子的大厅里，近百个不同年龄的孩子排好队，等着领午饭。男孩都穿得和他一样，棕色裤子，套领衬衫，和校服差不多。女孩都穿着水手领的格子连衣裙。院长同志叫他们停下来，一下激起了公愤，孩子们都在低声抱怨。她让他站在她旁边，又用手钳住他的肩膀，这下他想跑也跑不掉了。同时，她讲了一番话，叫大家让他感到自己是受欢迎的。她的话音未落，孩子们就开始敲打托盘。起初，她还装作什么都没发生，后来那欢迎的场面几乎到了失控的边缘，她才挤出笑容，结束了讲话，轻快地走开，把阿列克谢留在那里。

所有的孩子都盯着他，就跟他没穿衣服一样，然后又几乎同时转身排队打饭，闹哄哄地聊天。

阿列克谢来到队尾，拿起托盘、盘子、杯子、勺子。今天的伙食是牛奶荞麦粥加一勺糖，一块250克的黑面包，一抹黄油，还有茶水。打饭的女人看起来好像格林兄弟笔下的巫婆一般，呵斥排着队的孩子们快点走，等到阿列克谢过去的时候，荞麦粥几乎快没了。他站在那儿低头盯着自己那个没满的碗，另一个巫婆又朝他的托盘上扔了一块面包，吼他快点走。

他排完队出来时，孩子们一边狼吞虎咽地吃着东西，一边又盯着他。阿列克谢本能地意识到，如果他们觉得他害怕了，他就完蛋了。所以，从大厅走过去的时候，他也瞪着他们，直到他们都转移了目光。

他选了餐厅里远处的一张桌子，一个人坐在那里。可东西全吃完了肚子还是饿。

用完餐后，他仔细观察其他人都在干什么。他学着其他孩子把自己的脏盘子放进金属桶里，然后跟着他们鱼贯而出。

他沿着门厅往前走，可前面的人突然停了下来，四散而去。阿列克谢知道有事情要发生。他把手揣进衣兜里，立即解开他偷偷带进来的那个小口袋上拴的细绳。

堵住他的是三个大一些的男孩，有十四五岁。其他人都躲在安全距离之外看热闹。

中间那个男孩是他们的头儿，说："有什么好玩意儿？乖乖交出来，否则别怪我们伤了你。"

"就是，把你的衣兜翻出来看看。"他右边的那个说。

在农场的时候，有个叫阿纳托利的男孩看他不顺眼。起初几次打架都是他挑起来的，但阿列克谢收拾他绰绰有余。后来，阿纳托利组了个小团伙。阿列克谢当时对付他们用的东西，现在依然随身带着：一颗旧的铁螺母。虽然重但体积小，正好能放进手掌中，这是从农场垃圾堆里捡来的，他在上面绑了一根粗麻线。

那个头儿笑得很得意，似乎是预想到了什么有趣的事情。阿列克谢知道他在想什么：好好教训一下这个新来的，让他安分守己，也好杀鸡儆猴。刚开始，他紧张得肚子有点疼，但很快痛感被自己冷酷的决心所取代。如果此时不还手，将来他在这里的生活将会是场噩梦。

阿列克谢把手从衣袋里抽出来，奋力将螺母砸向那张得意的笑脸，正中那个男孩的眼睛，他大叫一声，双手捂住了脸。

对方若是只有一个人，阿列克谢刚才早就一脚踢向他的裆部了。但现在还有两个人要对付。戏剧化的剧情反转，惊得那两人一时间呆若木鸡。但他知道，这不会持续很长时间。阿列克谢手收了回来。粗麻线的一头拴着螺母，另一头缠在他的手上。阿列克谢把手挥舞过头顶，挥到身后时螺母加快了速度，发出嗡嗡的声音。他之前练习过这个，想打哪儿就可以打到哪儿。

于是，他打在了右边多嘴的那个男孩耳朵上方，速度很快。男孩两眼一翻，跌倒在地。

第三个男孩见识到了他的厉害，转身就跑。阿列克谢纵身跳到他的背上，将他扑倒在地，把螺母套在食指上，使出全身力气一拳打在他的脑袋上。没打几下，男孩就停止了喊叫，趴在地上一动不动。

阿列克谢从他的身上翻了下来，一跃而起，然后又把注意力转到了他们的头目身上。那个男孩跪在那里捂着眼睛号叫。阿列克谢将螺母甩到背后，砸在地上，然后像使鞭子一样将手臂向前一挥，螺母嗡嗡地从他的耳际掠过，打在头目的后脑勺上，那声音就像熟透的瓜掉在地上一样。头目脸着地倒下，不再发出任何声响。

阿列克谢站在那儿，气喘吁吁，三个敌人此刻都像碎布娃娃一样横在地上。其他孩子都瞠目结舌地望着他，像是马戏团的观众刚刚目睹了熊吃掉驯兽员的过程——完全出乎意料，但比那个更精彩。

一个女孩从人群中挤了出来，冲到他面前：与他年纪相仿，白皙漂亮，一双大大的蓝眼睛闪动着喜悦。“把它给我！”

想都没想，阿列克谢从衣兜里拽出那个小袋子，把拴着粗麻线的螺母也塞进去递给她。

她从他手里抓起小袋子，塞到裙子下面，紧接着又跑进孩子群里，不见了踪影。

这时，他身后传来呵斥声，以及重重踏在木地板上的脚步声。围观的孩子作鸟兽散，两名男管理员跑了过来，抓住了他的胳膊。

阿列克谢心想无非就是挨顿打，但结果就和他在以前的学校一样，挨棍子之前校长要先冲他喊一通。他们先把他关了起来，直到院长同志准备好吼他了。

“那三个男孩住院了，头骨骨折！”她是这样开场的，“一个还在昏迷不醒！啊？你还有什么要说的？”

经验告诉他，对方喊得越凶，他就得装作越悔恨。他低着头，最后说：“院长同志，我第一天到这儿，和那三个男孩打架，我也是被逼无奈。”

她涨红了脸，可是他注意到她紧抓着桌沿的双手由于太用力而发白。“那三个调皮捣蛋，暂且不说。”

“为什么，院长同志？”他语气温和地问。

“够了！”她喊道，从椅子上站起了半个身子。眼睛在桌上扫了扫，像是在找个尖锐但又不怎么贵重的东西扔向他。随后她又想起了个事情。“听说你用了件武器，在哪儿？”

所以，告密者已经先行一步。这下知道了。阿列克谢掏出双手张开，一脸无辜。

院长同志目光越过他的脑袋，望着他后面站着的两名管理员。阿列克谢几乎能够感觉到他们都在摇头，他努力克制不将得意的神情流露出来。

院长用指节敲着桌子。“无论如何，不能就这么算了，惩罚逃不了。我们必须对你严格要求。”她点了点头，像是确认了一下刚才敲桌子所做出的决定。

其中一名管理员抓着他的肩膀，把他拉出了办公室。

他们把他锁进一间小屋子。里面有一张小床，一张小桌子，上面有一壶水，一只杯子，角落里放着一个带盖的搪瓷夜壶。

第二天早上，他们把他放了出来。一切都不一样了。管理员都警惕地盯着他。给他们打早饭的巫婆对他也不像对别的孩子那般叫嚷。他还像之前那样坐在桌尾，结果一群孩子搬过来坐到他旁边，他没理会他们，但一个小一些的男孩拉了一下他的衣袖，问："你要我的面包吗？"

阿列克谢几乎就要拿过来，塞进嘴里，他以为那个孩子已经吃饱了，但随即意识到，没有人能吃饱——大家肯定都和他一样饿。这个孩子交出面包是寻求保护。

不知为何，他觉得自己需要认真考虑一下。他把自己想象成孤儿院里的孩子头儿。不行。这样一时还好，时间长了，有些孩子会认为他没那么厉害，会趁他不注意的时候干掉他。也可能有一天新来了一个和他一样的孩子，一下敲碎他的头盖骨。到时，所有听他指挥的孩子都会投靠下一个更厉害的人，就像他从未存在过一样。

"留着你的面包。"他对那个孩子说，孩子顿时垂头丧气。但他随后又说："只要你们不愿意，就不用把自己的东西给任何人。"

"真的吗？"小男孩问。

阿列克谢只是点了点头。

结果比他预想的效果还好。他所说的话像燎原之火一样散播开来。他没让任何人干任何事，所以没人憎恶他。有些人想收保护费但害怕他会对付他们，所以没有人去逼迫别人。他也不用打架了。有几个孩子找到他，想找他拉帮结伙，但都被他赶走了。

他这会儿甚至怀念那间关禁闭的小屋子。他现在和一群男孩睡在一个拥挤的大房间，铁床之间的空隙勉强能走人。这栋房子原来的设计就不是容纳那么多人，更不必说孩子。现在要想上趟厕所简直都是个噩梦。不时地他们会在角落里发现一坨屎——排号上厕所的孩子有些实在憋不住了或者不想等下去了，于是就地解决了。这时管理员就会气得要死。龙头和水池也不够用，所以，早上他们就用脸盆接冷水清洗上半身。他们必须轮流担任房间值日，就是负责打扫卫生、早上接水还有厨房里洗盘子，还要清理不时出现的一坨屎。每周他们可以洗一次全身的俄式汗蒸浴，之后可以换一下内衣裤。

洗漱完，吃完早饭，就上课了。老师根本不关心学生学没学。阿列克谢也不在意，他总是能自己从书本里学到东西。所以，谁需要老师?

当然，教育是必不可少的。他们想听什么你就说什么，适时地点点头，和大家一起鼓鼓掌，唱一唱他们那些无聊的歌就行了。

主要的问题是食物。基本就是荞麦粥、通心粉、汤和茶水。有时有点肉，但不常有。有时能喝到可可或加奶的咖啡。永远都是黑面包，他经常饿肚子。值日洗盘子时，他也会找找食品室在哪儿，但都锁得很牢。

他试着找替他藏布袋的女孩，把东西要回来，但每次一接近，她就跑开了。他们一起上课，但她坐得离他很远，而且这件事又不能公开谈论。

有一天，他在外面读书，其他人都在玩。自从那次打架事件之后，每个人都把他当作危险动物，谁也不愿引起他的注意。他倒也乐得清静。

女孩突然跑到他面前，咬着他的耳朵说了句："熄灯一小时后在黑楼梯见我。"

就这一句。她飞快跑回咯咯笑的女孩群中，她们都在窃窃私语，还不时地瞟他几眼，而她表现得就像她们刚才在打赌她不敢和他说话。

阿列克谢已经摸准了管理员晚上巡视的时间。那个女孩非常聪明，因为熄灯一个小时后，他们放松了警惕，都跑去打牌了。

他的床在房间最里面，靠着墙，所以只有等到所有人的呼吸声响起来了，都睡着了，这时他再把床单和枕头堆在一起，上面盖上毯子，然后溜出去。

他在楼梯旁小心地等着，以防这是其他男孩设下的陷阱好袭击他。但女孩已经到那里了。她伸出一根手指贴在唇边，阿列克谢点头同意。

顺着楼梯她把他带到了顶楼，院长同志和其他领导的办公室都在这一层。阿列克谢也同意了。孩子是不准到那里的，而且那里除了办公室也没什么值得注意的东西，所以他们在巡逻的时候对这个地方的警惕性没有其他地方高。

他们蹑手蹑脚地走到大厅，在远远的尽头，女孩打开了一扇小门。是一个放置打扫楼层用的扫把、畚箕和清洁液的工具间。这个女孩非常聪明，熄灯以后没人会检查那里。

都进来后，她把门关上，拉了一下灯绳打开了昏暗的电灯。“我们小点声，没人能听见。”

阿列克谢点点头，靠着墙，做好了必要时逃跑或打斗的准备。

女孩的秀发如夜一般漆黑，在洁白脸庞的映衬下愈加黑亮，像是放着光。她的脸很小，眼睛却很大，湛蓝得一如他刚来时见到的第一幅壁画上的小鸟。她奇怪地看着他，似是等着他开口。等了好一会儿，他也没张嘴，她把手伸进裙下掏出了他的小布袋。她打开来，晃了晃，把里面的东西都倒在手上。

她把他的小折刀放在地上，然后是拴着粗麻线的螺母，上面还带着干血迹。她把剩下的东西伸手给他，“这些都是什么？”

“什么也不是，”他说，“还给我。”他伸手去接，但她把手缩回胸前。

“如果你不告诉我，我不会还给你的。”她说。

“还给我，否则——”阿列克谢逼近她，警告道。

她似乎毫不在意。“你要打我，我就告发你。”

阿列克谢知道自己被将了一军。他们肯定会相信女孩。“这些是拨片。”

“拨片？什么拨片？”她问。

呃，她可不是那么好糊弄的，这一点毋庸置疑。“撬锁拨片。”阿列克谢后来说。

“我就知道，”她深呼一口气，低头看着手里，“你从哪儿搞到的？”

“我自己做的。”

“做的？怎么做的？”

“就是金属片，还有一把锉刀。”

她刚才一直观赏着手里的东西，这会儿她又重新注视着他的眼睛。“能用吗？”

“如果不好用，我也不会带在身上了。”阿列克谢答道。真是个蠢问题。

“你是怎么学会用这玩意儿的？”

“我把锁拆开看它们是如何工作的。”阿列克谢答道。

她扫视着他的眼睛，最后问：“你饿吗？”

“我当然饿了。”阿列克谢回答。每个人都饿。

“你愿意冒险搞点吃的吗？”

阿列克谢怀疑地注视着她。“我不会独自冒这个险。”

“我会全程跟着你。”她说。

阿列克谢想了一下。她不笨，肯定是熟门熟路，而且她把他的东西藏起来，没向领导告发他。“你是说溜进厨房吗？”

女孩严肃地点了点头。

“那样的话，你应该知道锁不是主要问题。那些管理员都坐在厨房门口的餐厅里，整晚地下象棋。而其他所有门不仅上了锁，而且被封上了。”管理员知道这些孩子做梦都想溜进厨房。看来他们也还没蠢到家。

“我知道有条路，”她说，“但我需要有人懂开锁。”

"怎么去?"

"现在告诉你就来不及了,"她说,"我们必须马上动手,趁着厨师还没大清早赶来做早餐,跟在我后面。"

阿列克谢管不了那么多了。他怎么知道她的计划是否万无一失?但转念一想,如果他们被抓了,会怎么样?把他一个人锁在小屋子里?挺好。

"好吧,"他说,"把我的东西给我。"

这会儿她把所有的东西都还给了他。他们离开工具间,她带着他继续沿着走廊往里走。转过一个弯,她停了下来。一片漆黑,他花了好一会儿才看清她是站在什么的旁边,因为那门几乎是和镶板融为一体了。墙上的那扇齐腰的滑门一米宽,半米高。门上有个铜把手,上面满是黑乎乎的污渍,几乎都看不到。

女孩握住把手向上推,一直推到上面将门扣住。里面像是一个木箱子,前面是敞开的,两条粗绳子系在一侧。

"这是个'哑巴服务员',可以降到厨房里。"她贴在他的耳边悄声说。

阿列克谢不明白她在说什么。但他看到她爬进箱子里,拉动绳子,箱子也随之上下。这真是有点意思。他以前看书曾读到过电梯,但和这个完全不同。

"我下去后会把它拉上来。"她悄声道,递给他一块木头,"你进来后,就把门关上,然后把这个夹在门下,这样我们回来时就能出去了。"

女孩似乎把事情谋划得很周到。她拉起绳子,箱子向下滑动,顶部从视线中消失后,阿列克谢头就钻进门洞里。虽然身处黑暗之中，他依然能看到箱子在绳子和滑轮的作用下降了下去。绳子动的时候他轻轻摸了一下，看起来还比较结实，但他也能预见到，如果他在箱子里时绳子断了，那得多惨。好吧，人家女孩都已经做了。

绳子停住了，没一会儿，又开始朝相反的方向拉动。很快，空箱子升到了他面前。

盯着里面，他几乎失去了勇气。降下去的时候万一半道卡住了该怎么办？踌躇不前，唯一让他迈开腿的事情就是人家女孩都已经做了，她肯定会叫他胆小鬼。

他叹了口气，蜷缩进箱子里。他调整了两次姿势，才把整个身体缩进去，而且牢牢地握住了绳子。他把门滑了下来，只用木块留了一个缝。这下完全一片漆黑，他身上开始冒汗，像是夏天一样，而且呼吸也突然变得困难。

他拉着绳子，漫长得像是经历了一辈子，之后箱子底部的缝隙中透进了微弱的光线。终于他来到了另一个出口，女孩的头就在他的面前。

这里是厨房。没开灯，但月光透过高高的窗户打在后墙上，又从墙壁的瓷砖上反射过来。从门上结霜的玻璃板上照进餐厅的光线更亮些。

阿列克谢很想从箱子里跳出来，但他忍住了，而是尽量悄悄地爬出来。他的衬衫被汗浸得就像块湿抹布。他脚刚落地，女孩就拉着他的胳膊，在他耳边轻声道："别担心。我第一次也这样。"

就这么简单的一句同情话，她完全征服了他。

这光亮照明已是绰绰有余了，他们透过餐厅的门能听到管理员们下象棋的声音。阿列克谢转身，看了看他刚出来的那个门洞，才发现那根本不是给人用的。有钱人用它来把食物从厨房送到楼上，不需要有人沿着楼梯一路爬上去。“哑巴服务员”，现在他才明白。

她带着他绕过储藏食物的食品室，来到角落的一扇门，上面挂了一把银色的结实的挂锁。在厨房值日的时候，阿列克谢曾到过他们存放食物的地方，但身边总是跟着一名厨师监视他的一举一动，而且不管什么东西也不管多重，都让他来搬，但他从未见到谁进过这扇门。

他举着双手，做了个疑问的手势，但女孩坚决地指着那扇门，比画着打开那把挂锁。

阿列克谢耸了耸肩，希望她明白自己在做什么。他不需要光亮就可以开锁，全凭感觉用拨片找到锁栓，不到一分钟，他就把锁撬开了。门锁就更简单了，门把下的门锁十分老旧，只需压住大锁栓，转动锁孔即可。他开门开得很慢，这样就不会发出嘎吱的声音。女孩激动得几乎跳上跳下。

他们都溜了进去，女孩握住灯绳，示意他先关上门，她再开灯。

他照做了。灯绳一拉，开关咔嗒一声，灯泡亮了。

这简直就是阿拉丁洞穴的故事。里面的食物有些在这个院里从未见到给他们吃过，有些他这辈子都没见过。柜台上放着一条条白面包。白面包呀！他们从未吃过白面包，只有黑面包。还有两块诱人的蛋糕，就放在上菜餐盘上，上面扣着大玻璃罐一样的东西。架子上都是成瓶的果酱和成罐的外国食品。这些混蛋。他们都留着自己享用。难怪孩子们一个个饥肠辘辘，他们一个个大腹便便。

女孩一直翻寻着食品架，突然发出了无声的尖叫。她手里拿着一大条纸包的东西。她正要把纸撕掉，阿列克谢冲过来，从她手里一把夺了下来。“别打开！”他悄声厉语。

她把手搭在屁股上，除了跺脚什么动作都做了。“可这是巧克力呀。”她可怜巴巴地悄声回道。

阿列克谢靠近她的耳朵解释道：“如果我们还想再来，就得让这里看起来什么都没发生。这里只有四条巧克力棒——少一条，他们就会知道有人偷了。”

但她还是恋恋不舍地望着那一条，嘟哝道：“可那是巧克力呀。”

阿列克谢小心翼翼地把它放回架子上原来的位置，又比画着让她兜起裙子当作提篮。他拿了一条白面包，把剩下的又重新摆了位置，这样柜台上就没有空隙了。还有两条已经切好了——那些他没有碰。他又拿了一瓶果酱，并重新摆了一下架子，让这层看起来更匀称。选了一大罐水果罐头。这些就够了。即使那些大人注意到少了什么东西，他们也会觉得是他们当中有人顺走的。

他们又仔细地绕着储藏室转了一圈，确认没把什么东西放错了位置。然后，他关上了灯，几乎是把女孩推出去的。她还在依依不舍地盯着那些巧克力棒。

他把她抱进箱子里，他必须这么做，因为所有的食物都裹在她的裙子里。当她消失在视线中时，他立刻跑回去把门锁好，把挂锁也锁上。餐厅里还一直传来嘈杂的说话声。

绳子不动了，他耐心地等待着。突然咚的一声，声音很响，像是铁罐头摔到了木头上。在升降井里的回声简直像炮轰的声响。

阿列克谢祈祷实际的声音可千万别像他听到的那般响，但餐厅里的话音停了下来，他知道自己遇到麻烦了。绳子上的重量刚卸下来，他就交替着手使劲拉，把升降机给降下来。

餐厅里又说话了，但语调变了。他听见椅子腿蹭在木地板上嘎吱的声音，还有大人站起来常会发出的叹气声。

钥匙插进了厨房的门锁。阿列克谢疯狂地拉着绳子。钥匙转动，升降机降到了他的面前。他跳了进去，厨房门打开时，他把木门关上了。

透过升降机门缝，阿列克谢看到厨房的灯突然打开了。如果他试图把自己拉上去，他们肯定会听到。

他能听到皮鞋底踩在地板砖上的声音。脚步声一直围着厨房转，他们把门晃得吱吱作响，确认都锁上了。当他们靠近升降机的时候，绳子突然紧了起来。女孩等得不耐烦了，想把他给拉上来。阿列克谢用手紧紧锁住绳子，这样升降机就不会动了，但愿女孩别再发出声音了。

脚步声就停在他面前。阿列克谢身上又开始冒汗了，他甚至有意地放轻呼吸。他就等着升降机门被拽开、自己被揪出来接受惩罚的那一刻。似乎不管是他和谁一起在厨房里，都得一起蹲在监狱里度过余生了。

脚步又动了起来，厨房里的灯灭了。门关上，锁起来了。阿列克谢一切都听得一清二楚。他迫不及待地想拽着绳子，把自己送出去，但他还是耐下心来等到他们都坐下，重新开始他们的游戏。直到那时，他才慢慢地将自己拉了上去。

女孩一直在楼上开着的那扇小门处等着，看上去一脸愠色，这么长时间他才上来，阿列克谢伸出一根手指比在嘴唇上。他爬了出来，又把升降机送回了厨房。他看到绳子上标了一条线，表明什么时候到了正好的位置。

“你在下面怎么待那么久。”进了工具间后，她埋怨道。

“他们听到了你掉的那盒罐头，”阿列克谢解释道，“就进去检查了。”

她的手马上捂住嘴。“对不起。”

阿列克谢只是耸了耸肩，同时用他的折刀把面包条切成两半，又切成片，平均分成两份。他把刀插进水果罐头，在罐顶上划出一个不标准的“X”形，然后把划开的四瓣按了下去，打开了罐头。

她从他手里接过刀子，开始在面包上涂上果酱。偷完东西，她已把帽子摘了下来，一头乌发就在面前披了下来。她真的很漂亮，尤其是那双湛蓝的大眼睛。

他望着她，问：“你叫什么名字？”

“阿依达。”她回答。

“我认识的人当中没有叫这样的名字的。”

“这个名字来自一部歌剧。”

阿列克谢想了一下，“我读到过有关歌剧的东西。就是一种戏剧，演员是用唱的而不是说的，对吗？”

她将目光从面包上抬起，撩起遮住双眼的秀发，“你从来都没听过歌剧？”

阿列克谢冷哼一声，“歌剧哪会到农场上演。”

“收音机也没有吗？”

“谁会有收音机呀？”

“你们农场上连一台收音机也没有吗？”

“这个嘛，在我生活的那个集体农庄，社区中心倒是有一台，人们晚上会听。但你要是说你想听歌剧，他们会打你一顿，然后把你扔出去。”

“你真有意思，”她递给他一片面包，“你叫阿列克谢，对吧？”

阿列克谢点了点头。面包又轻又松软，不像他们一直吃的黑面包，有时吃起来感觉他们把锯末子掺在里面了。面包上涂的是无花果果酱，这简直是他吃过最好吃的东西。

“你为什么吃得这么快？”她问。

阿列克谢顿了一下，好把嘴里的东西咽下去，“如果他们推开门，把食物从我们这儿抢走，至少我肚子里还有点货。”

“你是我见过最有趣的男孩，”她坦言，又过了一会儿，“我不能告诉你我的姓氏，这是秘密。”

阿列克谢从他的那堆面包里又拿起一片。

她又开始涂果酱，争取赶上他，“你就不想知道吗？”

“你刚才说不能告诉我，因为这是秘密。”

“你真是太有意思了。我不能告诉你，是因为我爸爸是个重要人物，他认识领袖本人。”

阿列克谢继续吃。

“你不相信我吗？”她问。

“既然你这么说，那我就相信吧。”

“是真的。我爸爸叫他科巴。他们早在革命之前就认识了，领袖却杀了他。”

阿列克谢不想说他很抱歉，因为也许她会觉得像是他做的一样。如果他听到领袖杀了自己的父亲，他一定会大喜过望。

“爸爸说他一直在静伺时机，等待大权在握的那一天。爸爸说，如果他觉得时机成熟，就会杀死所有对他有威胁的人，杀死所有在他羽翼未丰时认识他的人。”

她说话很快，多数女孩都是这样。她们说起话来滔滔不绝，好像害怕自己还没说完你就要跑掉一样。阿依达又给他递来一片面包，她把果酱涂得很厚，一整瓶果酱都涂在一条面包上，这是他有生以来第一次吃得这么饱。阿列克谢心想但没有说出来，貌似她爸爸说过很多话。难怪他会死掉。

阿依达快步过来，倚在他身上，手伸进水果罐头里拿出一片水果，“张嘴。”

她喂他的时候，阿列克谢紧张起来，那种感觉就和以前在学校时阿纳斯塔西娅经常把手放在他腿上一样。这是一块浸在糖水里的梨肉，可能是他吃过的最好吃的东西。

“你说你住在集体农庄？”她问。

“对。”

“你出来得正是时候，那里将会变得很糟糕。”

“已经很糟糕了。”阿列克谢告诉她。

“爸爸说，仅用四年将2 000万个农场变成250万个集体农庄，这是不可能的事情。人们会饿死的。”

听起来简直是疯了。也许是她爸爸疯了。“那为什么还要做？”

“因为爸爸说，农民永远是俄国权力的关键，他们不支持沙皇，沙皇就垮掉了。他还说，农民不关心什么主义，所以必须控制住他们，直到他们关心为止。国家控制农村唯一的方式就是控制农场，所以领袖下令，不惜一切代价也要完成这件事情。饿死人不是计划的一部分，但没有足够的拖拉机和其他东西，庄稼还没收割就坏了，用不了多久，食物就不够全国上下每个人吃了。但他们才不关心呢。领袖永远不会承认自己犯了错——他的敌人也许会抨击他。”

阿列克谢突然觉得，坐在领袖的位子上其实很像在孤儿院当孩子头。但那时他所见的永远是，不管他们嘴上说什么鬼话，老大们必须确保自己得到的足够多，“这就是为什么你自己必须小心。”

阿依达抬起头望着他。“爸爸说，饥荒最糟糕的地方在于最先饿死的总是那些安分守己的老实人，那些从不偷窃食物、撒谎或违法的人。他还说这样的形势会造就新式苏维埃人，这些人是非常可怕的。”她又给他喂了一块梨肉，“就像你一样。”

“这里不止我一个小偷。”阿列克谢辩解道。

“是的，不止你一个，我们都吃饱了吧。”

“这么长时间还是第一次吃饱，”他低头看着她，“你爸爸说的一切你都记得?”

“所有人说的话我都记得。”

“我是个好人，”阿列克谢说，但他不清楚自己是在和谁说话，“只是别逼我，也别伤害我的朋友。”

她又抬头望着他，“我是你的朋友吗?”

阿列克谢只是耸了耸肩。

她转身趴在膝盖上，和他四目相对，“我得谢谢你，帮我弄到吃的。”她搂住他的脖子，贴过去亲吻他。

阿列克谢呆住了，有些害怕得不知所措，还有种不好的预感，觉得自己犯了一个尴尬的错误。

阿依达似乎也觉察到了，“你可以搂着我，嘴唇贴着我的嘴唇。”

他整个身体似乎都在嗡嗡作响，这和他每次觉得自己死定了时的那种颤抖不一样，但那种恐惧的感觉是一样的。入室行窃很简单，但这个很难。她如此纤细，如此温软。他们又亲了一会儿，她尝起来有梨子的味道。

“好多了，”她耳语道，“张开嘴，让舌头碰在一起。这比把舌头伸到别人的喉咙要好多了——那样很糟糕。喔，这样很好，你好温柔。”她说，有些惊讶。

很明显她以前亲过其他男孩，但阿列克谢很高兴，有人懂他们在做的事情。

大厅里传来了脚步声。

阿列克谢紧紧抱住她。他知道她不会发出任何声音，所以他没有捂住她的嘴。他的胳膊把她搂在中间，而她也把手放在他的手上。

脚步声经过他们那扇门，转过弯，然后能听到下了楼梯。

“我们该走了，”阿依达道，“如果他们发现我们的床上没人，就会搜遍整栋楼，然后等着我们回去。”

阿列克谢点点头。他把水果罐头递给她，两人轮流喝，把里面的糖水喝得精光。他拿了一个畚箕，仔细地把掉到地上的面包渣都扫干净了，倒在抹布上，然后把罐头压扁放在上面，空果酱瓶放在顶上，最后把抹布像包袱一样系起来。

“你为什么要做这些？”阿依达问。

“如果清洁工在这儿发现任何东西，他们会觉得异常的，”阿列克谢小声道，“即使他们没觉得厨房少了什么东西。你也不能拿着东西，你得掩盖痕迹。我会把所有这些东西处理掉，放在垃圾桶底下。没人会发现的。”

她的眼睛闪烁着激动的光芒，“我们什么时候再偷一次？明天晚上？”

阿列克谢摇头，“至少得一个星期后。”

“那么久啊？”她噘嘴嗔道，可爱极了。

“如果他们发现厨房丢了东西，会给小偷下个套。如果我们等得够久，他们就会不耐烦，觉得是自己搞错了。”

她紧紧搂住他的脖子，“我就知道我没看错你。”

“你先走，”他说，“我会跟在后面。直接回床上。”他想临走再检查一遍工具间。

她亲吻了他，舌头在他的嘴里一番挑逗。

阿依达笑了起来，在他的裆部蹭了一下，然后溜出了工具间。

阿列克谢很庆幸，整栋楼都睡着了，因为他吃了这么丰盛的一顿，得拉完一遍又一遍。貌似他半个晚上都是在厕所里度过的。

后来，伴着男孩们如雷的鼾声，他回到了床上。可每想到阿依达，他都会硬起来。阿列克谢想了想，关于那件事他们一直都在撒谎，他早就应该知道的。

第十章 1936年，莫斯科

“这个叫阿依达的女孩没告诉你她的姓氏吗?”亚库舍夫同志追问。

“她说不能告诉我，”阿列克谢答道，“这是个秘密。”

“为什么?”

“因为她的父亲认识领袖同志。”

“那她父亲呢?”

“她说，”阿列克谢的回答重音放在了头两个字上，“领袖同志杀了他。”

“她这么说?”

“是的。关于她的其他事情我一无所知。”

亚库舍夫吐出一大口烟。“现在我们知道了这次密谋的根源。她的父亲虽身居高位，却是有名的人民公敌。领袖同志下令，父母犯罪，孩子不应受到牵连。那个女孩就和你一样，由国家收养了。”

听到这里，阿列克谢在座位上不自在地动了一下。

这没逃过亚库舍夫的法眼。“你误入歧途是因为监护你的人对你疏于管教，而这个女孩，是国家抚养的，给她提供了一切机会，把她从边远的加盟共和国送到了莫斯科国立大学，而她就是这么回报我们伟大的国家和领袖的。”

他言语之中带着怒气，又紧紧揪住了阿列克谢内心冰冷的恐惧。阿列克谢不论在和沙赫萨万人走私之前还是之后，都遇到过很多官员。追名逐利的人唯命是从，但不会多做一件事，怕会犯错。可如果给他们一笔钱贿赂他们，则会欣然领受，但像他这样的疯子，收买不了，躲避不掉，恐吓不到。

“她叫阿依达·鲁坚科，”亚库舍夫说，“她就是你打入恐怖分子团伙的突破口。现在，这项秘密工作最重要的一点就是编好故事。这就和演员准备扮演的角色一样。你是哈姆雷特，丹麦王子。有人谋害了你的父王，篡权夺位。凶手娶了你的母后，可能也在谋划杀了你。扮演这个角色，你的一举一动都要符合这些原则。所以，再给自己倒些茶，需要去厕所的话请自便。然后认真想想再告诉我，要和这个女孩重新认识，你需要成为什么人，准备讲述什么故事。我提醒你，每个掩护身份都必须基于现实。你不能说自己是马戏团的魔术师，除非别人叫你做的时候，你真的能变戏法。”

阿列克谢在厕所里坐了很长时间，因为他怀疑自己在亚库舍夫的注视下是否能好好思考。

然后，他回到座位上。

亚库舍夫又点了一支烟，“你忘记冲厕所了。”

阿列克谢十分确定，这是句玩笑话，他心里有数。他并不指望亚库舍夫会开更多的玩笑。“我觉得我不能演学生。我从巴库的孤儿院逃出来，怎么可能到莫斯科上大学？之前没人见过我，突然有一天却冒出来了？而且，如果我装学生，他们可能会问我一些我一无所知的学科。”

“我同意，”亚库舍夫说，“那说说你的办法。”

“我是个小偷，”阿列克谢说，“新近发迹。你可以告诉我莫斯科主要的非法勾当有哪些。倒卖食物？汽油？酒精？或许都有。我贿赂了一个官员，在阿尔巴特广场搞到了一套公寓。我有钱，有路子。我已经成为法外之徒，而禁忌往往是很有诱惑的。”

亚库舍夫抽完烟，掐灭烟头。“到桌子那儿，把故事的细节写下来。”

第十一章　1936年，莫斯科

女孩从国营面包店出来时，转身想关上门，抵住凛冽的寒风。买面包的人在店里排起了蜿蜒的长龙，大家挤在一起是不想站在寒冷的外面。和每个苏联人一样，阿列克谢每次看到排队时都会计算一下，排到柜台至少还得一小时，前提是到时面包还没卖光。当然，他们自己总会在后面藏一些。所以最好还是偷。

他掐准时间，跳上台阶去拦住她。

她插上门闩转身，结果一头撞到他的胸口。

阿列克谢轻轻地抓住她的小臂，防止她摔下台阶，“对不起，同志。”

“不好意思。”她答道。

他没松手，问：“我们认识吗？”

她脸都没抬，回道，“我确定我们不认识。”

“我确定我认识你。”阿列克谢说。

他执意坚持，她才终于抬头扫了他一眼。结果，她目瞪口呆。“等等。”她仔细打量他的脸，“我是不是在做梦。”她用戴着手套的手按了按他的胸部，像是在确认他是不是真的。“阿列克谢？”

“走到天涯海角，我都能认出你那双眼睛，阿依达。”他笑道。它们是如此湛蓝水灵。她一头乌发又长又直，他以前看到的不是这个发型。不过，很适合她。

“阿列克谢！我的天哪……”她张开手臂搂住他的脖子。

这时门口有一群人正等着进面包店，苏联人容易发脾气。她搂着他的脖子不放，所以他干脆搂着她的腰直接把她抱下台阶，给他们让开路。

他把她放了下来，两人大笑。阿依达抽回胳膊，深情地抚摸他的脸。“你是怎么到这儿的？你是怎么来的莫斯科？”她摸着他的羊毛大衣，“还穿着这么体面的衣服。”

阿列克谢觉得她长大后更漂亮了，更高了，她的面庞和身材也丰腴得恰到好处。“我应该问你同样的问题。”

“我是国立大学的学生。”她大声道。

“真是太棒了，”他说，“但学校不给你饭吃吗？你从面包店出来两手空空的。”

“哦，”她拎起空荡荡的购物袋说，“我朋友生日快到了，我特别想送她个蛋糕。我本来准备自己烤的，但发现所有的原料都买不到。现在，我差不多去过了莫斯科所有的面包店，但都没有蛋糕。”

阿列克谢抓住她的胳膊。“也许我能帮上忙。我不希望你的朋友生日过得不开心。”

“那你打算怎么安排呢？”她冲他笑道。

"那儿，"他指着前面说，"我们去坐那辆电车。"

"你是要绑架我吗？"她问，脸上依然挂着微笑。

"你要是心甘情愿跟着我，那就不算绑架。"他回答。

"我觉得我必须跟着你，"她说，"可不能让你跑了，我还有成千上万个问题要问你呢。"

他们冲到街上，这时电车开始起步了。售票员没搭理他们。阿列克谢抓住扶手，帮着她爬了上来。

他们在阿尔巴特广场下了车，横穿了过去。"我们在这儿试试。"阿列克谢指着角落里那栋楔形的建筑说。

阿依达拽着他的胳膊。"阿列克谢，别！别去布拉格，这家饭店太贵了。"

"真的吗？"他说，"我从来没进去过。但我路过的时候看到有人在吃蛋糕。走，我们进去吧。"

他们找了一张桌子坐了下来。你一眼就可以看出，这个地方曾经是多么富丽堂皇，但和莫斯科所有革命前的建筑一样，你也能看出由于年久失修这个地方又是多么颓败。不过，墙壁和天花板是乳白色，每个角落都矗立着雕刻的木柱。所有镶板上的装饰都是描金的。顶上悬着水晶吊灯，窗户挂着深色天鹅绒窗帘。墙上的雕像齐望着下面的就餐者，似乎并不在意自己手指和脚趾的残缺。阿列克谢点了两人份的蛋糕和茶。

"没人吃得起这里的东西。"阿依达拿菜单遮住嘴悄声说。

"但这里有人在吃啊。"阿列克谢答道。

"我是指普通人。"

"我相信一切都没问题。"阿列克谢说。

阿依达做了一个极其俄式的顺从动作。“但愿你知道自己在做什么。”

“现在请告诉我你学的是什么。”阿列克谢问，像是没听到她说的话。

“我学习成为一名艺术家。”阿依达告诉他。

“你一定是才能出众，才能来到莫斯科。”

“我赢了一场奖学金比赛，”她坦言道，“竞争非常激烈。”

“恭喜你。”

服务员是一名中年妇女，一直摆着一副怪物似的哭丧脸。她放下他们点的两盘蛋糕。

“谢谢你，同志。”阿列克谢说。

服务员直接走开了。

“在莫斯科我无法适应的一件事就是，”阿依达说，“每个人都是那么没礼貌。”

“也许我们的礼貌会激励她改变自己的行为。”阿列克谢道。

阿依达冷笑一声，又马上用手捂住嘴，有些尴尬。脸红时，她白皙的皮肤似乎有了活力。“你还记得我说过你是我见过最有趣的男孩吗？”

“记得，但你是唯一一个这么评价我的人。我相信，你现在可以比较的样本多了很多。”

她笑了起来，又娇嗔地摇了摇头。她把手伸过桌面，放在他的手上。“在电车上你一直很小心地问我所有问题，但对我的每个问题都避而不谈。请告诉我，孤儿院之后你究竟经历了什么？有一天，你突然不见了，他们都说你跑掉了。”

第十二章　1932年，苏联阿塞拜疆巴库，第27号特殊孤儿院

阿列克谢梦到自己被压死了，然后就醒了，发现自己确实被压着。毯子蒙住了他的头，有人把他按在床上。他的胳膊动不了，但他踢腿扭身，拼命想要挣脱。肯定不止一个人，因为一个男孩不可能把他像这样按住。

“别动，你个小混蛋。”一个大人嘶声喊道。

阿列克谢认出来这是管理员马克西姆的声音。他知道自己胳膊拧不过大腿，就消停不动了。毯子上的压力松了一些，他把手向上滑到枕头底下，摸到了他的小折刀，夹在腋窝底下。否则，他明白自己就再也见不到它了，而且他们绝对不可能是偶然路过这里。

毯子掀开了，他的胳膊也被抓住了。有三名管理员，就是奔着他来的。马克西姆、斯坦尼斯拉夫和尤里。他们把他从床上拽下来，让他站起来，只穿着内裤。房间里所有男孩都醒了，支起一只胳膊肘望着他。

阿列克谢紧握双拳，像是拿着什么东西。他们撬开他的

双手，结果一无所获。之后，他双手垂至体侧，两臂微曲，折刀从腋窝里掉到他张开的手里。他们把他的手拉起来举过头顶，搜身，这时他已把折刀攥回手里。他以前经常练习，眼睛不看照样也能完成。这就和把硬币变没的把戏一样：注意力都被吸引在这里，所以就看不到我做其他的事情。

他们搜完身，又抖落他的衣服，然后还把床搬开。他们发现了拴着粗麻线的螺母，但别的什么都没有。

“把衣服穿上。”他们命令道。

他把刀子塞回了裤子的口袋里，神不知鬼不觉。

所有的工作人员似乎都满楼跑。天还没亮，所以阿列克谢不知道他们是起晚了还是起得早。

院长同志的衣服皱巴巴的，脸上抹了太多化妆品，像是匆忙之间涂上的。

“你一直从厨房里偷吃的。”她冰冷地告诉他，而不是询问他。

阿列克谢知道这种情况下保持沉默就等于认罪。“院长同志，在厨房里卖力干活，他们多给我们一片面包，这不算偷，对吧？”

她坐在椅子上向后靠了一些，似乎被他的回答惊到了。但她的声音依然冷酷：“你晚上溜进厨房偷窃食物。”

她的音调告诉阿列克谢，她确信就是他。他明白自己身处困境，而且情形变得愈加艰难，但确信不是证据。“但厨房晚上是锁着的，院长同志。我怎么闯进去？”

她换了一种策略。“如果你告诉我们把食物藏在哪儿了，我们会对你宽大处理。”

这让他感到稍微松了一口气。“对不起，院长同志，但我确实不知道您在说什么。”

这时，她从椅子上向前探，似是露出獠牙就要扑过去。“你坐着升降机降到厨房，撬开锁，偷走食物。你撬锁的拨片呢?”

阿列克谢把这番话当作他父亲冲他脑袋打的其中一拳。他想知道此时自己脸上的表情，但他依然没有屈服。“我不知道您在说什么，院长同志。”

她把他那个拴着粗麻线的螺母扔在桌上。“你之前也说你没有武器，可现在就在这里。”

好吧，逆来顺受的时候已经过去了，他也没打算乞求她手下留情。阿列克谢挑衅地看着她，说：“如果您还记得的话，院长同志，我可从来没说过我没有武器。”

她看着他身后站着的管理员说：“把他带走。”

他们把他锁在另一间小屋里。不是之前那间，但很像。尤里冲他奚落道：“你以为你很牛。你等着蹲大牢吧。”

他们把门锁上了，阿列克谢跑了过去，耳朵贴了上去。他听见尤里对马克西姆说：“你觉得有人会信他的话吗?”

“信一个小偷?”马克西姆答道，“不会的。出了这件事，我们可能要接受一次检查，但那也没什么事。”

阿列克谢坐在床上看着自己的双手。他早就应该知道的。

每个星期下到厨房偷一次，两个月后的一天晚上，他和阿依达在秘密食品室的门上看到了两把挂锁，而以前都是一把。所以，这些人已经知道自己被偷了。阿列克谢知道，如果他们两个再这么下去，早晚会有人躲在暗地里抓贼。他当时想放弃，但阿依达带他看了阁楼。里面的空间很大，堆满了箱子和旧家具，还有很多可以藏东西的地方。这栋房子里有那么多孩子，有那么多双窥探的眼睛，所以之前藏东西的地方一直是个问题。她想再干一票，尽可能地全拿走，然后藏在阁楼里。

说干就干。他们把一罐罐的食物、一瓶瓶果酱都往升降机上装，直到他担心绳子会断掉。东西运到阁楼，来来回回好几趟，累得他胳膊几乎都抬不起来了。他们偷完东西，把食品室的门敞开着，挂锁就挂在铁扣上，厨房的后门拔掉门闩半开着。这样他们就会以为有人带着东西跑掉了。她终于拿到了她的巧克力。

阿依达是世界上唯一一个知道他有撬锁拨片的人。他没告诉她，他已经都藏在阁楼里了。他想到如果有人在他的物品里发现了这些拨片，他肯定会被认定为小偷。

他在院长同志的办公室时首先想到的是，她可能做什么事的时候被抓到了，为求自保而告发了他。但这也只说明了他是多么愚蠢。现在食物都藏在阁楼里，她不需要他来撬锁，也不用和他分享食物。

他早就应该知道的。她告诉他，是她告发了自己的亲爸爸时，他就应该知道的。现在她需要什么东西，就会去玩别的男人。

阿列克谢手伸进口袋，掏出刀子。他展开折刀，用自己的拇指试了试刀刃。

管理员马克西姆在钥匙环上众多的钥匙中翻找，终于找到了开门的那把。“把眼睛睁大了，防止他设法从我们这儿跑掉。”他对尤里说。

“我来开，”尤里从他手里抢过钥匙环说，“你盯着。”

他又得将钥匙环翻个遍，找出那把钥匙。马克西姆只是在一旁看着，摇了摇头。

尤里将钥匙插进了锁孔。“准备好了吗?”

马克西姆从他背上的口袋里掏出一根短木棍。“我发誓，如果那个小混蛋敢拿东西扔我，我就打碎他的脑袋。”

“不管扔不扔，你都应该打。”尤里说。

“对，应该打。”马克西姆轻蔑地答道，“开门。”

“准备好了?”尤里道，转动钥匙。

“赶紧他妈的把门打开。”马克西姆抱怨道。

尤里开门，他们俩同时向前堵住。什么也没发生。他们在那儿等了一会儿，镇定地准备好行动，然后不约而同地把头伸进去一探究竟。

房间里空空如也。

第十三章　1936年，莫斯科布拉格饭店

“我必须跑，”阿列克谢说，“他们会把我送进监狱的。这样就没人会发现他们偷了那么多食物——”

“他们没想到被我们‘黑吃黑’了。”阿依达紧紧抓住他的手说。

“那些小老鼠中肯定有人看到我把东西搬到阁楼，然后告了密。”阿列克谢说，“这是我唯一能想到的原因。那晚我搬得太起劲，肯定是疏忽了。”

“他们没抓到我。”阿依达说。

“我很庆幸，”他另一只手握住她说，“所以肯定是睡在我那屋的小混蛋。他们一定是看到我起来溜出去了。”

“所以他们抓到你之后你没向他们供出我。”

“当然没有。我一个字都没说。”

“然后你就逃跑了。”

“我才不会乖乖等着看他们给我使什么招。”

“对不起。我们那会都太年轻。你肯定是吃了不少苦。”

“也没什么，”阿列克谢直率地说，“与其坐在那儿再多听他们几年鬼话，我还不如到社会上学些真东西。言语粗俗了一些，还请见谅。”

“没关系。”她说，依然握着他的手。她看起来快要哭了。

“这蛋糕还不错，是不是？”他说，“实话实说，因为我的品位算不上很高雅。”

“很好吃。”阿依达说。

阿列克谢示意服务员过来，服务员没搭理他。

“我刚说的对吧。”阿依达抱怨道。

“不管怎么样，我们得把茶喝完。”阿列克谢说。

阿依达喝完茶，阿列克谢又冲服务员招手，这次她慢慢悠悠过来了。

阿列克谢说：“同志，我想买一个完整的蛋糕，请装在盒子里，我好带走。”

“我们只按块卖，”服务员粗声告诉他，“这是规矩，年轻人。”

她把账单拍在桌子上。阿列克谢抓住她的手，按在桌面上。服务员一惊，试图把手抽出来，但被阿列克谢按得死死的。她张开嘴，但还没来得及喘口气，阿列克谢悄声道：“你要是聪明的话，就不要发出任何声音。”

她一动不动。阿依达惊讶地望着这一幕。

阿列克谢把服务员的手翻开，放了一些钱在她手里。“按块算，这些钱够买一个完整的蛋糕。”他又在那叠钱上放了几张卢布。“这是你的辛苦费。”然后又放了几张，最后把她的手指合上，钱攥在手里。“这是给厨房里你需要打点的人的。

现在回去，给我装一个。马上。”

服务员微微张开手，低头瞟了一眼，用拇指点了一下钞票。“在厨房后门等我，就在巷子里。”

她往回走，阿列克谢这次抓住了她的手腕。“要最好的蛋糕，你明白吧？如果我敲那个门，没人出现，我会来这里找你。如果你想报警昧下那笔钱，我劝你还是别做梦了，到时我的朋友会找到你，他们可没有我这么文明。你说呢，同志？”

这时，服务员开始瑟瑟发抖。“好的，先生。”

阿列克谢松手，她跑进了厨房。他数了数钱，放到桌上结账。“我们现在去取你的蛋糕如何？”

“别管她了，你吓到我了。”阿依达说，他替她披上大衣。

“是，但她礼貌多了，不是吗？”阿列克谢说。

他们走到角落拐进巷子里，阿列克谢敲了敲铁门。马上就开了，服务员递给他一个盒子。

她刚要关门，阿列克谢用另一只手轻易地抓住了她的胳膊。“稍等，同志。”他把盒子递给阿依达，“看看里面有没有蛋糕。”

阿依达把盒子放在垃圾桶上，解开了绑在上面的细绳。

阿列克谢眼睛盯着服务员，手抓住她的胳膊，脸上一直挂着友好的微笑。

一名厨师在门口探出脑袋。“这里发生了什么？”

“识相的话赶紧滚。”阿列克谢警告他。

厨师立马没了人影。

“里面有蛋糕。”阿依达说。她抬头看了看那个吓坏了的服务员，又补充道：“蛋糕非常好。”

“很好。”阿列克谢说。他放开服务员，告诉她：“感谢你做的一切，大婶。祝你好运。”

她向他匆匆鞠了一躬，赶紧把门带上了。

阿列克谢从阿依达那里接过蛋糕，向她伸出另一只胳膊。“你看，我们给你买了蛋糕，还有机会坐在一起聊了聊。”

阿依达打量着他的脸，那种方式和亚库舍夫十分相似。“你一定有一份十分重要的工作。”

阿列克谢停了下来，转向她。“工作？窝囊废才工作。你认为我会替他们工作？”

“我不知道该怎么认为，”她说，“但我知道的是，能再见到你真是太好了。”她抓起他的手，看了一眼他的手表，顿了一下，露出羡慕的神情。“我有节课要上。但今晚你必须参加我朋友的聚会。毕竟，蛋糕是你买的。我得谢谢你。”

阿列克谢把手伸进大衣，递给她一个小本和一支钢笔。“把地址写给我。我一直在努力熟悉街道，但莫斯科还有很多地方我很陌生。”

她写了下来，亲手把笔、本放进他的大衣，然后又伸手搂住他的脖子，狠狠地在他嘴上亲了一口。“看到你的脸，我就会回想起许多事情。”

“从巴库到这里是一条很长的路，对吧？”阿列克谢说。

阿依达从他那里接过蛋糕，亲了一下自己戴着手套的手指，又将手指贴在他的嘴唇上。“晚上见。”

“晚上见。”阿列克谢说。

他看着她一摇一摆地离他远去，大衣紧裹在屁股上。随后他看了一下手表上的时间。他们给他的第一块苏联手表戴了一天就坏了。这一块很贵，是有人进入卢比扬卡后落下的。

第十四章　1936年，莫斯科

下雪给莫斯科的街道带来了令人难忘的宁静。就连电车上金属不断发出的咔嚓声都静了下来。嗒嗒的马蹄声也消去了声响，车辙上结了冰，这些牲畜只得一路低着头拉车。

冬季里海的风袭来时，巴库偶尔也会下雪，但一般也就是持续一两天。不像这里，雪积了半米深。阿列克谢忍不住俯身摸了一把，柔软、纯洁，但很快就会被城市的灰尘玷污。雪甚至将寒冷的空气变得似乎温暖了一些。

当然，这可能是因为他终于学会在莫斯科寒冷的天气下如何穿戴。他以前从未穿过羊绒秋裤，但现在至少他不会感觉每趟出来后进店铺的次数越来越多，因为一直在外面不进去的话会被冻死。

他对照手上的地址看了一下学生宿舍的号码，走了进去。入口的地方有个小厅，木地板看上去像一直有人在上面骑马，瓷砖屋顶上悬着黑铁吊灯，但有半数的灯泡是不亮的。墙上张贴着宣传画报。斯大林是国家这艘大船的舵手。列宁在一个工厂烟囱前面指着，好像他在要求一辆汽车为他停下。阿列克谢喜欢的是那幅：坚定的农民们像士兵那样在拖拉机后行进，耙子像来复枪一样扛在肩上。

在楼梯前面的桌子那儿有个妇人，很明显是看门人。

“名字？”她问。

阿列克谢对她笑了笑，他遇到的每个有公职的苏联中年妇女看起来都像是童话故事里邪恶阵营的一员。“阿纳托利·罗曼诺夫。”他还是打着阿纳托利的名号，但对一些从巴库来可能有所知情的人来说这个假名就不灵了。

“你找谁？”

“我不知道，同志。我受邀参加一个生日聚会。”

“房间号？”

他告诉了她。她把一切仔细记在了登记簿上。“我可以过去了吗，同志？”

她还在写，像是在完成一件费力的工作，头都懒得抬一下，只是点了点头。

阿列克谢上楼。这个地方人声鼎沸，四面八方都是各种嘈杂的音乐。有许多漂亮的姑娘经过，笑意盈盈。非常不错。他来到要去的楼层，这里的部分墙体或墙皮剥落，或墙面被撬开，露出的白砖直勾勾地盯着他。

敲门前他再次确认了门牌号，但根据里面的音量，是这个地方无疑了。门上挂了个像是被马鞭抽过的木邮箱。

一个金发碧眼的漂亮女孩开了门，对着身后的什么东西笑个不停。她看到陌生人的面庞和衣着时，突然变得严肃，仔细地上下打量着他，好一会儿才犹豫地问：“你是阿列克谢？”

“我是，”他笑道，“我应该祝你生日快乐？”

她拥抱他，亲吻他的双颊。“对，我是纳迪娅。十分感谢你给买的蛋糕。快进来。”

他塞给她一个小包裹。“我诗写得很烂，所以，没写生日祝福诗，带了一点小礼物，还请笑纳。”

“你已经给我买了蛋糕了。”她说。

“那是阿依达买的。”他回答。

纳迪娅拉着他的胳膊喊道：“阿依达，他来了！”

他们在一个凹室里，通往其他两间屋子的门开着。里面挤满了人，烟雾缭绕。四张床贴着四面墙壁，所有人都坐在床上，桌子挤在他们中间仅有的一块地方。一个男孩弹着吉他，几个人跟着唱歌。歌曲他不熟悉，那时他对音乐所知寥寥。

阿依达从人群中挤了出来，再次亲吻了他。她和另一个女孩帮他脱掉大衣和帽子。

“你能来我真高兴。”阿依达道。

“我带了一些伏特加。”阿列克谢说，递给她一个装满酒瓶的购物布袋。

“我不会说你不该带，”她告诉他，“我们剩的酒只够每个人抿一口的了。”

纳迪娅冲到他背后，给了他一个结实的拥抱。“看看他送我的这条美丽的丝巾。”她向阿依达展示道。

阿依达仔细地瞧了瞧，冲他做了个揶揄的表情。“今夜过后，恐怕你要有个后宫了。”

“阿依达！”纳迪娅喊道。

“这不过是我逃避唱歌、写诗的小伎俩罢了，”阿列克谢说，“绝对不会有什么后宫的。”

两个女孩都笑了起来。

“我们带你认识一下吧。”纳迪娅说。

他认识了拉瑞莎和莱雅，一个金发，一个红发。她们都留着时兴的短鬈发，和阿依达不同。“她们都是我的闺密。”阿依达道。

纳迪娅向她们展示了一下丝巾，她们纷纷向阿列克谢投以赞许的目光。

“这所大学里的女孩都这么漂亮吗？”阿列克谢向纳迪娅问，“还是只有你的朋友？”

“后宫妃嫔成群，绝对是这样。”阿依达一旁评论道。

德米特里就是弹吉他的那个。阿列克谢将他标记为典型的知识分子，瘦弱，手无缚鸡之力，嘴上留了一小撮绝不应该留的毛茸茸胡须。他弹吉他就是因为太内向不善言谈。

“这是尤里。”阿依达介绍一名结实的家伙时，他正忙着向两名姑娘献殷勤。尤里有一头深色浓密的头发，显然他向后梳了很长时间，才让它们看起来如此得体。他的衬衣是开着的，为了炫耀自己的胸毛。阿列克谢立马觉得这个人无足轻重。这个家伙看起来很粗鲁，只是因为他一直确保自己从不进入一个看起来有比他更粗鲁家伙的地方。“尤里，这是我的朋友阿列克谢。”

尤里伸出手。“阿依达把你说得就跟黑手党阿尔·卡彭似的。”

“他很胖。”阿列克谢温和地说。

尤里本想使劲握住他的手，让他自己抽回去。不料阿列克谢也使劲回敬，直到尤里先抽了手，像是摸到了烫手的暖气片上。尤里坐了回去。脂粉堆里的大块头，阿列克谢心想。

她们那个叫莱雅的女朋友出现了，端来一托盘的酒杯。“大家接着喝。阿列克谢带了很多伏特加，我们可以一醉方休。”

阿依达举杯望着他。“我已经给寿星祝过酒了，所以这一杯敬风尘仆仆赶来的朋友们。”

“敬朋友。”所有人都应和道。

阿列克谢碰完杯，只是嘴唇沾了点酒，而没像其他人一样一饮而尽。

尤里不会放过这个。“你没喝呀，阿尔·卡彭？”

“我不喝酒。”阿列克谢说。

“你也没说啊。有胃病吗？”

“不是，我就是不沾酒。”

尤里说：“我不信任不沾酒的人。”

“尤里！”女孩齐责备道。

“我不稀罕，”阿列克谢似乎满不在意地回答，“这是近来提倡的一项好政策。事实上，我看你像是政府派来的奸细。”

尤里从椅子上一跃而起，举起拳头。“我不是内鬼！”

“他们都是这么说的，”阿列克谢平静地答道，“而且，你拆穿他们的时候，他们会气急败坏。”

“道歉！”尤里吼道。

“别激动，”阿列克谢提醒道，“小心用刀不成反受其害！”

尤里一向喜欢当众大吵大闹，但那句话让他不知怎么接，就像是把留声机的唱针给拨开了。“我没有刀子。”

“我有。”阿列克谢说。

“够了，你们两个。”阿依达拉着阿列克谢的胳膊说。

阿列克谢任由自己被拉着穿过房间。“有意思的家伙。我无意搅乱纳迪娅的生日，但他若继续挑衅，会有不好的事情发生。”

“他喝醉了一直这样。”阿依达说。

尤里坐了回去，气不打一处来，把两个劝慰他的女孩赶走了。

“我们给你留了一块蛋糕。”纳迪娅跟阿列克谢说。

“哦，那就请大家拿起叉子分了吧，”阿列克谢说，“我今天已经和阿依达吃过了。”

此时，弹吉他的德米特里第一次开口说话了。“阿依达告诉了我们蛋糕的故事。”

“是吗？”阿列克谢似乎毫不在意地说。

“是的，”德米特里道，“我有个问题，你为什么愿意冒这么大的险？”

阿依达插话道：“德米特里……”

啊，原来他并不是一个畏缩的人，阿列克谢心想。“我想要蛋糕。”

“不，”德米特里说，“我的意思是——”

“我知道你什么意思，”阿列克谢说，“我邂逅多年不见的朋友。我想给她买个蛋糕让她高兴，所以就弄一个。我行事随心所欲，但我知道自己在做什么。我知道那种地方所有服务员都会向‘蓝帽子’报信。所以我就恐吓她，她在我们离开之后才敢给他们打电话。何况她也会慎重考虑，因为那样做她就得把钱上交。”

“如果这里有人告发你怎么办？”德米特里说，边上的女孩都在示意他不要再说了。

“管他呢？”阿列克谢驳道，“你看，我的朋友，契卡也想找到我。但他们找不到。”

“如果他们找到了呢？”德米特里追问。

阿列克谢嗤之以鼻。“如果我听到他们的靴子踏上楼梯，我不会躲在床底祈祷他们去别人那儿。我也不会认命，开门伸手让他们铐上。我会从窗户逃出去，换个名字，出现在列宁格勒或叶卡捷琳堡。如果有一天他们抓住了我，我会告诉所有人，我曾辉煌过。我锦衣玉食，我口无遮拦，我为所欲为。不像那些尿包，不敢吱声，天天吃着屎一样的东西，对别人言听计从，然后在某天夜里被敲门带走了。反正最后我和他们待的地方没有什么不同。”

“敢问你的全名是什么？”德米特里问。

“别白费心机了，我确定你不知道我的家世。”

“敢问你是做什么的？”

“我会心平气和地说，你管不着。”

“如果我问你是否能给我搞一块和你一样的手表呢？”

“我会回答当然可以。虽然无意冒犯，但我怀疑你是否买得起。不仅没有钱，我也怀疑你是否有胆量通过其他方式搞到。”

“我必须再喝一杯，”德米特里说，“如果我再和你多聊一会儿，恐怕我底线都没了。”

“对，随便喝。”纳迪娅紧张地说。毕竟，这番讨论发生在她的房间里。“大家都多喝点。”

“除了阿列克谢，他不喝酒。”德米特里说，“我现在明白了。一个随时准备跳窗逃跑的人需要保持清醒的头脑。”

伏特加越来越少，所有人都倒在床上睡着了。阿列克谢一直坐在那儿，像是科学家在观察实验。

他有一次上厕所的时候，阿依达消失了。估计她是离开去见哪个男孩了。这时门开了，阿依达出现了，端着一盘子洗好的酒杯。“似乎我们是仅剩下清醒的人了。”

“送你回家？”阿列克谢问。

“那太好了。”

他们挽着手穿过外面的院子时，两人都拉着对方朝相反的方向走。“我住在那边。”阿依达指着道。

“我不是说你家。”阿列克谢说。

她把手从他的臂弯里抽了出来，抬头敏锐地望着他。

阿列克谢又向她伸出胳膊。

阿依达挽住了。

他打开公寓的门，她惊叹起来：“哇，瞧瞧！跟你一比，我简直就是住在壁柜里。还是和另一个女孩合住的。”

苏联人再激情难耐，也不会直接把对方的衣服撕扯下来。衣服来之不易。阿依达脱得精光，站在阿列克谢面前问：“和你以前认识的时候比，我变化大吗？”

“你现在更漂亮了。”阿列克谢如实回答。当年清瘦的小女孩如今发育出了女人的丰乳肥臀。一道皱起的阑尾手术疤痕，他觉得格外性感。他已经完全硬了起来，看了看下面，说：“你看你对我还是一样有杀伤力。”

她也望着下面，还是那样咬起嘴唇，仿佛又回到了那个工具间。他抱住她，一起滚到了床上。

在巴库的时候，他也和其他女孩在一起过，那些女孩都是被他从特供食品店偷来的美食所诱惑。她们吃他带来的东西，然后躺在床上叉开腿，为吃的食物买单。

而这次完全不同。阿依达在他身上像只野猫，亲吻他时还会在脖子上咬一口，咬他的肩膀。她游动得很快，他几乎无法抱住她爱抚。她就像运动队的经理一样对他发号施令。“对，对。”她抓住他后脑勺的头发，把他送到自己的胸前。“对，就是这样。现在使点劲。啊，对！”

折腾了半天，他终于成功地把手伸到了她两腿之间。然后一切变得更加疯狂。很快她抓住他的肩膀将他推倒，躺在床上。她一只手握住他的下面，伸腿从他身上跨过去，像是在骑一匹小马，然后径直坐了下去。

阿列克谢一阵呻吟，一半出于愉悦一半出于惊讶。从没有女孩对他做过这个。

阿依达就在他身上前后左右摇晃。这让他觉得自己在上面时相形见绌。然后她开始坐起坐下，就在快要出来的时候，又极其缓慢地坐下去。这简直太舒服了——他努力控制但还是射了。

她瘫倒在他身上，脸埋在他脖颈里，气喘吁吁。阿列克谢一度觉得他在监狱里持刀搏斗也没有这么累。

烤面包的香气将他唤醒了。阿依达只穿了一件长衬裙，在厨房里煮鸡蛋，桌上还沏好了一壶茶。

阿列克谢自己倒了一杯，又多加了些糖，可怜巴巴地望着她。

她在身边挥舞着做饭的勺子。“你的公寓简直就像是梦里的一样。我家的供暖太差，做饭必须穿着冬大衣。”

“我知道你有问题要问。”阿列克谢说。

“你也不必告诉我。”

“契卡正在外面追捕那个可怜的挨饿家伙。他只是从老板汽车里偷了点汽油换了几个鸡蛋。而我都是用货车拉。我给一个大人物的乡间别墅提供他需要的一切东西。比他圈子里人的货都要好，而且他还不用像其他人一样需要等。他有很多‘关系’。他牵了几条线，替我搞到了这个地方。这对他来说根本不值一提。”

“看到你冰箱里的东西时我差点没昏过去。”阿依达道。

“随便拿。”

“不行。”她说。

“考虑一下，”他说，“我希望再见到你。但既然你知道了我的一些事情，你可能会有危险。”

“你都已经决定信任我了，我又怎么能袖手旁观呢？”

“你什么意思？”

“你把我带到这里。你冒着听到靴子踏上你楼梯的危险。”

“这个冒险值得。”他说。

他们吃了鸡蛋，还有涂着黄油的烤白面包。“我感觉自己像个公主。”阿依达道。

阿列克谢立刻把茶杯端到嘴边，因为他不确定自己是否看上去很悲伤。“啊，童话故事。”

他知道每个苏联女孩皮包里都折着一个购物袋，以防碰巧经过一家有东西卖的商店。他把她的袋子里塞满了冰箱里的东西。

“我的闺密要是看到这个，你肯定会坐拥后宫佳丽的。”她打趣道。

“那也太累了。”他道出了真实的想法。

阿依达只是大笑。“我看到你有电话。我可以打给你吗？”

他给她写下号码。“我怎么能联系到你？”

“如果你打到我的宿舍，然后值班的巫婆接到电话，她又不愿跑上楼找我，整个过程下来你会发疯的。女人给男人打电话会惹你生气吗？”

“我很开明。”

“那我会打给你。”她说。

他去穿大衣。“你干什么？”她问。

“我准备把你送回学校。”

她用拳头捶他胸口。“不用。不远。”

“你确定？”

“确定。”说完轻轻地亲了他一口，“我们很快再见的。”

“希望很快见到你。”阿列克谢应道。

她走下楼梯时，他想起在工具间她最后亲他那次。

第十五章　1936年，莫斯科

折腾了一夜，起得又晚，阿列克谢希望可以暂缓他早上的间谍课程。可哪有这样的好事。阿依达前脚刚离开公寓，传唤他的电话就响了。

训练其实还是很有意思的。但最麻烦的部分是写报告，永远是用同样的套路。亚库舍夫会指导他，先是实际应用，然后把所有发生的事情写一份报告。今天，他们在莫斯科大剧院北边上次那间公寓碰面，他必须把晚上之前发生的所有事情都写下来。

“不合格。”亚库舍夫挥着手里的稿纸说，就好像他要让这些纸招供一般，“你的报告不合格。缺乏细节。请详尽客观地描述那个忘却社会主义职责、沦为资本主义分子的蛋糕服务员，而且，如果你能详尽客观地描述生日聚会上每个人的情况而不仅仅是姓名，那就更好了。”

阿列克谢知道亚库舍夫以礼貌请求的方式下达命令，实则语带讥讽。一次他据理力争，为自己辩护，被他损了一通。

这样的蠢事他只会做一次。他现在知道了，他唯一要做的事情就是安静地坐着，接受命令。

“你的实践工作目前还不错。”亚库舍夫松了口，那是暴风雨后的宁静，“蛋糕那件事是即兴表演？真让我开了眼界。你知道那家饭店是领袖同志保镖的食堂吗？”

阿列克谢摇头，等着听自己现在招了什么麻烦。

亚库舍夫也摇头，眼睛盯着报告。“会人头落地的。”

但阿列克谢觉得他似乎对此并没有十分不快。这也许不过是契卡的某种办公室政治。

亚库舍夫透过老花镜望着他，像是一名不满意的校长。“工作做得再出色，报告里没有很好体现出来，这就相当于没发生。还有，为什么对那个叫阿依达·鲁坚科的女孩到你公寓的事只字未提？你是有资产阶级敏感症吗？”

“我只是想节约点时间，”阿列克谢说，“我以为我的房间里有窃听器。”

亚库舍夫凌厉的眼神盯着他，几乎让他凝固。“我告诉你让你写份报告，不能漏掉任何细节，你就给我写份包含所有细节的报告。明白吗？”

“是，同志。”阿列克谢忠实地回答。

“不要糊弄我，孩子。没有谁是不可或缺的。”他把报告揉成一团，“重写。”

阿列克谢拿起笔，仿佛上面长满了刺，他的手隐隐作痛。如此看来，他的确是不可或缺的。他们还是用德语说话，所以接近阿依达这件事不是他受训的目的。而且现在他也知道，他们除了监视他外面的一举一动，也确实在监听他公寓里的一切。

仿佛过了几个小时，他终于写完了。亚库舍夫又拿起报告。“好多了。”他依然盯着报告说，“看到你没说任何对领袖同志以及马克思列宁主义不敬的话，我就放心了。”

他语调平平淡淡，但阿列克谢吓了一跳，他发现自己刚刚躲过一劫。事实上，在聚会上，他差点就利用自己的特权说些普通人都不敢说的话。最后是自己的直觉将他拉了回来。

亚库舍夫对阿列克谢故意详细描写的性爱细节没做评论，而是深究了其中一件事。“你真的告诉那个叫阿依达·鲁坚科的女孩，她不应该再见你了？”

“是的，同志。”阿列克谢答道。

“这和你收到的指令截然相反，你为什么要这么做？”

“她已经决定来我的公寓了。我觉得告诉她再来见我会很危险，她反而会更想来。”

亚库舍夫摘掉老花镜放在桌子上。“看来，虽然年纪轻轻，但你对女人的了解还挺多的。”他把报告放进公文包，“有些人会说你应该赶快接近。我不同意。每项情报活动都是一种引诱，只会上妓女的男人对引诱一无所知。”

这给阿列克谢的感觉是，已经出现这样的批评了。

“希望你理解真正重要的东西，”亚库舍夫说，“真正的间谍活动不是偷蓝图，不是用电线勒死守卫，而是把自己放在一定的位置上，创造适当的条件，然后就会有人主动向你提供情报。明白吗？”

“明白，同志。”阿列克谢答道。他老早就明白这个事情了。使用的伎俩和罪犯一样，但并不是和罪犯一样是为了远离监狱。现在你是一个为国家工作的情报人员。

"很好，"亚库舍夫说，"既然报告重写得不错，接下来你再根据记忆重写一份昨天训练的报告，关于如何在人群密集地区跟踪。记住，这和体能不同，体能是有极限的，但通过合理训练，人的记忆能力将是无限的。"

阿列克谢知道自己以后听到这番话的次数也将是无限的。如果说这两份报告有什么不同的话，那就是这份报告更折磨人。

下午他回到公寓后，把写字的那只手埋在一只装满雪的碗里，这时电话响了。阿列克谢长叹一声，肯定又是什么临时通知的训练。他用左手拿起话筒。右手已经写字累到抽筋，这几天做很多事情他用的都是左手。

结果是阿依达。"你喜欢我摩登的方式吗？"

"非常喜欢，"阿列克谢说，"你今晚有空吗？"

"实际上，我打电话是想邀请你出去玩。这样摩登吗？"

"太摩登了，"阿列克谢说，"我要摆谱吗？"

她在那头大笑。"如果你喜欢的话。今晚是满月，我们准备去赫米蒂奇花园滑冰。"

"滑冰？"阿列克谢说，"你竟然邀请一个阿塞拜疆小伙去滑冰。"

"我知道，我知道，"她依然笑道，"这也是我刚才在想的事情。或者你就是在摆谱？"

"不，我在想象自己滑冰的画面。"

"你可以告诉所有人你是巴库的花样滑冰冠军，这是最明智的做法了。"

“我摔个屁股蹲儿，他们就都知道了。咱们去看一场美妙温馨的电影如何？”

“我已经答应了我会去，而且大家都要你……”

阿列克谢叹了口气。“好吧，我去。要是我滑不好可别不高兴。”

“我会做好失望的准备。”

“要我去接你吗？”他问。

“不用。咱们在那儿见，9点。”

“好吧，”他说，“到时见。”

“到时见。”

阿列克谢挂断电话，又是一声叹息。晚上，在户外。他得穿上自己所有的衣服才能活到明天早上。

不到9点，他从彼得罗夫卡大街的电车上下来，沿着路灯和铲出的小径穿过花园，两边堆起的雪有头那么高。赫米蒂奇剧院亮着灯招揽观众，但他借着户外的灯光来到了公园区改造成的滑冰场。只需在地上倒些水，即可拥有一处滑冰场。年轻人在此滑冰、谈笑、喝伏特加，围着篝火取暖。滑冰场的边上有个出租冰鞋的棚屋。

他沿着滑冰场转悠，寻找他的伙伴。得益于他新接受的训练，还没找到他们，他就发现有人在监视他们。绝对是在监视他们，因为监视他的人还在后面。这些秘密警察一边盯梢一边装作没在看他们，人多得足够组建一支足球队。

于是，他顺着这些人的目光寻到一条长凳，阿依达、德米特里、纳迪娅、拉瑞莎，还有那个尤里，所有人都坐在那里。

他走了过去，阿依达先看到了他，开始笑道："衣服下面那个是你吗，阿列克谢？"

他穿了一件笨重过膝的厚羊毛大衣，特别暖和。一双皮制长军靴，平头钉靴底，冰雪上也能抓地。他只能找到一双大码的，这反而是件好事，因为他能穿上三双袜子。一条围巾不仅围住了脖子，还把脸埋了起来。

"是我。"

阿依达说："好吧，不喝伏特加的男人总得保暖。"

"我的血液浓度不够，喝不了酒，"阿列克谢嘴上蒙着围巾说，"但我穿得还算舒适，谢谢你的关心。"

他探身亲吻女孩们的双颊，和德米特里握了手。

拉瑞莎用手肘顶了一下尤里，他起身伸手。"我希望为自己在聚会上的行为道歉。"

"别放在心上，"阿列克谢握住他的手说，"我也道歉，差点抹了你的脖子。"

尤里脸上的表情很复杂，他不知道阿列克谢是否在开玩笑。

"坐，坐。"德米特里说。他们都立即向两边挤了一些，给他在凳子中间留了个位置。

阿列克谢低头望了望，说："我没看到谁穿滑冰鞋。"

一阵沉默之后，阿依达开口："我承认，我们把你叫到这里是别有目的。"

"哦？"阿列克谢说。

又是一阵沉默，只隐约听到人们滑冰时兴奋的声音，以及冰雪重压下的枝杈发出咔嚓的声音。然后德米特里开口说：“你是一个直来直去的人，所以我能问你一个直接的问题吗？”

“讲。”阿列克谢说。

再次陷入沉默。接着德米特里问：“你能帮我搞到一把手枪吗？”

然后轮到阿列克谢陷入沉默。“不行。”

“所以你搞不到枪。”德米特里说。

“我当然能搞到枪，”阿列克谢答道，“但我不会给你搞。”

“如果我有足够的钱，为什么不呢？”德米特里追问。

“因为，你是个严肃的家伙，如果我给你搞把枪，你肯定会用。”阿列克谢说，“首先，你在严刑逼供下会吐出我的名字，然后我必须离开这里，但我很喜欢莫斯科。所以我不是针对你。你付我的钱不值得我冒这个险。”

“如果我告诉你我会用这把枪改变这个世界呢？”德米特里说。

“那样的话，那就另当别论了，”阿列克谢说，“实际上，还是一样，我只是开玩笑。”

“我不是。”德米特里愤然道。

“我知道，”阿列克谢答道，“这正是我不能替你搞枪的原因。”

德米特里转向阿依达。她说：“阿列克谢，麻烦听我们讲完。”

“我听着呢，”阿列克谢说，“完全是出于礼貌，你们明白的。”

阿依达说：“德米特里。”

德米特里深吸一口气，说：“我们准备刺杀一名暴君。”

“现在这个名单可够长的。”阿列克谢说。

“我们要刺杀领袖。”德米特里说。

阿列克谢很反感。如果蠢到这种程度还能上大学，那你真是运气好到家了。你要刺杀领袖，就去刺杀。不要组个团队，手拉着手，讨论来讨论去，鼓起你本来就没有的勇气。但他嘴里是这么说的：“很好。我知道这种事情早晚都会发生。现在就因为坐在这里听你胡言乱语，不管给不给你搞枪，我的人头都不保了。真是太谢谢你了。”他冲着阿依达射去责备的目光，她转头避开。

“你不是喜欢开玩笑说‘敲门’吗？”德米特里愤声道，“我们每个人都失去了自己的所爱之人，就是因为那个‘敲门’。所以我们打算杀死那个罪有应得的人。”

“为什么？”阿列克谢说，“人死不能复生。你这么做也改变不了什么。”

“当然可以改变很多事情。”拉瑞莎说。

“罗马人杀死独裁者恺撒的时候没问‘为什么’。”尤里脱口而出。

“你应该举个好一点的例子。”阿列克谢冷冷道，“虽然我只去过大学的图书馆，但我也知道捅死恺撒后，他们又经历了四百年恺撒般的独裁。”

“他死了，那些以前的理想人物就有可能回来。”德米特里说，“你看现在哪里还有半点马克思、恩格斯共产主义的样子？”

阿列克谢知道如果让他继续讲下去，自己在寒风里非得坐到明天早上不可。“政治先放一边，如果你不介意的话，我想问你打算如何用一把手枪刺杀领袖？某天夜里，敲敲克里姆林宫的门，等他穿着睡衣开门，一枪打在他脑袋上吗？你永远也接近不了他。”

“我们都已经计划好了，”德米特里说，“领袖经常开车去他在昆次伏的乡间别墅，途经阿尔巴特。我们会在他经过时开枪。”

“你用手枪打他的钢甲汽车吗？”阿列克谢说，“这还真是个好计划。”

“这，那你给我搞一挺机枪。”德米特里怒道。

“你就把它藏在你的大衣里吗？”阿列克谢驳道，“看吧，就像我之前所说，你把我骗上了贼船，但无所谓，大不了我离开这里，但我需要钱重新找个地方安家。我会给你搞到一些手榴弹，你可以站在街角，等他转弯减速的时候把它们扔到车底。好了，你能付我多少钱？”

“我们有1 000卢布，”德米特里说，“但希望你能相信我们的事业。”

1 000卢布，阿列克谢心想，足够让你们哭鼻子了。“我只相信我的事业。你们认识有关系的人吗？有亲戚管仓库吗？知道货运的时间安排吗？”他站了起来，“好好想想。我准备在这边转一转，活动活动腿，冻得都没知觉了，顺便确认一下有没有人监视我们。”

他蹒跚着穿过滑冰场的人群，到处都是兴高采烈的欢呼声。即使没受间谍训练，他也能嗅出，这些秘密警察把他们围了一圈，就像是争食腐肉的鸟一样盘旋。那些傻子，身上有他们想得到的所有利益。他们迫不及待地等着这些人完蛋，然后把他们一网打尽。那么他们中的犹大是？阿列克谢有了自己的想法。

“都还好吧？”他坐回凳子上问。

“有人监视我们吗？”尤里急切地问。

“如果有的话，我们就不会再看到他了。”阿依达忙道。

“真是个聪明的姑娘，”阿列克谢说，“怎么样了？”

“大学的咖啡馆每周一下午会有人运送食品，”拉瑞莎说，“两辆卡车。没人愿意晚上加班卸货，所以卡车会在那儿停到周二早上。”

“既然你们开口了，”阿列克谢说，“食物，卡车，卡车里的油，再加上那1 000卢布应该差不多够了。”

“你还要收我们钱吗？”尤里问。

“你他妈说得很对，”阿列克谢答道，“要是不喜欢，可以自己找地方买啊。”

“我们什么时候能拿到手榴弹？”德米特里问。

“周三，中午，就在这条凳子这里。”阿列克谢答道，“如果你们听说那两辆卡车被偷了，你们就明白了。但要阿依达一个人来，别人不许跟着。成交吗？”

“成交。”德米特里道。

阿依达抓住他的胳膊。“我会见到你吗？”

“周三你还会在这里见到我。”阿列克谢把她的胳膊拉开说。

第十六章　1936年，莫斯科

“我希望确定自己没理解错，”亚库舍夫放下手里的香烟说，“你告诉这个叫德米特里·库尔斯基的人说你不会给他搞枪。”

阿列克谢几乎要冲他嚷起来。要进行训练，写报告，还要完成这项任务，他晚上没睡几个小时。他得记住一切，而且压力很大，所有的事不能有半点差错，稍有不慎就小命不保，他最近一直头疼。但即使再想叫嚷，他也没有。亚库舍夫细致入微地注意着他的一言一行、一举一动，而且一直期望他能像他的教官一样让人捉摸不透。所以，阿列克谢吸了一口气，振作起来回答道：“当然，我是这么告诉他的。”接着他没等对方再出言讽刺。“你希望我演个贼。贼会说：‘妈的，这跟我有什么关系？’但所有的契卡会说：‘当然，我会给你搞把枪，明天就带来，你甚至不需要付我钱。’那样即使是这样一群人也会明白是怎么回事，然后能跑多快就跑多快。”

“不，是你自己想扮贼。”亚库舍夫回击道。他的脸上没有了那种致命的表情，这只有整天和他打交道的人才能分辨出来。“但我看出你是对的。是我告诉你一名特工就得活得像他要扮演的人，这一点你做到了。我不应该责怪你。而且，你说得对，我们国家工作人员有些可能是不动脑筋的工具。我应该表扬你的敏锐。”他打乱了报告里的纸张，“刚才我还有点担心你。”

按照阿列克谢的理解，刚才的话翻译成俄语就是，如果他流露出一丝仁慈，他们就会把他和那些可怜的笨蛋一起除掉。“你会安排人把食品卡车从大学咖啡馆那里弄走，还是我来做？”

“不用，这个任务交给别人。”亚库舍夫说。

“我也不确定自己和阿依达·鲁坚科一刀两断是否正确。似乎小偷在遭人欺骗而发怒时是会这么做的。”

“我相信这也符合扮演人物的性格。”亚库舍夫经过深思熟虑后说，“以后，你与有价值的线人决裂时应当十分注意。但女人是善变莫测的，因而和男人相比，她们也更容易理解和原谅别人的善变莫测。现在请满足我的好奇心，为什么是手榴弹而不是手枪？”

“我怀疑他们所有人连左轮手枪哪边是头都分不清，”阿列克谢回答，“但即使这样，如果给他们搞一把没有击针的枪，或者子弹里没有火药，他们可能还是会发现的。他们也许会先到树林里找个目标练习一下。我不认为你会给他们一把能用的枪，让他们冲着领袖同志的汽车射击，但就算是疯子也不会把手榴弹撬开看看里面是不是有真的火药。”

亚库舍夫又沉默了好一会儿。“我再说一遍，我不能指责你的理由，我会给你提供不能实际使用的手榴弹。”

“我必须同他们一起站在街边对着某辆过往的汽车扔这些手榴弹吗？”阿列克谢问。

“不用，根据你之前和这些恐怖分子说的，你把炸弹交给他们之后就消失。你在这件事情中的任务就结束了。”

恐怖分子，阿列克谢心想。

“现在继续今天的训练，”亚库舍夫说，“你已经学习了如果在喧闹和僻静的地方跟踪，如何混入人群，如何选取观察点，如何易容和抽身，如何利用步幅计算距离和时间。现在教你如何使用同样的方法判断自己是否被监视以及应对方法。特工必须及时发现自己被跟踪了，但更重要的是，没被跟踪时自己要百分百确定。”

第十七章　1936年，莫斯科

中午的赫米蒂奇花园没有喝得酩酊大醉的青少年，只有母亲带着小孩在那里滑冰。

根据他新接受的训练，阿列克谢故意迟到，让接头人先到。这样他可以在接头前检查整个区域，看看有没有人监视。如果你坐等对方来，结果他们带着警察一起来了，你就跑不了啦。

阿依达是一个人。她坐在凳子上显得如此娇小而脆弱，这会激起男人跑到她身边帮助她的欲望。他坐下时，心想她是如何做到的。

“你对我当真如此愤恨吗？”她问。

她乌黑的秀发和眉毛，面庞如刚下的雪一般洁白。次等的苏联口红很容易蹭掉，所以女人每天需要经常补涂，但坐在莫斯科的寒风中，即使口红也不能保证她的唇色鲜红。“不，事实上，我一点也不生气。”

显然她被他的语气惊讶到了，说：“我很高兴。只因此事重大，而且就在几天后——”

他举手打断她，然后放下手，手指敲了敲放在他们之间的一个购物袋。“这些是新型的RGD–33手榴弹。引信都在里面，所以不要乱碰。”

“我们不会的。”她控制住情绪。

“操作非常简单。拇指向左拨动手柄上的保险笋板，露出红点，然后你们需要做的就是把它扔出去。手柄滑动会激活击发装置，四秒钟后就会爆炸。你能记住吗？”

“我可以。”她说。

阿列克谢呼出一口气，寒气中凝结的白气似嘴里吐出的烟一般马上消散。“我知道你可以的。每个人说的每句话你都记得住。”

“你在说什么？”

“你告诉我的，很久以前。”

她望着他，脸突然僵了起来。“你说是就是吧。这是你的钱。”

他从她的手里接过来，直接揣进口袋里。

“你也不数一数吗？”

“不用，我知道数目是对的。”

“我听说了食品卡车的事。你现在就要和它们一起消失了吗？”

“我不会向领袖扔手榴弹的，如果你想问的是这个。顺便告诉你，我一直都知道在孤儿院是谁背后捅了我一刀。”

她刚才一直在偷瞄购物袋里的手榴弹，现在她乌黑的睫毛抬起，那双蓝汪汪的眼睛又看着他。“真的吗？第一次在面包店见到你，我以为你是来杀我的。生日聚会之后，我觉得你还可能会杀我。”

“那你跟我回去真够勇敢的。”

“你的命运就是这样，你得认命。”

认个屁命。她总是喜欢危险，而且相信自己能做任何事情。“我不信命，命运只是歌剧里的设定。”

她目不转睛地望着他，似是想推断出什么。“我还没问你看没看过《阿依达》？”

“我在巴库的图书馆里听过录音，但我恐怕永远也不会喜欢歌剧。”

“嗯，毕竟是意大利语。”

“我看过翻译，觉得情节也不怎么样。一个埃及的奴隶女孩，实际是埃塞俄比亚的公主，爱上了法老的护卫队长。”

“你是觉得奇怪？”

“和秘密有关的那些情节不奇怪，背叛也不奇怪。”

“那是结局？”

“阿依达会为爱而死？好吧，还是别纠结这个了。还有那个护卫队长拉达梅斯，要我说，那就是个孬包。”

“听你这么说，说实话我很诧异。”她回答。

“不应该。最近我更加确信，若非当年我必须逃离孤儿院，我最后还是会坐在公园的这条凳子上，或者至少一条差不多的凳子上，但我就不会学到现在这么多东西。”

“我觉得你不信命。”

“不信。我宁愿做一个现实主义的苏联人，也不会做一个宿命论的苏联人。”

“阿列克谢，我觉得你是想告诉我什么，但我不知道是什么。”

“感觉不太好，是吧？你可能没有自己以为的那么聪明？”

阿依达依然望着他，但脸色变了，他感觉她的脸转了过去，因为她决定不管他想说什么，都无所谓了。她站了一半，探身抓起购物袋，有些遗憾地啧啧道：“可怜的阿列克谢，我总是给你带来麻烦，是吧？”

然后，她亲了他，就和第一次亲他时一样。她走了，但又回过头，像是在期待看到什么事情发生一样。什么也没有发生。于是，她又转身离开了。

第十八章 1936年，莫斯科

公寓里异常安静，阿列克谢确定自己都能听到手表的嘀嗒声。他不知道自己的训练中会不会有一项就是一动不动地坐着，盯着某个人看。在法官判决之前，他无事可做，只能适应安静。

亚库舍夫说："你现在告诉我你是怎么发现阿依达·鲁坚科也是秘密特工的。"

阿列克谢本可以说，让他认识的阿依达不去告密简直比让瘾君子戒掉鸦片还要难。他可以说，他现在明白了，从一开始他们孤儿院存在的唯一原因就是挑选孩子进入国家安全部门。他可以说，他对饭店女服务员施展的小伎俩，如果不是密探，任何一个苏联女孩早就尖叫着跑到最近的警察那里，免得要坐十年牢。他也可以说，她是那群密谋者中唯一没有受到监视的。或者说，她在任何时候都扮演着完美的密探，待在隐蔽的位置，悄悄地把所有人推到台前。他还可以说，很可能是她把刺杀领袖的想法灌输到德米特里的脑袋里的，而他甚至自己从来都没意识到。他本可以把这些都和盘托出，但他感觉自己的犟劲上来了，就像一只受过训练的动物表演了千百次之后却拒绝完成演出。“我就是知道，不要问我如何知道的。”

亚库舍夫没有像他预料的那般大发雷霆，只是貌似很满意地说：“我也知道。这就是为何我挑的人都是穷人。我从来都是挑选那些从小挨打的孩子的。我们国家人员众多，但很难找到一个长大之后不欺压别人的人。那些人或有他用，但不适合培养成秘密特工。你知道这是为什么吗？”

这次阿列克谢不必装出一脸困惑。

“因为不起眼是一种难得的特权。这就是你为何能看到一切而不会漏掉什么。因为挨打的孩子进入每个房间时会仔细观察里面的每一个人，就像读一本书，这样才会发现谁会动手打他们，谁不会。这是在短期几乎无法教授的一项技能，也是一名特工最佳的预备条件。你这一生都在准备成为那个特工。”

阿列克谢突然感到一丝愤恨，也许是因为知道他说的是对的。

“你非常敏感，这是毋庸置疑的。”亚库舍夫继续说，“我读了你的报告，还有那个女孩的。它们几乎一模一样，但她对你的动机还是迷惑不解。我看到，你玩弄她于股掌之间，她也意识到有什么不对，但依然不明白是哪里不对。”他轻笑了一声，从他嘴里发出这个声音，不会使人心安，反而让人心烦意乱。“她甚至警告我们，手榴弹可能是个陷阱，应当认真检查，应当立即逮捕你，因为你善于逃匿。”

阿列克谢想起上次见面的时候，她临走之前站在那里，是在等着蓝帽子一拥而上，把他拖走。

亚库舍夫的脸上再次露出一瞬罕见的微笑，那个笑容同样让人无法心安。“现在不是我嫉妒你胜利的时刻，只把它当作学习的历练吧。我们不是演戏，秘密特工在任何时候都不能明示或暗示自己的真实身份，除非对方已经知道了。暴露是绝对致命的，不管情势如何，只要你沉着机智，总会找到办法。听明白了没有？”

“明白。”阿列克谢应道。

“很好。所以，要聪明，但不可自作聪明。危险很可怕，但通过训练我们可以将其降到最低程度。特工最致命的是感情用事。”

“我明白。”阿列克谢答道，装作颇有悔意。

“很好。除了那些保留意见，你的表现我无可挑剔。想听听汇报吗？”

阿列克谢清楚自己不想听也得听。“如果可以的话。”

亚库舍夫客观地描述了发生的一切，就像是在读一份由某个写到手疼想快点完成的家伙撰写的枯燥报告。阿列克谢在心里看到的要真切得多。五个青年站在阿尔巴特街角，那里是知识分子和艺术家的传统大本营，实际上离他自己的公寓并不远。德米特里激动得颤抖，准备像诗歌、故事中的英雄那般被传颂。尤里一反常态地沉默，他早就吓溺了。阿依达很可能就站在他的边上，防止他没等到最后行动就先跑掉。其他两个女孩虽也吓得发抖，但还是坚定地拎着装了手榴弹的袋子。

三辆汽车沿街驶来，绝对是领袖的车队，都是最精良的美国豪车，除了他还能有谁？车队减速转弯，所有人都扔出了他们的手榴弹。不，也许不是所有人。可能他们吓得动弹不得，可能尤里的手榴弹就掉在脚边。如果他们还有一丝意识的话，肯定会跑开。但他们想看到爆炸，想见证自己创造历史。但当然没有爆炸，只有契卡从汽车和楼里，可能还有雪堆里钻出来。女孩们叫得呼天抢地，所有人被拳打脚踢，铐进了准时到达的囚车里。然后在卢比扬卡大楼里，阿依达谈笑风生，喝着庆功的白兰地，沐浴着契卡同事羡慕的目光，而她那些亲爱的朋友则在审讯室里被橡胶棍打得死去活来。倒不是因为还有需要了解的情况，只是因为他们胆敢企图对苏联伟人下手。也许街上的整个情节都被电影院里的摄像机拍了下来，不久领袖就会看到，而秘密警察的高级指挥官会急切地等候他的反应。他漠然地盯着屏幕，敲了敲烟斗的烟灰说，你们这次的工作做得还可以。

然后听到亚库舍夫用同样的声音说："那两个男的，德米特里和尤里，还有那两个女的，纳迪娅和拉瑞莎，审讯完后都被枪决了。他们那些朋友对他们的可疑行径知而不报，罪有应得，被判了二十五年苦役。"

参加一个生日聚会就被判了二十五年，阿列克谢心想，这就是给你的礼物。他暗自耸了耸肩。即使他没去，这一切依旧会发生。

"那个女孩阿依达·鲁坚科是内务人民委员部莫斯科分局的特工。"亚库舍夫说，"考虑到你们以前的历史，我以前所在的国内反情报二局请求让你参与，没有理由让莫斯科分局独揽拆穿这一阴谋的功劳。我认为这是一个很好的锻炼机会。所有参与到这项任务中的人都论功行赏。”亚库舍夫从桌上递过一个身份本。“你现在有权在政府特供商店买东西了，而且你可以把那个女孩给你的那1 000卢布留下，作为对你的奖赏。”

阿列克谢看了一眼身份本，那是国家安全总局的身份证明，上面有他的照片。

“我看得出来，”亚库舍夫道，“你的心中有疑问。”

“我只是不明白为什么不一开始就逮捕他们，”阿列克谢说，“他们从一开始就想刺杀领袖同志，而我们费了这么大劲让他们拿着手榴弹站在街角，我看不出这两件事本质上有什么不同。”

“听着，孩子。我是你的主子，你干活是为了取悦我。对吧？”

“当然，同志。”阿列克谢回答。

“我们都有主子要取悦。你会说世界上没有共产主义的敌人吗？你会说这些敌人不仅存在于资本主义世界，而且也存在于我们自己的祖国吗？”

阿列克谢摇头。他无法争辩。

“领袖同志知道共产主义的敌人害他之心不死。如果你告诉他没有这样的阴谋，他自然会觉得你要么是废物，要么也是想谋害他。现在，我们破获了这么一起阴谋。上面对我们的履职尽责很满意。我们这个组织也能获取更多的资源，来更好地履行我们作为国家利刃和护盾的重要工作。这下你明白了吧？”

阿列克谢点点头。莫斯科分局和二局之间的竞争。和他之前想的一样：契卡的办公室政治。亚库舍夫的人赢了，皆大欢喜。这真的和歌剧一样。这些人为了往上爬，杀四个学生眼睛都不眨，就好像踩死几只虫子。不止那几个学生，每天都有不计其数的人遭殃。否则，国家安全总局成千上万的工作人员如何消磨时间？这些事情想都不能想，阿列克谢暗暗告诫自己。脸上会流露出蛛丝马迹。

亚库舍夫说："既然你已经证明自己值得信任，该让你知道自己接受训练的最终目的了。"

随着他所受的零散训练逐渐形成系统，阿列克谢现在可以明白他们把他卷入这场阴谋的目的了。只是一场测验，但夺取的都是活生生的人命。他们想确定无论发生什么情况，他都会毫不犹豫、绝对地服从命令。他们希望他能和他们一样冷酷无情、不择手段。同时也想看看他双手沾满鲜血的时候是否会退缩。好吧，只要他们满意，他们怎么想都无所谓。阿列克谢打心底清楚，如果他和阿依达的报告不能严丝合缝，他肯定赚不了那1 000卢布，而且会被按进某个坑里埋掉。

亚库舍夫说："你肯定还记得弗里德里希·舒尔茨，那个和你一起长大的男孩，还有他的家人。"

"记得。"阿列克谢答道，然后似乎在讥笑他此前所有的想法：哦，千万别，千万别，如果他们终能获释，千万别让我去背叛他们。这帮人永远无法击垮他，唯独这件事。因为他所做的所有事情，一切都是为了他们。

第十九章　1932年，苏联阿塞拜疆

“哦，天哪。”一看到跨进她房门的阿列克谢，艾玛·舒尔茨就无奈地喊道，但她很快镇静了下来。“弗里德里希！”她冲儿子厉声喊道，“快给我端一盆水过来。”

弗雷迪[1]一直扶着他这个被揍得头破血流的朋友。“好的，妈妈。”

艾玛转身望着阿列克谢，马上慈祥了起来。“坐到桌子上，宝贝，让我看看。”然后转向徘徊在身后、一心想看热闹的女儿，“葛尔迪，去看看晚饭。”

葛尔迪有一头亚麻色秀发，简直就是她母亲的迷你版。她才九岁，比弗雷迪小三岁。“好吧，妈妈。”

弗雷迪端来了水盆，艾玛·舒尔茨迅速拿出一小块粗糙的药棉（她没有用她的那些好毛巾）、一个半满的药瓶，里面装着可怕的、橙黄色的浓稠液体。

1　弗里德里希的昵称。（译注，后同）

“别动，宝贝。”她一只手捧住阿列克谢的下巴，另一只手给他擦掉血迹和渗出的鲜血，柔声道。

她的手凉凉的，触碰又极为温柔，阿列克谢头倚在她的手掌里，闭上眼。

“你又打架了？”她问，比刚才严厉了一些。

“没有，艾玛婶婶。”他用德语回答。

他们刚才一直说俄语。她摇了摇头，既满意又惊讶。“你的口音每次都在进步。”她顿了一下，然后又问，“所以是你爸爸打你？”

他点了点头。她扎着两条辫子，金色的头发几近灰白。劳作和忧虑在她的额头和眼角留下了痕迹，脸上的皮肤也松弛下垂，但她那双蓝眼睛是阿列克谢见过最美最善良的。

艾玛冷哼一声，表现出比言语更轻蔑的厌恶。她撕下一块棉花，按在药瓶瓶颈处，晃了晃。“恐怕这会让你更疼，我的宝贝，但不能让伤口感染，尤其是离眼睛这么近。”她停下，用俄语问他，“你明白我刚才说的吗？”

“嗯，婶婶，”他用德语回答，“我准备好了，擦药吧。”

看到男孩闭上眼睛，身体绷了起来，艾玛·舒尔茨脸上露出深深的悲伤。

擦完药后，阿列克谢帮弗雷迪打水，给炉子捡了些柴火，晚饭前又将地扫了一遍。舒尔茨家就像是他在集体农庄的歇脚点。这里太小了，装不下所有人。这是一栋原木搭建的小房子，底层是起居区和厨房，放着炉子和桌椅，上面有半间阁楼，是大人睡觉的地方。这里和他家里有许多迥异的地方。他们用手铺的木地板，比泥地要干净得多。他很喜欢在这里打扫，甚至不是为了讨他们喜欢，而是仅仅喜欢看到地板一尘不染。这里有一个橱柜，摆着各式古老而精美的瓷器，还有一只漂亮的木箱子，里面有银制的刀、叉、勺，握柄的做工极其复杂精妙，弗雷迪曾偷偷向他展示过。他说这些握柄都是象牙的。更令他惊叹的是，还有一个摆满书的橱柜，就和图书馆一样。只要他先把手洗干净，小心翻阅，艾玛婶婶甚至允许他看书，想看多久都行。

她做了很多异域风味的德国菜。卷心菜佐以醋和香料。阿列克谢认为她做的土豆汤是人间最美味的东西，足以让你忘却那些土豆曾经烂得不成样子。

吃完饭，女人洗盘子。他和弗雷迪又去弄了些木头和水。奥托·舒尔茨嘴里叼着烟斗，坐着看书。阿列克谢不想回家拿课本，就坐在饭桌上照着弗雷迪的课本做练习。

“我去给你铺床。”艾玛·舒尔茨告诉他。

奥托拿烟斗敲了敲牙齿。他们能暂时收留他，阿列克谢很是感激。他在一旁洗漱，用手指蘸了一点盐巴刷洗牙齿，艾玛就在他附近忙活着。

他的简易小床就在地板上，挨着弗雷迪和葛尔迪的。他听到他们的呼吸声，知道他们已经睡着了。阿列克谢悄悄穿上衣服，顶着夜里的寒气，蹑手蹑脚地走到书架旁。抽出一本厚厚的书，搂在怀里，生怕它掉下来，又从黑漆漆的房间里慢慢挪到火炉旁。他一点一点打开炉膛门，以防发出吱吱的声音。他小心地在快要燃尽的木炭上放一块木头，这样他就有足够的光源来看书了。

他背靠在热乎乎的炉子上，手指滑过浮有雕饰的软皮书封，轻轻地翻到上次读的地方。他每次都忍不住要多看一会儿封面上那精美的浮雕。他们把这本书叫作《格林童话》，但对他来说，这些童话故事距离人们的日常生活并不遥远。艾玛婶婶第一次给他读《奇幻森林历险》时将故事翻译成了俄语，从那时起他就知道自己必须学习德语，这样才能自己看书。起初他是逐字逐词硬着头皮读，还会问弗雷迪一堆问题，直到把他问烦了，但现在他读起来毫不吃力。有个别不懂的词留到早上请教艾玛婶婶。他不想让她生气，他问别人问题时别人都会很不耐烦，唯独她总是很高兴的样子。

阿列克谢听到楼上传来耳语声，他马上停下来听他们说话。

奥托用德语说："我们养活自己的孩子都还不够，不能老是给那个男孩吃的。"

"那他爸爸再打他把他赶出家门怎么办？"艾玛问，"他会挨饿，甚至更糟，去偷东西吃。"

"他很可能已经这样做了，"奥托说，"据说集体农庄里没有一把锁能把他挡在外面。他这会儿很可能在偷听我们说话呢。"

听到这里，阿列克谢感到如芒在背。他应该跑到床上去，但又担心弄出动静来，暴露了自己。

"他心地很善良，"艾玛坚持道，"还特别聪明。你听到他是如何说德语来取悦我们了吧？他只是平时听我们说、问我问题就自己学会了。"

"有才和无德是一对邪恶的搭档。"奥托道。

"不从我们这里学习，他又能从哪里学好呢？"艾玛又问，

“弗雷迪把他带回家，让我们请他吃晚饭，你让我说什么？”

“弗雷迪心也太大了。”奥托道。

“难道你希望他和这里其他人一样无情无义？我为咱们的儿子感到骄傲。他喜欢阿列克谢，阿列克谢也喜欢他。弗雷迪对他有很好的影响。”

“那他又会对弗雷迪产生什么样的影响？”奥托说，“他会让弗雷迪惹上麻烦，然后我们遭殃。”

“阿列克谢不会给我们带来危险。”

“男孩子不会想到这些。”

“我不会对他置之不理的，”艾玛说，“他妈妈死了，他爸爸又是个畜生。”

“亲爱的，”奥托道，“我们现在已经自身难保了。”

“我们来到苏联建设共产主义，”艾玛说，“苏俄内战，你为布尔什维克而战，乃至负伤。”

“苏联人觉得我首先是个德国人，然后或许才是共产主义者。”奥托解释道，“他们一直对此耿耿于怀。”

阿列克谢知道舒尔茨一家是从汉拉尔村搬到集体农庄的，那里离这儿不远。彼得去交易的时候，他曾去过一次。那里是一个很奇特的地方。很久以前逃离拿破仑战争的德国人来到这里定居，建立起这个农场，后来形成了这个位于阿塞拜疆境内的小村庄。弗雷迪说他们一家之所以迁过来是因为他们都是共产主义者，是好人，其他德国人都是资本家，是坏蛋。

“沙文主义，”艾玛提高了嗓音说，“如果列宁还活着就好了。这群人根本就是土匪，是黑手党克莫拉，不是共产主义者。”

“嘘——”奥托悄声道，“亲爱的，我们的孩子要是有一个不小心在学校学了你说的什么话，我们所有人都完蛋了。”

“我说的就是这个，”艾玛依然继续大声道，“曾经党员是政治先锋，现在你必须像头温顺的母牛，等着棍子戳着你，告诉你往哪儿走。”

奥托耐心道：“亲爱的……”

艾玛激动起来，说：“我们的孩子会看到革命的胜利。”

“还是说说那个男孩吧。”奥托明白自己必须想办法岔开话题。

“我不会坐视他变成一个像他父亲那样愚蠢、欺凌弱小的混蛋。决不会。以他的智商，他能成为科学家，成为工程师。他可以去莫斯科，成为为党增光添彩的人。”

阿列克谢听到奥托在黑暗中叹息。他依旧无法说服妻子，这是他调节自己情绪的方式。

阿列克谢背后的火炉开始变凉。他不明白“沙文主义”和“克莫拉”这些词汇，但他也能充分理解他们的谈话。他得想办法为舒尔茨一家的食品柜“添砖加瓦”，还要考虑怎么做艾玛婶婶才不会拒绝。炉膛的火灭了，已无法看清书上的字。他没有再用舒尔茨家里的柴火，而是小心地关上炉门，把书放了回去，然后爬到床上。他还得像书里故事所讲述的那样，给他们多弄些柴火。

他以前没有回报好人的善行，这是不对的。

第二十章　1936年，莫斯科

“你还记得这家人中的父亲吗？”亚库舍夫问。

“记得。”阿列克谢回答，极力掩饰自己的恐惧。

“他以前叫什么名字？”

以前？不是现在。“奥托。”

“很好。这个奥托·舒尔茨，有个弟弟在德国慕尼黑，名字叫汉斯·舒尔茨。你以前听说过这个人的什么事情吗？”

“我知道奥托有个弟弟在德国，”阿列克谢说，“而且那个人是个资本家。所以，他们一家人从来不谈论他。别的我就什么都不知道了。”

“好，我知道了。”亚库舍夫说，“这个汉斯·舒尔茨是德国外交部的高官。他是德国纳粹党的早期成员。最近，他的妻子和独子在一起汽车事故中丧生。他写信给远在苏联的侄子弗里德里希，问他是否愿意去德国，和现已败落的舒尔茨家族团聚。”

阿列克谢经常夜不能寐，他不明白为何苏联国家安全总局会大费周章地对他穷追不放，最后把他带到莫斯科，现在他终于明白了。

“我听说你们农场的人把你和弗里德里希称作‘双胞胎’。”亚库舍夫说，“这个汉斯·舒尔茨除了侄子的一张婴儿照片别的什么都没见过。整个阿塞拜疆活着的人里没有比你更了解舒尔茨一家了。你的德语也比较流利，口音方面也有天赋。因此，我们建议将你以弗里德里希·舒尔茨的身份送到德国。”

所以，即使他的朋友们不死，他们也永远不会被放出来。他早该知道的，阿列克谢暗想。

第二十一章　1932年，苏联阿塞拜疆

阿列克谢都计划好了。他背上的面粉袋很重。他清楚如果他就这样直接送给艾玛·舒尔茨，她肯定会叫他从哪儿偷的就还到哪儿去——虽然面粉并不是他偷的。他偷的是酒。男人喝酒打牌时，不会注意一个小男孩。听说隔壁农场有人从藏匿在山里的蒸馏窝点搞到了高度蒸馏酒贩卖，他没吃晚饭，一路走到那里，在黑漆漆、冷飕飕的夜里守在其中一个人的家门外，然后跟着那人进了山。这一批酒制作完成、蒸馏器撤走之后，他又回到那个窝点，偷偷拿了一大壶。只少了一壶，那些人会认为是他们中有人偷走或偷喝了。

从仓库偷食物太危险了，而偷些非法的酒去换政府人员监守自盗的食物要安全得多。

他的计划是受到了《格林童话》的启发。他会趁舒尔茨一家不在家的时候溜进去，把面粉缸装满，就好像有一个会魔法的人对他们善待阿列克谢予以奖励。

他旷了课，所以他知道弗雷迪和葛尔迪都在学校。奥托

应该还在田里劳作，而艾玛婶婶也在牛棚里。

他很清楚要躲在哪里观察。舒尔茨家附近有一处房子，和许多房子一样没有地基。未上油的木头架设在石堆或砖上。阿列克谢把面粉袋藏在下面的空当处，在身前用棍子捅一遍，驱赶蛇和黄蜂，然后一直往里爬到头。这样，他隐在暗处，就可以监视舒尔茨家而不会被发现。

但他们家不是空的，阿列克谢见到的景象让他感到熟悉的紧张感，一股冷气直捣进胃里。有个人站在院子里，是公务员。除了他们还有谁会穿制服？那人头发沾满发油，梳着大背头，嘴里叼着烟。停在院子里的是一辆铁灰色的四轮厢式货车，两侧铁皮上有几处凹坑，那里通常是有车窗的。

舒尔茨家里发出一声尖叫，然后他们家的所有人都被从前门摔了出来。他们被三个人围住，那些人穿着绿制服，蹬着锃亮的黑靴子，手里端着步枪。绿帽子顶部是蓝色的，帽冠上有几道红带子。下午的斜阳照在其中一顶帽子正面象征苏联政权的金属红星上，熠熠发光。

那声尖叫是葛尔迪喊的，她死死抓住妈妈的裙子。奥托·舒尔茨拎着两只小行李箱，他拖着脚步，看起来有些恍惚，似是在地里劳作太久没喝水，随时都有可能摔倒。阿列克谢见过艾玛·舒尔茨的喜怒哀乐，但以前从未见过她脸上这番毫无表情的样子。弗雷迪在葛尔迪的另一侧，一直想办法让妹妹安静下来。

那名公务员把烟头扔到地上，踬了两脚。那些荷枪实弹的人把舒尔茨一家从货车后门推了进去。其中一个蓝帽子冲着他们吼了几条命令，然后跟着他们进去了。离得太远，阿列克谢没听清。另外两个蓝帽子从后面锁上车门，随即跑到前面副驾驶的位置。汽车发动了，尾后喷出一股蓝烟，比那几个人的帽子颜色要深一些。不一会儿，汽车就消失不见了，只留下车轮后面扬起的烟尘，飘在空中，似晨霾一般。

那就是囚车，阿列克谢心想。大人总是拿那个吓唬小孩。如果你不听话，囚车就会来把你抓走。

他没哭。他们打你，如果你哭了，他们会再打你一顿。所以，为了避免挨两顿揍，你必须学会忍住不哭。就这么简单。你能学会所有事情。

他只是感到空虚，像是体内的一切都被粗暴地掏走。他一度想潜入房子把那本《格林童话》拿走。

但他也知道现在还不是时候。囚车一来，农场里所有的人都从视线中消失了，但他们肯定都在暗中盯着。白天的时候，总有女人盯着一切。他必须一直等到傍晚，所有人都去吃晚饭了再动手。

所以，他窝在土坑里，换了个舒服些的姿势，木屋阴冷霉腐的影子笼罩着他。

但沉寂没有持续很久。突然，农场的手推车从四面八方咔嚓咔嚓地沿着车辙印一齐赶来，都停在了舒尔茨家门口。推车人有他的父亲，大概还有他父亲劳动队里的六七个人。

他们聚在一起抽烟、谈笑。农场主任骑着骡子赶来了，但他没有命令所有人回家。那些公务员在舒尔茨家门锁上贴了张红封条。他们没有动锁，而是将门把手卸了下来——这也是阿列克谢喜欢的伎俩，然后所有人一拥而入。

没几分钟，他们就都出来了，把舒尔茨家的家具搬上了他们的手推车。

这些人仿佛丝毫不惧怕那些秘密警察和红封条，也不惧怕农场上那一双双刺探的眼睛。农场主任握着骡子的缰绳，和他们一路有说有笑，当然，他一点力也不需要出。所以，这些人要么是从秘密警察那里得到了抄家的许可，要么就是把舒尔茨的家当卖了钱之后去收买那些秘密警察。这些人不在地里干活，一个小时不到，他们就蜂拥而至。如果这次抓捕不是意外，那么舒尔茨一家就是眼前的一些人或所有人告发的。阿列克谢检查了一遍自己的推论，没发现任何问题。

装瓷器的橱柜搬出来了，裹在毯子里的肯定是一摞摞的盘子。然后是一摞一摞的书。和瓷器不同，他们把书扔进推车里，像是处理一堆垃圾。由此，阿列克谢知道那本《格林童话》再也见不到了。他没办法把书偷回来还能安全脱身。所有人都知道他和舒尔茨一家关系不薄，而且一本如此精美的德文书也太显眼。即使他想办法用现在没用了的这几袋面粉去换，也会惹出很多问题。你为什么想要它，阿列克谢？你想给我们找麻烦吗？

几个人清理了一下房子里剩余的东西，关上门，将门把手又安了回去。其中一个人名叫谢米安，他拍了拍他父亲的背，说了几句话，惹得所有人大笑。这群混蛋。

阿列克谢认真地记住每一张脸，尽管他知道自己无法要求任何一个人主持正义。没人，只有他自己。

第二十二章　1936年，莫斯科

阿列克谢精疲力竭。他如今在一所红军学校学习无线电技术。不仅学习摩尔斯电码，还要学习修理，甚至架设无线电台。他知道他们这么做的目的是什么。这个学校极其严苛，挂科就要被处死。另外，他每天早上都要穿制服，使用一个新的假名和身份，被更多的眼线盯着，只要一着不慎，又是死路一条。可学校生活一结束，还要面临更多的训练。

一天下午，他们开车把他带到一个工厂，领着他在厂里转了一遍，然后立即把他塞进车里，送回亚库舍夫的训练公寓，让他凭回忆绘出那个他只见过一次的工厂的详细示意图。无疑，在未来的几天，只要他一有空，马上就会被叫过去一遍又一遍地画那个该死的工厂示意图。他所提供的各个版本最好都毫厘不差。

他们一直注视着他。他们无时无刻不在打量着他，找寻一丝生气的痕迹，回答问题时的一丝迟疑，或是疲劳时一丝注意力的分散。他们观察他的一举一动，手怎么放，腿怎么跷。任何一丁点错误都会被批评半天，直到他不再犯错。头痛一直挥之不去，他想要的只是让自己的头脑休息一会儿。这几天他只有先喝一杯伏特加才能入睡。他依然讨厌这玩意儿，但可以像吃药一样一口吞掉。这让他做了很多噩梦。他梦到永远被人追着，但他要么拼尽全力却只能缓慢地移动，要么就是瘫痪了一般，一动也不能动。

有一次，尽管劳累了一天，他还是没能获准回去睡个觉、做个梦。亚库舍夫把他带到一个政府餐厅吃晚饭，他吃饭的时候亚库舍夫当然是在仔细地观察他了。这个人每天的营养摄取似乎靠的就是喝茶、抽烟。通过之前吃的几顿饭，他的就餐礼仪已经被粗暴地纠正过来了，阿列克谢不再像有人随时会抢走他的食物似的吃东西，而是每一叉都像是对待硝化甘油制品一般，处理稍有不慎就会爆炸。

在那套训练公寓，有一个他从未见过的男人在等待着他。那人二十五岁左右，金发，俊朗，毫不掩饰英俊男子独有的那种傲慢气质。一见面阿列克谢就不喜欢他。

亚库舍夫表现得像是那人不存在一般。“现在我们探讨一个对间谍极其重要的话题，”他说，“女人。”

阿列克谢强忍着阵阵头痛，打起精神。至少这个话题听起来比学习高频天线理论要简单，也有趣得多。

“虽然女人无法触及社会上正常的权力杠杆，”亚库舍夫说，“但她们可以提供男人想要的东西，只要你满足她们的所需。她们能提供性。大部分女人都很聪明，不拿到自己想要的东西，便不会把自己的交出来。虽然普遍认为女人容易陷入情网，但她们通常在这方面比男人要现实得多。当然，谁都不能忽视浪漫的爱情，但也不能过分强调这个。生物吸引的身体和情绪表现形式表明，单相思要比两个人相互爱慕常见得多。这又与我最初的观点形成了一个闭环。”

阿列克谢确信亚库舍夫的这番言论只会让他课上的报告写起来更困难。

“男人会爱上女人，”亚库舍夫说，“而女人可能只爱男人满足她的要求。女人会爱上男人，而男人可能只爱玩弄她的身体。你明白我的意思吗？”

“是的，同志。”阿列克谢认真地回答道。

“和我们国家不同，”亚库舍夫继续说，“西方男人在各种问题上，无论巨细，通常会听取妻子的意见。所以，女人可能会对一些机构甚至国家行使完全超越其实际身份的权力。而且，西方有很多女性专属的社会团体，能够对国家事务施加影响，她们的领导也相应地拥有极大的影响力。我所描述的所有这些女人通常年纪都很大，财力雄厚。她们不会被收买，却可能被年轻力壮的情人所吸引和影响。所以，这样的情人就能进入权力圈并且获取情报，这是他通过其他途径所不能的。”他停了一下，继续说，“如果你有不同的取向，我们会训练你吸引同性。西方有许多位高权重的人多数时间都过着遮遮掩掩、性压抑的生活。他们的行为不容于法，所以我们很容易胁迫他们为我们所用，但这些人比女人还要善变，必须更加小心地应对。但你只需考虑应付女人即可。”

他永远在测试他。你在什么地方犹豫？你会拒绝什么？阿列克谢保持面不改色。苏联的每个人都只是达成目的的手段，但他们总是谈论资本主义世界的工人遭受非人的待遇，比工厂里机器齿轮强不了多少。

“而且，”亚库舍夫说，“即使是那些影响力有限的女人，对特工工作也很重要。通过她们，你能接近我们感兴趣的对象以及他们的圈子，这比其他手段获取要简单得多。她们还可以在对你的最终目的一无所知的情况下帮你影响那些对象。但是呢，”他着重补充道，“让一个女人相信你想要她，你爱她，山盟海誓，结果在性爱方面不能满足她，就功亏一篑，前期所有细致的工作都白做了。”

尽管这很可能都是间谍训练的必修课，阿列克谢还是忍不住想，阿依达到底算不算征服了他呢。

“但是，”亚库舍夫继续说，“超乎她预期地完全满足她，她就会离不开你。为达成这一目标，我把你交给奥尔洛夫同志。”

这个金发男人刚才一直摊开手脚躺在沙发椅上，这会儿才起身，缓缓走到他预先准备好的画架前。他翻开封面，展示出一张女人的解剖图。“年轻的同志，我将教你如何让一个女人高潮，并彻底满足她，哪怕是毫不吸引你的女人。我还会教你一些技巧。利用这些技巧，你就可以百战不殆，金枪不倒。”

奥尔洛夫没说德语。在这间训练公寓，阿列克谢还是头一次听到讲俄语。

奥尔洛夫用一根短小的木制教杆敲着解剖图强调：“现在，我们开始讨论女性生理解剖，需要特别注意的是其主要的神经分支，以及与我们所谓的初级和次级性唤起部位的关系。”

这节课持续了近一夜。阿列克谢只得用学过的一个招数防止睡着：张紧眼周肌肉，想象自己在阅读一本印刷精良的书，并不断转动眼球以防目光变得呆滞。他们又一次创造了奇迹，成功地将性事变得无聊。

终于，奥尔洛夫的解剖图讲完了。“听着，”他宣布，“现在你的任务是根据这堂课写一份报告，明天交给我。如果你的理解能让我满意，我们就开始实践运用。”

真需要好好睡一觉了。

第二十三章　1936年，莫斯科

契卡司机一脚踩下嘎斯轿车的油门，似乎他不是驾驶在莫斯科泥泞的街道上，而是奔驰在赛道上。猎猎的寒风从帆布车顶的缝隙中呼啸钻入，声音之大足以淹没车里乘客的呼喊，如果他们想喊的话。司机把操着棍棒刑讯犯人的本领全用在把方向盘上，每次转弯几乎都是飘着过去的。严寒使得苏联质量最好的橡胶雨刮硬化了，一丁点儿落雪都擦拭不去，甚至不如换两根木头。所有人对司机无半点微词。苏联有的是数学家、音乐家，唯独司机寥寥，会开车的人凤毛麟角。惹恼了他可不行。阿列克谢望着奥尔洛夫，发现自己不是唯一一个在车停下来后感到如释重负的。坐电车挺好的。

这是一栋戒备森严的房子，虽然表面上很难看得出来。这下有事情做了，阿列克谢心想，在隆冬之中守卫一家秘密警察的妓院。或许某些没被处理掉的间谍学校的失败品就被送到了这里。

在巴库的街上厮混的时候，阿列克谢知道了，所有不想被抓进监狱的妓女都是秘密警察的线人。由于这个原因，他一直对她们敬而远之。他刚才的头痛，很快就被胃底一阵剧烈纠结的紧张感取代了。

奥尔洛夫把他领进一个房间。也许是这方面的书看多了，阿列克谢还以为会是满墙的色情画，充斥着猩红的色调，但实际上墙上空空如也，连个时钟都没有。光秃秃的房间里只有一张长沙发，两把扶手椅。房间里很干净，有一股雪茄留下的浓烈的污浊味道，混着一丝微弱但绝对错不了的性爱的气息。

“坐下，看好了，集中注意力。”奥尔洛夫命令道。

阿列克谢找了一把椅子坐下，胃里开始翻江倒海。

奥尔洛夫脱下所有的衣服。阿列克谢还没做好准备，他急切地希望亚库舍夫说的同性恋部分是真的。

奥尔洛夫一丝不挂地走到门前，按了一下墙上的按钮。门开了，出来一个身材圆胖、长相极为平庸的姑娘，穿裙子的样子像是头一回。她一言不发，只是直勾勾地望着奥尔洛夫，似乎从未见过没穿衣服的男人。阿列克谢心想今天也一定是她的初夜。这尴尬的一幕让他不禁替她捏了把汗。她生得并不丑陋，不过是一个可怜的普通农家女孩，没人带她见过世面，现在却要被人像用厕纸一样糟践。

奥尔洛夫完全无视女孩，对阿列克谢说：“你也看到了，她没什么可看的。但我依然会好好招呼她。”

奥尔洛夫盈盈一笑，拉着女孩的手引到长沙发那里。他脱下她的裙子，阿列克谢可以看到女孩的身体在恐惧地颤抖。

她现在也是一丝不挂，奥尔洛夫再次视若无睹地说：“你也看到了，她丝毫没激起我的反应。现在，我压到她身上进行肢体接触，然后只盯着她的眼睛。你会发现所有女人即使人不漂亮，她们的眼睛都很漂亮。像现在这种情况下，她对你没有丝毫吸引力，你就必须想象自己最满意的性爱体验。如果相反，那个女人对你有强烈的吸引力，为了持久你必须想象让自己厌恶的事情。”

奥尔洛夫止住了说话，在沙发上用身体轻柔地摩擦着女孩，深情地望着女孩的眼睛，很快他硬了起来。

奥尔洛夫开始和女孩做爱，初级和次级性唤起部位以及他所讲授的所有技巧都派上了用场，阿列克谢在他的报告中也一字不落地记录了下来。现在至少女孩已不再颤抖了，但似乎也压根没有配合他。

奥尔洛夫进入了，整个过程持续了很久，久得阿列克谢都不再只是因为好奇而去计时了。突然女孩抓住奥尔洛夫的肩膀，弓起后背，发出一声真切的狂喜的喊叫。但奥尔洛夫丝毫没有松懈，几分钟后，女孩再次喊出声来。若非就坐在边上，阿列克谢绝不会相信，而现在他甚至愿意发誓女孩绝不是装出来的。

奥尔洛夫拔了出来，女孩竟然抱住他。他拍了拍她，做了个手势，她穿上裙子离开了房间。

奥尔洛夫就站在他面前说：“你也看到了，适当的心态至关重要。正如我们此前所讨论的，一旦你被挑了起来，你的每一个细胞都在呼吸，感到快要射精的时候及时撤离，用肌肉来控制。这个部位的肌肉是……？”

“控制中断排尿的那块肌肉。”阿列克谢顺从地复述道。

由一名一丝不挂且下体勃起的人来给他上课，他不想多说，但这确实容易让自己把注意力集中在他的面部。

“很好。”奥尔洛夫说。

阿列克谢心想这节课总算结束了，但奥尔洛夫又按下了门旁的按钮，在接下来的五个小时里又和另外五个女孩做了。

这个展示绝对是印象深刻，但阿列克谢很难说出口，还有什么折磨比坐在椅子上看着别人交媾了五个小时更痛苦。

奥尔洛夫终于穿上了衣服，阿列克谢长舒了一口气。

“现在，轮到学生了。”奥尔洛夫道，坐到另一把椅子上，点了一根烟。

阿列克谢就是担心这个，奥尔洛夫就准备坐在那里了。他顺从地脱下衣服，紧张得感觉自己的胃在肚子里缩成了一小团。别说第一个女孩了，他自己都得集中精力不让双腿打战。

他做了最坏的打算按下按钮。

但从门外进来的女孩却是极其美艳。酒红色的秀发，淡绿色的双眸，如雪的肌肤。她毫不忌惮地望着他，莞尔一笑。通常这足以让他那里坚如磐石，但他感觉奥尔洛夫的双眼正灼着他的后背，自然也就没这个冲动了。

阿列克谢把她带到沙发前，动手脱她衣服，同时暗暗提醒自己：慢一点，慢一点，慢一点。感觉自己像是在黑板前背课文的小学生。她的胴体美妙绝伦，坚挺的双乳，凸起似纽扣般的乳头，两腿之间耻毛如一团热情的火焰。

他轻抚她的脸，接着是脖子、肩膀、手臂。手指在她的胸脯上一圈圈游走。根据课上所学，要让她的呼吸告诉你什么时候该进行下一步。

他用舌尖轻轻地在上面游动，仿佛他的舌尖是世界上最好的磨料。然后慢慢地挑逗，直到她抓住他的双肩，想把他的嘴巴按到自己的胸脯上。他也由着她，一边轻轻吮吸，一边继续用舌头挑逗。

他一路向下，到了她私处的时候，女孩已如发动机一般蠢动了，但他那里依然软得像根鞋带。要像考试似的按部就班，再加上奥尔洛夫就坐在边上盯着，根本就没办法硬起来。无论他想象什么画面，那里就是不见起色。

他看到女孩看了看他，又望着奥尔洛夫，然后她似乎收到了信号，一只手按在他的胸前将他往后推了一点，头往下移。

以前从来没有女孩对他做过这个。他忘掉了奥尔洛夫，忘掉了这个房间、这所房子，忘掉了一切——他硬了起来。

一阵快感袭来，所习的种种教诲和肌肉控制都被抛到了九霄云外。女孩大功告成，头向后缩了回去。

阿列克谢好不难堪。他屏住呼吸，等待女孩厌恶的尖叫。她惊得瞪大了眼睛，随即开始大笑。

阿列克谢顿时不知所措。他的第一反应是拿一块布将她的脸擦拭干净。但还未及他动手，奥尔洛夫突然来到他们中间，一把将他推开，狠狠地打了女孩一拳。

她惊恐地尖叫起来，他又将她从沙发推到地上。她手脚并用拼命地从他身边爬走，爬到了他拳头够不到的地方，于是他一脚将她踢到门边。

她仓皇跑到门外，就像一个穿过火线冲向掩体的士兵。

就在她消失时，奥尔洛夫最后又抬腿踢了一脚。他怒不可遏地抓起她的衣服扔出门外，最后猛地把门摔上，简直要把门上的合页震了下来。

他转向阿列克谢，惨白的脸上满是愤怒。“我会教训那头嘲笑苏联军官的小母猪！”然后那股怒火转向了房间里仅有的目标，“还有你！可悲！所有东西都教给你了，全忘了！操条母狗的时间都比你长。不懂得自律，世间所有的技术都一无所用！”

阿列克谢就那么光着身子立正站在那里。脸上如火烧一般，下体又变成了煮软的面条。

“即使你今晚还能硬起来，这也只是因为你年轻，不是因为你学了什么。”奥尔洛夫轻蔑道，“再怎么训练也不过浪费时间。穿上衣服出去。自己多练习，不要再重复这种灾难。明白吗？滚出去！”

在车上，司机透过后视镜盯着阿列克谢。“进展不顺？”

这是阿列克谢最不愿提及的事情。但旁边还有一个人，他会把他的每个表情如实上报。“嗯。”他咕哝道。

司机从座位上将身子探向他。他年纪比较大，仿照领袖留了一撮灰白胡子。“别放在心上，孩子。你不是我见过第一个进去的，通常第一次都不尽如人意。但如果你接受完这项训练了，大中午的你都能到红场干那事，就在列宁墓上面。劳动节那天。”

那才是我期望的，阿列克谢心想。

第二十四章　1936年，莫斯科

“你的训练如今已经完成，”亚库舍夫说，“执行任务的时刻来临了。”

“是，同志。”阿列克谢答道。如果他们全部的训练只是让他乐于投身到未知的敌营之中，那么目的已经达到了。通过所有最终的测试之后，他感觉自己似乎一个星期都没睡过觉了。被狗追，被警察拷问，在黑暗中发摩尔斯电码，站在齐腰深的冰水里，被人盯着做爱。亚库舍夫让他放心，他接受的训练比实际的间谍工作要严酷许多，他最好说得没错。至少他很快将摆脱这个冷血秃鹫似的人。现在他即将迎来他最终的命令，全都是实战。没有依依不舍的离别，也没有苏联人多愁善感的吻面礼。

“有些事情现在我应该告诉你了，”亚库舍夫像往常一样点了一根烟，“我们几乎从未向战场派遣过你这么年轻的特工，主要是因为他们不成熟。但你也知道，现在是出于人物情况和作战形势需要。我对你有十足的信心。”

“谢谢您，同志。”

“你没有可供参照的对象，所以也许你会认为自己的准备工作会与其他特工如出一辙。我明确告诉你，事实并非如此。我们每年向境外派遣数以千计的秘密特工。多数情况下，他们只接受一定程度的训练，我们对他们也只有一定程度的期望。如果他们任务失败，我们损失也有限。我们会给他们提供与任务相关的装备，但是一旦败露，他们会被认定为间谍，接受严刑拷问，最后被处决。他们以网络方式运作，一人叛变，所有人失败。而你则不同。除了机智、记忆和训练，你没有任何装备。像你这样的特工，通常会给你配一名搭档，他可以担任无线电和密码操作员。但你的前途未卜，如何安插一个人一直陪在你身边？这次的安全等级是空前的，这也是我们对你渗透敌国执行任务这一潜能的肯定。能否发挥好就取决于你了。”

如果前方并无艰险，阿列克谢可能会失望的。

“你对我一无所知，”亚库舍夫说，“我会告诉你这一点：我这一辈子都在抓间谍。不是派你渗透进去的那种可怜的复仇小团伙，而是危险的法国、德国、日本和英国职业间谍。他们一心颠覆共产主义革命政权。你听说过西德尼·赖利吗？他真名叫罗森布拉姆。”

阿列克谢摇头。

“没关系。你只需知道这个人和与他一样的人都被杀掉了就够了。他们的任务失败了。他们所犯的每个错误我都记下了。”他敲了敲前额，“我把这些知识教授于你，任谁也抓不住你。这就是为何我没把你送到我们任何一所特别学校里培养。我此生不会离开苏联，没有人会出卖你。如果你失败了，那就只是你的原因。”

可阿列克谢听出了这番话的弦外之音。如果他被抓了，就算德国佬拔掉了他的指甲盖，他也透不出一个字。他没去过间谍训练学校，也不知道其他间谍的身份。除了或许知道苏联是如何训练间谍的，他一无所知。他只在卢比扬卡蹲过监狱。公寓、街道、公园、工厂、房屋——对于秘密警察大楼内部的样子他丝毫不知。这群人太聪明了。

“你的掩护身份很完美，”亚库舍夫说，“你都不知道，要让一个苏联人在一群德国人中间扮演德国人究竟有多难。德国人也一样，不管他们的训练有多完美，来到这个国家，装作一个苏联本地人不被人怀疑，那简直是不可能的。你装作是一个战战兢兢的、会说德语的苏联青年，即将踏入一片陌生的土地。现实中，你就是那个苏联小伙子。运气好的话，加之你的天赋，你在德国可能会开辟出一片天地，这样就能揭露他们的重大秘密。也许你甚至能以一己之力为共产主义在那个国家的最终胜利铺平道路。不要认为我是夸大其词。我们通过很多途径收集情报，但一个间谍在适当的地点、适当的时刻能够改变历史的走向。这需要你数年如一日的耐心和努力。你放心，我们会一直和你一起，处理你要解决的问题。一旦成功了，你就会跻身最伟大的革命英雄的行列，获得最崇高的荣誉。完成任务，你此生无虞。”

胡萝卜喂完了，该轮到大棒了，阿列克谢心想。

“打开你旁边桌子上的相册。”亚库舍夫命令道。

像是一本剪贴簿，上面全是死人，有男有女。有新闻剪报，有惨死相片。有枪杀的，有勒死的，有毒死的，有交通事故，还有炸死的。德国，法国，瑞士，英国，荷兰，瑞典，土耳其，埃及，墨西哥，美国。还有很多很多。

“你也看到了，我们的手无所不及，”亚库舍夫说，“你还记得我之前说过我们对待叛徒绝不手软吧？没有人能逃脱苏联正义的审判。只有两个实体知道你是苏联秘密特工。你自己，还有国家安全总局。所以如果你被德国人抓了，只能是你疏忽了。但如果你在西方待了一段时间之后，开始觉得自己脱离了苏联政府的管控而罔顾自己的任务，那么，奉劝你好好想想那些犯过同样错误的人，那一定是他们犯的最后一个错误。如果我们不想亲自解决你，那也很简单，只要让我们控制的一名德国间谍发现并上报你是苏联机构内部的人就行了。然后，不再会有什么奖赏，你一定在劫难逃。”

阿列克谢一言不发。

“你的忠诚是不能有问题的。”亚库舍夫说。

每个人的忠诚都有问题，阿列克谢心想。这应当成为这个国家的格言。

“只是一名特工的生涯有起有落。处在低谷的时候，意志力可能变得薄弱。最后一点，永远不要忘记你身边的都是我们最残酷的敌人。你是一名苏联便衣战士，你对他们决不能心慈手软。”

“是，同志。”阿列克谢顺从地答道，然后又学了句别人会期待的一句话，“为苏联服务！”

“我不担心，”亚库舍夫像拍小狗一样拍着桌上的文件夹说，“我第一次读到你的档案时，我就告诉自己：这个孩子心里没有仁慈。现在我知道我是对的。”

那是你太傻了，阿列克谢心道。他毫不关心领袖或是世界革命。他为他们工作只是因为他别无选择——他永远做他必须做的事情。他们还以为他和他们一样。他们把他送到特别孤儿院，是因为他向秘密警察告发了自己的父亲以及所有毁了舒尔茨一家的人。但他这么做的唯一原因是自己还不够强大，没办法亲手杀了他们。

“你‘但丁’这个代号现在过期了，”亚库舍夫说，“你需要一个新代号，用于所有通信和身份识别程序。”

太好了，阿列克谢心道。现在我必须想个别的代号。

“我到图书馆替你选了一个，”亚库舍夫似乎很满意地说，“你的新代号将是‘大卫’。”

阿列克谢茫然地望着他。他还以为是个什么好名字呢。

亚库舍夫失望地看了看他。“你从来没读过《圣经》里那个拿着投石弹弓杀死巨人的男孩的故事？”

“没有，同志。”苏联图书馆里的《圣经》？就算见到一本，他也会觉得是个陷阱，他们一定会监视到底谁想看这本书。

第二部分

投石弹弓

第二十五章　1937年，德国慕尼黑

慕尼黑中央车站，阿列克谢踏上了带棚的月台。乘客都急着下火车，所有人挤在了一起，他们呼出的气体凝聚成一团厚厚的雾气。外面并不怎么寒冷——比莫斯科暖和得多。尽管现在是冬季，但春天已临近，万物即将复苏。空气中混杂着雪茄和烤栗子的味道。

大部分德国人都知道往哪走，他们像拖着铁犁一般低头挺胸，迈着大步。剩下的人则满脸困惑，四处寻找标牌或指示。

那个苏联男孩站在那里，仿佛固定在了水泥地上，四处张望。等待。风刮在铁皮棚顶，就像痛苦的灵魂在呼号。他们拿走了他那笔挺的莫斯科西装，精心给他选了其他行装。那是一套褴褛的西服，典型的苏联制造，缝边开了线，还大了两号。这使他看起来越发瘦小无助。在火车上时，就有年纪大的女人同情他，将自己准备的旅行食物给他了。

疲惫，绝望，狼狈，他根本无须假装。事实上，和他从巴库到莫斯科乘坐的监狱列车相比，除了有吃的喝的，可以随便上厕所，这趟旅程只是稍微短了一点，也舒适了一点点。

任何苏联人或是德国人都无法安全通过波兰，即使是坐火车也一样。所以他一路先从莫斯科到列宁格勒，再到芬兰，然后到了瑞典，从那里转到丹麦，最后才到了德国。坐了火车又坐船。每次过境的时候，他和他那个只装了旅行换洗衣物、洗漱用品和几本德文书的小破箱子就像显微镜下的细菌一样受到仔细检查。

阿列克谢带了一本德国驻莫斯科大使馆签发的通行证，也就是单向放行的旅行文书。他的名字是弗里德里希·舒尔茨。苏联人不会向任何企图离开的公民发放护照或者让其离开。任何持有苏联护照的非外交人员就等于身上挂了块牌子，上面写着“间谍”。所以，也许早在巴库，他们还在四处追捕他的时候，内务人民委员部就已经让德国大使馆和苏联外交部斡旋弗里德里希·舒尔茨离境的相关事宜。也许他们甚至让德国人出钱赎他。但阿列克谢并不知情。

他口袋里剩下的那点旅费是德国马克。当钱连同他的文书从德国使馆送达时，苏联人都笑着说，真是德国人啊。资本家看了他买的东西之后，会说这钱虽然不是太多，但够用了，他们说。阿列克谢一如往昔很安静，但根据他走私的经验，这个世界上除了苏联，任何地方都不会有人愿意用任何东西来换一卢布，哪怕是一只熟苹果。和魏玛共和国的马克不同，买一条面包你得推一车钱，但这些马克是真金白银。

在他张望的时候，也有一个人在望着他。那人个子很高，超过两米，透着一股粗犷的英气，有着德国人白里透红的皮肤，眼窝底下有眼袋，从鼻底到嘴角，岁月留下了深深的痕迹，一道道似刀割的一般。他五十岁上下，露着贵族气质，但一脸疲惫。他的帽子拿在手里，稀疏的银发整齐地梳到脑后，额头两侧呈弧形，中间露出一道三棱髻。浓密的髭须盖住了整个上唇。他穿着一件漂亮的带毛领的灰色西装大衣，只露出了深色细条纹西装下面的裤腿。

那人似乎拿定了主意，大步流星地向他走来，浑身透着军人气度。走近的时候，他那不起眼的双下巴暴露了精心定制的衣服所遮盖住的中年富态，更近些的时候阿列克谢发现，那双炯炯的蓝眼睛和那张疲惫的面庞似乎有些格格不入。

那人走到他面前。阿列克谢迎着他的目光。

那人开口："弗里德里希？"

阿列克谢答道："汉斯叔叔？"

汉斯·舒尔茨几乎是以立正的姿势站在那里，上下打量着他，像是在进行军事检阅。然后，他像是改变了决定，伸出手。

阿列克谢握住，感觉自己的手被那只大爪子给包住了。但他早有准备，对方握得越来越紧，他也暗暗发力回敬。那只手很光滑，但非常有力。

那双蓝眼睛直盯着他的眼睛。不是喜悦，不是怀疑，暂时只是一种带着戒备的中立。"很高兴认识你，侄子。"

阿列克谢一点也不惊讶。他迄今所见过的所有德国人除了喝醉的时候，都是庄重而含蓄的。"我也是，叔叔。"唯一让他有些惊讶的是叔叔是孤身前来的。不知为何，他之前想象的画面都是他带着一名随从等火车。

“你肯定是长得像你妈妈，”汉斯·舒尔茨如实地说，“我从未见过她。”

他口中说出的每个字不论如何亲切，都感觉像是熊在咆哮。阿列克谢觉得无奈——他的声音就是这样。“别人也都是这么说的，叔叔。”

“你的德语说得很好，我认为这也是你母亲的功劳。”

“我们每天晚上吃饭都说的。”阿列克谢答道。

“是吗？”那双蓝眼睛望着远处，“这我没想到。”他头微微转了一下，那双眼睛突然又回到阿列克谢身上。“你肯定又累又饿吧，我还让你站在这冷风中。来，我带你回家。”

说完，他弯腰伸手就去拿那个破箱子，但阿列克谢先拎了起来。“我来拿，叔叔。不能劳您大驾。”

那双眼睛突然有了喜气，但声音依然宛如洪钟一般。“请自便吧。那我该如何称呼你？”

阿列克谢说：“大家都叫我弗雷迪，叔叔。”

再次打量，稍加思索，做出决定。“你现在是大人了，我会叫你弗里德里希。”

“是，叔叔。”

随后他离开了，阿列克谢赶紧快步跟上。

他们登上楼梯，进了车站。里面很大，走出去肯定要花十分钟。阿列克谢心想，里面开飞机都绰绰有余。他感觉他们被跟踪了，但他当然不能进行反侦察去证实。他突然想到，在德国他会一直搞不清楚是哪边的人在跟踪他。

第二十六章　1937年，慕尼黑

“伤寒，天哪。”汉斯·舒尔茨喃喃道。他放下酒杯对女仆说：“苏珊，去给我拿一瓶白兰地。”

他们默默地吃东西。刚坐下时，汉斯·舒尔茨说，他喜欢吃饭的时候就吃饭，说话的时候就说话，因为他在工作中经常需要两者同时进行，所以回到家他希望能分开。阿列克谢嘴上没说，但他感到如释重负。不必再琢磨他说的一字一句，终于可以安心啃他的德式烤猪肘了。褐色的外皮香脆可口，里面的骨肉滑嫩多汁，配上肉汤和土豆布丁，真是太美味了。

除了烤猪肘，还有巴伐利亚的摄政王蛋糕，中间夹了六层薄薄的巧克力奶油。现在他觉得这绝对是他吃过的最好的东西，但他必须放下餐具去说亚库舍夫叫他说的那些话。奥托、艾玛和葛尔迪都死了。他一听到这句话的时候，就知道虽然他们满嘴谎言，但这件事不是。

“你的脸受伤了。”汉斯·舒尔茨喝了一大口白兰地，又让女仆再去取一瓶。“我就知道不是好消息。我一问起来，你就吓坏了。”他叹了口气，那双粉色的大手按在桌布上。“这也是我不喜欢边吃边谈的原因。至少有坏消息时也不会把美食给毁了。”他抬起头，似乎有问题要问。

“我当时不在场，叔叔。我在巴库劳动。他们被隔离了，我还没回去，他们就走了。”

“啊。”德国人在表达某种情绪时会这样说，否则他们就不吱声。“来，”汉斯·舒尔茨说，“拿起酒坐下说。我们还有很多话要说。”他看了一眼阿列克谢的酒杯。“但你好像不喝酒。希望不是因为我。”

“我一向不喜欢酒，叔叔。”

“啊，也行。你如果不喜欢喝就别喝，如果不能喝就千万别喝。只是依我看，这样你就变成屋子里的傻瓜了，”然后仿佛又想到了什么，“你父亲也很克制。”汉斯·舒尔茨向那个穿着黑色连衣裙、系着白围裙忙活的女仆招了招手。“给我侄子来点咖啡。”

客厅里，皮椅，真皮封面的书籍，深色的木家具。墙上画像上那些身穿盔甲的老祖先严厉地注视着他们。

在他叔叔的敦促下，阿列克谢讲述了共产主义者舒尔茨一家的故事。集体农场一片污秽中的那个整洁温暖的小家庭。这是他第一次向别人倾诉他对那几个人的爱，也是他第一次话直接从口中涌了出来。过了一会儿，他请求去拿一下箱子。箱子早就被仔细检查过，很可能是趁他洗漱的时候。阿列克谢毫不惊讶，他不让叔叔拎的时候可能让他起了疑心。亚库舍夫给他的照片他夹在了书里，现在他取出了照片。那本书也是临别时亚库舍夫送给他的礼物，一本精美的真皮封面的《格林童话》，德文版。他真是个魔鬼，无所不知，无所不晓。舒尔茨家拍这张全家福时，弗雷迪刚入学，葛尔迪还在蹒跚学步。阿列克谢真不知道他们是从哪里找到的。

“这就是我的所有，叔叔。我带着它去了巴库。疫病横行时，无知的人们把所有东西都埋了。”

汉斯·舒尔茨只是点了点头。他盯着照片看了良久。“你母亲很漂亮。”

“她也是一个很有人格魅力的人，叔叔。”

“如果一个孩子不这么形容自己的母亲，那就有问题了。”他依旧盯着照片，“你在劳动？没上学？”

“我是德国人，父母又不是党内高官，他们不会送我上大学的，叔叔。”

“那么你也不是共产党员？”

“我知道您想问什么，叔叔。我不是党员。我若是的话，他们不会把我送出去，我自己也不会想走。”

“那你认为他们为什么把你送走？”

“因为我对他们来说毫无价值，而且我猜他们肯定也让您出钱了。”

他的叔叔不置可否。

“我永远不会忘记的。”阿列克谢气势汹汹道。

自打车站见面以来，汉斯·舒尔茨似乎终于松下一口气。“别放在心上，我的孩子。你想来根雪茄吗？”

“我从来没抽过，叔叔。”

“那就来一根。”

“烟草太贵了，”阿列克谢耸肩道，“所以我从未养成这个习惯。但如果您同意，我就和您一起尝一尝。”

他叔叔很满意，从雪茄盒中选了两根。他把整个过程演示给阿列克谢看：除去包装纸；剪掉茄帽，千万不要用嘴将茄帽咬掉；用火柴点，不用打火机；用火焰将整支雪茄均匀烘烤。

“千万不要将烟吸进肺里，”汉斯·舒尔茨忠告，“吸的时候，关闭气管，将烟雾留在嘴里。”

阿列克谢很快掌握了技巧，包括像他叔叔那样弯起食指夹雪茄。

“你学会了，”汉斯·舒尔茨说，“感觉如何？”

“很好，叔叔。”确实不错。自己也抽一根是抵御封闭屋子里气味的唯一有效方法。

汉斯·舒尔茨开心地望着他。“私下里享用。建议你不要在公开场合抽，除非……除非你到了一定年纪。”

“我看起来很滑稽，是吧？”阿列克谢笑道，“就像一个戴着高礼帽的小孩子。”

汉斯·舒尔茨也大笑，似乎是不由自主地。他又让人拿来一瓶白兰地。

他们就坐着默默地抽烟，过了好一会儿，阿列克谢发现，汉斯·舒尔茨已是酩酊大醉了，而浓咖啡使他忘却了疲惫和那顿大餐。

终于汉斯·舒尔茨开口了：“我哥哥和我从小关系很好，但长大后，他总是过于理想主义。我和他政见不同。尽管我知道世界大战后老一套的方式不会存在，但我也预感到共产主义会毁掉德国美好的一切。我们在这方面从来都没法达成一致。终于我们之间的矛盾激化了，我因有这么一个共产主义者的哥哥而蒙羞，他也因为有我这么一个不是共产主义者的弟弟而感到羞耻。我们那时太年轻了，无法抛开政治分歧以私人身份相对。所以，我从来没见过你的母亲。战争爆发后，我参了军，他离开了德国。很久以后我才知道他去了俄国。总是听人说德国造就了最厉害的共产主义者——我一直无法理解这到底算不算褒扬。战争之后，俄国成了布尔什维克国家，我们之间想联系也不可能了。”他停了下来，似乎想找到一种方式来表述。“你告诉了我那些艰难困苦……我希望我的哥哥依然能够坚持他的理想。”

阿列克谢知道，艾玛婶婶即使被关进囚车时也依然坚信共产主义，但他不确定奥托是否也是。

那双蓝眼睛透过那根像枪管一样的雪茄俯视着他，和亚库舍夫经常叼着烟注视他的情形几乎一模一样。“说得很好，侄子。非常好。我肯定会记住的。”旋即又顿了一下，“我可怜的哥哥。你呀，你和他们理念不同，让他们失望了吗？”

“这些话我从未对别人提起过，叔叔。在苏联，不时会有人因为很小的事情就消失了。而我的家人，我很想让他们高兴，但是……”

“但是什么？”

“有些人听信谣言，叔叔。但我相信自己的眼睛。”

“对，那你父母呢？”

“他们相信自己的期望。最后，我觉得，他们失望了。”

汉斯·舒尔茨注视着指间转动的雪茄。“这就是信仰的诅咒。只要时间足够久，你总会失望的，几乎无一例外。”他抬头望着侄子，“长大以后，你会发现自己敬爱、崇拜的父母也不过是肉眼凡胎的普通人，这是一件很难接受的事情。你以为只有自己经历这些，但实际上这是每个人成长的必经之路。”

“谢谢您，叔叔。”

“我还记得我父母去世的时候，后来又……”

“我们都经历了丧亲之痛，叔叔。”

“是啊。我妻子的驾驶技术极其糟糕。我命令儿子，司机不在的时候，必须由他开车。但就在那天，他忤逆了我。我叮嘱的大部分事情他都不当回事。”他又低头望着雪茄，“但你不能被生活击垮，侄子。你必须继续前行。”

“您说得对，叔叔。您可能无法从发生的事情中恢复过来，但一切总会过去的。”

“你还真是少年老成，侄子。我想我们得谢谢那个人。”

第二十七章　1937年，慕尼黑

公园长椅的椅背上印着哥特字体的“雅利安人”。阿列克谢从未见过印着“犹太人”的椅子，所以显然犹太人是不允许坐在上面的。这是他开始在慕尼黑认路时发现的第一件事情。纳粹在犹太人的事情上绝对疯狂至极。倒不是说苏联人有多喜欢犹太人，但这完全是两码事。

所有的公共餐饮和住宿都分别标明雅利安人区和犹太人区。据说纳粹是从美国人对待黑人的方式中得到了启发。一些商店的窗户上贴着专业印刷的标语：德国人注意！请勿从犹太人那购买物品。还有一名穿着棕色军装的突击队员站在门口，脚上蹬着锃亮的靴子，胳膊上绑着一条红白黑三色的纳粹十字袖章，对每一个进去的人怒目而视。但阿列克谢注意到有些人仍然会进去。他暂时还无法理解这一点。如果希特勒不希望人们在犹太人的商店里购物，那何不把这些店都关掉？也许纳粹是觉得自己力量还不够强大，无法做到这一点。

他开始读纳粹的报纸，特别是《攻击日报》和《人民观察家报》。如果你了解他们颠倒黑白的套路，就能找到入口，撕开一道口子，看看真实情况究竟是怎样的。他们会谴责他们最害怕的事情，褒扬当下发生的事情。他们的伎俩如出一辙，他甚至怀疑希特勒是从别人那里取的经。

纳粹似乎认为犹太人掌控了世界，将德国人压在下面。阿列克谢心道，若真是如此，那所有公园的椅背上都会写着“犹太人”，犹太人也会抱着双臂站在德国商店的门口。纳粹似乎将犹太人与共产主义联系在一起，那也是他们所讨厌的。阿列克谢必须承认那些老布尔什维克之中有不少犹太人。但托洛茨基流亡了，肃反运动基本上已将剩下的犹太人杀光。

阿列克谢从啤酒花园买了一纸盘香肠，边走边津津有味地吃着。慕尼黑白香肠涂上甜芥末酱，真是美味。而且与俄国香肠不同的是，咬下去的时候无须担心肉里会有骨头渣。

英国花园是慕尼黑市中心的一个公园。里面的啤酒花园大得足以招待一个团的人。公园是18世纪末由一名英国人设计的。德国人很乐于告诉他这些。阿列克谢端着香肠四处闲逛，直到他确定整片区域没有人跟踪。那座怪模怪样、叫作中国塔的木制建筑旁的雅利安人专属长椅上坐着一个人，是他在卢比扬卡第一天晚上认识的那个谢尔盖。看到谢尔盖之后，他更加确定了。

谢尔盖最终会将情报交给亚库舍夫。在莫斯科和慕尼黑进行反监视演练绝对毫无区别——在莫斯科不通过课程会挨枪子，在慕尼黑折戟德国人会绞死你。

阿列克谢在长椅上挨着谢尔盖坐下，手里拿了根香肠指着中国塔："你说，那个看上去像不像宝塔？"

"看起来像一座德国人心目中的宝塔，"谢尔盖用德语说，"我中午预约了牙医。麻烦问您一下几点了？"

"不好意思，我没戴表。"阿列克谢回答。

"很高兴见到你，大卫。"谢尔盖道。

"竟然能再次见到你。"阿列克谢答道。

"我一会儿就回使馆，明天就离开这个国家，"谢尔盖说，"我刚甩掉跟踪我的盖世太保，但恐怕我们聊不了几分钟。你还好吧？"

"挺好的。"

"一路上有什么问题吗？"

"没有。"阿列克谢视线下移到他放在两人中间椅子上的那份报纸，"里面有我的报告。"

"很好，"谢尔盖道，"我们一路都在观察你，干得不错。"

阿列克谢知道他在撒谎。他们是想让他觉得他们无所不能。

谢尔盖问："你和你叔叔关系如何？"

"目前还不错。我不确定他对我是否已经打定了主意，或者他只是和其他德国人一样含蓄。"

"希望一切顺利，"谢尔盖明确地说，"他给了你一些精美的衣服。"

"他让女仆把我的俄国西装都烧掉了，"阿列克谢答道，"你想来一根香肠吗？"

"不了，谢谢。你看起来适应得不错。一开始你走过来的时候，我还以为你是个德国人。"

“正如你们所愿。”阿列克谢直言不讳。

“想家吗？”

阿列克谢的第一反应是，你开什么玩笑？他长这么大就没想过家。或许是因为他去的每个地方，不管如何糟糕，都比他去过的上一个地方强。朋友死的死，背叛的背叛，他怎么看也不像想家的样子。而且，就算再陌生，德国也要比苏联富庶百倍，两者根本没有可比性。但他不难想到这就是亚库舍夫所关心的一些尖锐问题——都是那么尖锐，一不小心就会殒命——所以他是这么回答的：“感谢大家对我的关心，但我还好。”

这时候，一个身着制服的人步行向他们逼近，尖声喊道：“待在那儿别动！”

谢尔盖正准备起身就跑，阿列克谢的手绕到椅子后，这样对面就看不到他的胳膊了。他从后面抓住谢尔盖的腰带，所以他刚起身就被拽回到椅子上。

一个壮实的德国人帽子戴得紧紧的，帽带勒在下巴肉里，挤在一身蓝制服里的他活像一根香肠。那人伸出一根看上去比香肠还粗壮的手指道：“想从我这里溜走，啊？”

阿列克谢感到旁边的谢尔盖已经僵住了。“你什么意思啊，同志？”阿列克谢说。

“你在这里干什么？”德国人急问。

“吃点零食啊，”阿列克谢平静地说，“想来点不？”

“你答应和我一起喝啤酒的。”德国人说。

“你还在演奏，”阿列克谢说，“我饿了。你也没告诉我你这么快就又休息了。”

“休息20分钟。”德国人说。

“没问题，”阿列克谢说，“先让我把这些吃完，一会儿就过去找你。你可以多跟我讲讲慕尼黑。”

“别忘了。”德国人又举起了那根粗壮的手指。

“不会的。”阿列克谢答道。

他离开后，谢尔盖几乎是在颤抖。“圣母马利亚，”他深吸一口气，情急之下将共产主义全抛诸脑后，又掉进了教堂，“他妈的刚才是怎么回事？”

“他在那边啤酒花园的乐队里演奏，”阿列克谢解释道，“我就是从那里买的这些香肠。”

“那是个乐队的乐手？”谢尔盖不敢相信。

“当然了。”阿列克谢答。

“什么破国家，”谢尔盖泄气道，“乐师都穿得跟警察似的，恨不得要把你抓起来。”

“德国人很喜欢他们的制服。”阿列克谢说。刚开始进行反侦察训练时，他也是惊奇不断。不是像奥运会选手般大摇大摆、输了比赛而耷拉着脸的拳手那样的突击队员，就是穿着希特勒青年团棕衬衣、黑短裤制服的男孩，他们的胳膊上绑着卐袖章，上学路上相互练习口令。到处都是各种各样的制服，确实很难分辨出戴着鹰标筒帽、穿着绿大衣、背着枪带的治安警察。“我知道你在想什么，但我每到一个地方，都通过德国人了解了慕尼黑的风土民情。我初来乍到，他们都想知道我是哪儿人。我索性将这个问题抛给他们，让他们根据我的口音来猜。从东普鲁士到巴伐利亚阿尔卑斯山脉，再从捷克斯洛伐克到苏台德地区，他们说哪儿的都有，但至少在德国人听来我说话像德国人。”

“他们在喝啤酒。现在不是正午吗？”谢尔盖问。

“德国人有时甚至吃早餐还就着啤酒，”阿列克谢回答，“他们对啤酒的喜爱丝毫不亚于制服。”而你在想苏联人对伏特加情有独钟，他几乎脱口而出。

“你那句‘同志’是怎么回事？”谢尔盖突然压低了声音。

“哦，德国人也喜欢用这个词，和我们一样，”阿列克谢说，“但意义不同，就像是哥们之间的称谓，而非基于意识形态。你现在感觉好些了吗？”他很开心的是，谢尔盖在莫斯科的表现要自信傲慢得多，而在这里，身处法西斯的兽巢，他简直是畏首畏尾。

“等一下。”谢尔盖答道。他深吸一口气，然后回到正题，仿佛他要说的也是演练的一部分。很可能就是。“亚库舍夫同志向你致敬。”

“请转达我对他的敬意。”阿列克谢答道。

“很好。包里有钱。”谢尔盖指的是他们中间的一个纸袋子。“用于你需要的所有开支。”他看了一眼手表，“我得走了。除非你有紧急情况，否则这是我们第一次也是最后一次见面。”

“告诉大家，请勿担心，”阿列克谢说，“我很安全。”

“我会的。祝你好运，同志。”

他不经意间说了那个词，阿列克谢笑了。

谢尔盖带着阿列克谢的报纸离开了。

阿列克谢也没逗留，这样，如果以后盖世太保问起来，也不会有人将他和那条长椅联系在一起。他吃掉最后一根香肠，扔掉了盘子。他到了公共厕所，将一卷卷整齐的德国国家马克塞进内裤，扔掉了纸袋，以防有人见到谢尔盖拿过。从厕所出来的时候，他看到有两组人在搜查这片区域，肯定是盖世太保想要找到谢尔盖留下的蛛丝马迹。这就是亚库舍夫讨厌接头的原因吧。

第二十八章　1937年，慕尼黑

“你近来如何？”汉斯·舒尔茨问。

“挺好的，叔叔，”阿列克谢回答，“我正在了解这座城市。但如果您同意的话，我想找个工作。我不应该整天游手好闲。”

虽然两个人都没抽烟，但书房里一股陈年雪茄的味道早已渗入了木头里。客厅里到处都是舒尔茨家族祖先的画像，而书房里陈列的则都是他执行各种外交任务时收集来的各种动物的头和毛皮。壁炉前面的地板上铺了一块狮子皮地毯，阿列克谢无法想象在它那双玻璃假眼的怒目圆睁之下还能完成什么工作。墙角有一头大野猪，貌似正因自己体内的填充物而勃然大怒。还有一只象足做的烟灰缸，看到这个总会让阿列克谢觉得这是一个悲惨而屈辱的结局。

汉斯·舒尔茨说：“你到这儿做的第一件事几乎就是把旅途剩下的钱还给我，我当时就告诉自己，这个孩子不像苏联人，更像是我们德国人，而且家教不错。现在你又坚持要工作。我的亲儿子要是没死的话，恐怕也只会在这个家里一直躺到老。我为你感到骄傲。”

“没什么好骄傲的，叔叔。男人必须想办法谋生。”事实上，阿列克谢一直是更喜欢偷盗和走私，但无所谓了。

“你这么说是因为你此前想要任何东西都必须努力工作才能得到。不管怎么说，”汉斯·舒尔茨停了一下，“现在我们必须谈一些严肃的问题了。”

“好的，叔叔。”

“我希望你别介意我让乔治神父对你进行了考核，我需要确定一下你的受教育水平。”

“没关系，叔叔。”

“我可以向你透露，我特意找了一名教士来做这件事，因为他可以守口如瓶。”

“我明白，叔叔。”

“难保他会忍不住向你灌输一些宗教的东西。你也不抵触？”

“没关系，叔叔。我读过一些关于罗马天主教的书。”

“你不早说。”

“我对上帝所知不多，但我知道如果你得罪了领袖……”

听到这儿，汉斯·舒尔茨突然大笑起来，一直笑到咳嗽起来。阿列克谢起身，拿起边桌上白兰地旁的玻璃瓶为他倒了杯水。他递过水杯，汉斯喝了一大口，无力地坐了回去，掏出一方手帕，擦了擦眼睛。

阿列克谢刚才说话的时候绝对是认真的，但你永远不知道别人的笑点在哪里，尤其是德国人。“希望没有冒犯到您。”

“没有，侄子。事实上，我好久没有笑过了。”他放下水杯。“我在凡尔登的战壕里失去了信念，但我们是一个传统的天主教家庭，而且为了传统我依然遵循那些形式。自己做决定吧。只是千万别向神父透露你的隐秘之事，你懂的。他们毕竟也是人。”

“好的，叔叔。”

“可以告诉他们你的性事。他们都喜欢那个。你向他们忏悔这方面的事情就可以掩盖其他所有事情。”

“我明白。”

“回到眼下这个问题。乔治神父认为你的智力是一等的，大学水平。在高等数学和化学等科学知识方面有一定的差距，这也可以理解，毕竟你没接受过德国的教育，但他还是对你印象深刻。要给一名耶稣会会士留下深刻印象也不是件简单的事。可见你若去干劳工，就是埋没人才啊。”

“但我只做过劳工，叔叔。我无所谓的。”

“你这一点值得表扬。但恕我直言，你的那些苏联文凭在德国毫无用处。不仅如此，尽管你血统纯正，会讲一口流利的德语，有关部门首先还是会认定你是苏联人，然后是共产主义分子，因而你将永远遭受怀疑。通常来说，单凭这一点就会毁了你，不会给你带来光明的前途。”

“我明白，叔叔。苏联人也一直把我当作德国人。”

“听我把话说完。我是你叔叔，我必须对你负责，对你的父母有所交代。现在倒是有一个办法。你有……或者我应该说，你曾经有个表弟，沃尔特。是我住在汉堡的妹妹莉莉的儿子，一个……奇怪的男孩。其中有些事情……好吧，我直接说结果吧。他自杀了。”

若说阿列克谢学到了什么，那就是不动声色。

“你说你读过天主教的书，那么，自杀不仅是懦夫的表现，更是一项不可饶恕的大罪。自杀的人不得享受临终圣礼，也不得葬在神圣之地。沃尔特自杀了，整个家族都蒙羞，因此他的后事没有按照惯常公开的方式处理。”

除了女仆在楼上打扫时的脚步声，整栋房子悄无声息。

汉斯·舒尔茨继续说：“我建议咱们稍微改变一下。阿塞拜疆的弗里德里希·舒尔茨变成汉堡的沃尔特·舒尔茨。有了沃尔特的身份，你就可以拥有体面的证件，有了这些证件，你就可以跻身德国社会，有关部门也不会难为你，你的才能就可以得到施展。”

讽刺的是，就在那一刻，阿列克谢看到了自己的苏联灵魂。生他的是多疑的人，他吃的是可疑的奶，从小他学的就是怀疑、阴谋和背叛。他明白汉斯·舒尔茨不可能带着一个苏联侄子在自己的世界里行走。如果发生战争，经历过痛苦挣扎之后，他还是得说，来吧，把我侄子带到集中营。这些阿列克谢都明白，但他仍不清楚是否还有什么是他未能看到的。作为渗透特工，制造又一个掩护身份是至关重要的，而且这个掩护身份更适合他。“我相信您做的一切都是为我好，叔叔。”

汉斯·舒尔茨从椅子上起身前探，拍了拍阿列克谢的膝盖。“好，好。这样事情就简单了。”他将水杯放回到边桌上，换了一杯白兰地。

阿列克谢心想，德国人说“好”的方式是如此决然。

汉斯·舒尔茨享受了一会儿白兰地和侄子的认可，然后继续道："为了配合这件事，我要调到柏林的外交部，这就意味着我们要搬家，你同意吗？"

"当然，叔叔。"换座城市，也就随之换了一个身份。汉斯·舒尔茨想得很周到，他不能让慕尼黑认识他的人问他，你那个侄子呢？他是慕尼黑纳粹党总部褐宫的外交部代表，肯定有关系在柏林安排一个新岗位，同时改动一些官方文件，或者，也许某些文件会从此消失。阿列克谢对这方面有一点点了解，知道他肯定是贿赂了什么人。

"我最近一直在看柏林大学开设的课程。有些会很合你的胃口，而且大有可为。当然，文学是必修的，是法律从业的基础，但乔治神父感觉你的语言技能可能比你自己承认的还要广泛。"

"在未征求您的意见之前，我似乎不应该表露出来，叔叔。"

"嗯，这说明你的判断力不错。除了德语和俄语，你还会其他语言吗，侄子？"

"我可以阅读英文，叔叔，写作的话要差一些。但我几乎没说过，而且我的耳朵也不是特别灵敏，反应慢一些。我从小和阿塞拜疆人一起长大，阿塞拜疆语和土耳其语极其相似，所以我波斯语说得也很流利。"

"非常厉害了。这是所有外交官都羡慕的。你觉得柏林大学的东方研究这个专业如何？"

"您选的一定是最好的，叔叔。大学录取会很难吗？"

汉斯·舒尔茨摆摆手，表示那不是难事。"我有一定的影响力，这个问题我来解决。尽管沃尔特没法正常生活，但他在学校的成绩实际上是非常好的。"

第二十九章　1938年，柏林

阿列克谢知道已经过了午夜，但他不想看表，直到完成了作业。柏林大学的其他学生都在抱怨功课繁重，但这与亚库舍夫的间谍学校比起来简直就是在度假。自由时间他几乎不知道该做些什么。他自己搞了一部电台，但内务人民委员部命他藏好，除非战争切断了他与苏联大使馆的联系才能启用。汉斯叔叔刚在柏林安顿好，他就建立了苏联人所谓的“秘点”用以传递他的报告。他一周写一篇，记述他叔叔谈及的外交部里的事情，以及他公文包里一切有价值的文件。他所知道的秘密只有这些，所以苏联人也无法要求更多。他的日子过得优渥而舒适。

他的教授想让他们将哈菲兹的诗歌与歌德受其启发而创作的《西东诗集》进行比较。当然他们必须带着一个德国学生参与其中。他想，若是他真的将自己的想法写出来——传统的伊朗人是用羽笔写诗，而德国人是用锤子和凿子——那是不会通过的。只有西方一直称呼他们为波斯人，这对住在那里的人来说简直是新闻，自一千年前他们就自称为“伊朗人”，但那对欧洲人来说根本不重要。

他写完了最后一段，确认自己正确写下了所有脚注。他明早在家里用打字机打出来。图书馆的打字室永远都是人满为患，吵吵闹闹，能把人给逼疯。

除此之外，柏林大学的图书馆是个美妙的地方。纳粹禁的书比苏联少得多，而且基本也都是与犹太作家和反纳粹作家有关。阿列克谢多想在书山徜徉，见到喜欢的书名就取下来看一看，但他必须克制住这种欲望，坐下来潜心课业。需要透透气的时候，他就出去走走。沿着菩提树下大街，穿过布兰登堡门，就来到了蒂尔加滕公园的市区森林。这里曾是勃兰登堡的选帝侯在市中打猎的地方，一个人过来吃午饭再适合不过了。这也是他的“秘点”所在地。他听别人说，德国人管这个叫作“死信箱”，就是一个用于相互传递文件而无须人员接触的隐蔽之地。在一座小池塘边上有一棵显眼的树，树旁边的地上插着一根顶部可以拧开的防水管，这就是他的“秘点”。他将自己的报告放在管子里，一个不知道他身份的内务人民委员部特工充作“邮差”，将其送到莫斯科。

阿列克谢收拾作业时，有人向着楼梯附近楼层的另一端叫喊。所有人都嘘声道：“安静！”但叫喊声仍在持续。阿列克谢站起来，从他的私人阅览间顶部望过去，看看发生了什么事情。

伊丽莎白在他隔壁的阅览间，问：“你觉得是怎么回事，沃尔特？”

阿列克谢耸耸肩。

叫喊的那个人一路跑来，但阿列克谢根本听不清他在说什么。一位疲劳不堪的学者终于忍不住斥道："为什么你就不能闭上嘴！"

终于，那声音近得可以听清楚了。"他们在闹犹太人！"

大家都从书库里跑到中间的走廊上。"谁在闹事？"有人追问。

"所有人，"那人答道，"突击队，还有党卫队。"

"那是官方行为了？"另一个人问。

阿列克谢藏起了自己的笑容。只有德国人才会问闹事是不是官方授意的。

"我就知道早晚会发生这种事。"有人说。

"我在广播里听到，"另一个人说，"冯·拉特今夜身亡。"

两天前在巴黎，一个犹太人向一个德国外交官开枪。昨天，德国政府剥夺了犹太人的公民权。

"我们去看看。"一名学生说。所有人都向楼梯走去。

"你想去看吗，沃尔特？"恩斯特问，他和伊丽莎白都是东方研究专业的学生。

"我想去看看。"伊丽莎白插嘴道。她毫不避讳自己上大学就是想在这里找个丈夫。阿列克谢因而始终注意与她保持一定的距离，但他应该提醒她，作为一名准主妇，不要这么多事。"你要知道，那里可没有观看骚乱的座位，"他说，"你就是身处闹事现场。"

"我不怕。"恩斯特声明。

那只是因为你太蠢了，不知道自己应该害怕，阿列克谢心道。恩斯特是典型的金发碧眼的德国男孩，是个不错的希特勒小青年团成员，只是他一方面喜爱美国爵士乐队，另一方面又遵从纳粹路线，认为那是堕落的犹太人和黑人音乐，因而常常苦恼挣扎，也常因此引得阿列克谢发笑。“我们先到楼顶，看看什么情况再去也不迟。”

“嗯，好主意。”恩斯特应和道。

阿列克谢把书和笔记本堆在阅览间的角落里。

“你不带着书吗？”伊丽莎白问。

“不，我不想穿梭在暴乱之中，手里还抱着一堆书。”阿列克谢答。

“想法挺对。”恩斯特说。

阿列克谢只是翻了个白眼。

他们爬上楼，通往楼顶的门上贴了一个醒目的标志：禁止通行。但门没上锁，阿列克谢推开了。

“这是禁止的。”恩斯特说。

“我识字，”阿列克谢答道，“如果你愿意，你可以一边在这里等着别人给你批准，一边想象着外面发生了什么。”

伊丽莎白跟着他穿过那扇门，恩斯特随后。

空气中弥漫着焚烧的味道。城中有几处零星烟火，但一点也不像是大规模的破坏。街上好像挤满了人，特别是对于一个周四的凌晨来说。但也没有人到处跑动。看上去一点也不像阿列克谢以前听说过的暴乱。倒不是说他经历过什么暴乱。苏联人已经从沙皇的错误中吸取了教训，大家都清楚，只要有人看上去有作乱的念头，马上就会被机枪扫射。

恩斯特指向北边，那边的烟雾要大得多。“有很多犹太人住在那里。”

伊丽莎白拉着阿列克谢胳膊。“你觉得我们能过去看看吗，沃尔特？”

阿列克谢知道他叔叔一定想知道这里的真实情况，他为之服务的那些人就更不要说了。“好吧，不过你要知道一切都有可能发生。”

但没人听他说话。他们看着燃起的大火，眼中闪耀着兴奋。

他们加入了从图书馆蜂拥而出的人群，沿炮兵大街向北走。月正圆，他们穿过施普雷河上的艾伯特桥，月光洒在黝黑的河水上，泛起粼粼波光。

他们一路沿着炮兵大街前行，烟雾越来越浓厚。不一会儿，他们脚底踩到了碎玻璃，吱嘎作响。人行道上满是碎玻璃。人群聚集在一家店前面，橱窗的玻璃被砸出一个大洞。一伙人在里面拿着斧头，见东西就砍。他们穿着便衣，但那一张张摆明了要闹事的脸绝对是突击队员，错不了。

你能听到的只有里面打砸劈砍的声音。一群人就站在边上冷眼旁观，不发出一丝声响。阿列克谢觉得简直不可思议。

“真是浪费。”阿列克谢旁边的一位老人道。

“您为何这样说，先生？”阿列克谢一脸好奇地问。

“看着吧，”老人指着空荡荡的橱窗和满地的玻璃碴说，“他们不会就这么不管了。总得有人把这里打扫干净，然后换上新的橱窗玻璃。所有东西都砸烂了。浪费的可都是真金白银啊，年轻人。最后由谁来买单？还不是我们。”

“是啊，说得对啊。”旁边有人咕哝，又有几个人附和，但没有一个人站出来和拿着斧子的突击队员说一个字。

阿列克谢沿着街道继续向前走，并没在意伊丽莎白和恩斯特是否跟上来了。

他跑进另一堆人里，这边倒没有不作声，而是在大声嘲笑。大人高举着孩子，让他们也一睹为快。众人在喊：“打他！”“看到了吧！这就是你的下场！”“肮脏的犹太人！”“给你们的教训！”“罪有应得！”

阿列克谢挤了进去，看看发生了什么。一个男人双手抱头坐在路边，鲜血顺着手臂流了下来。一名突击队员手拿棍子，站在他前面。一个女人搂着孩子在旁边哭泣。她弓着背把孩子偎进怀里，似是想替他挡住这整个世界。还有一个深色头发的小男孩站在流血的男人旁边，死死抓住他的衣袖，身体不住地颤抖。阿列克谢知道那是怎么回事。那绝不是因为11月夜里的寒风。

上面传来一阵碎裂声，引得众人抬头观望。一架钢琴从二楼的窗户飞了出来。人们纷纷后退，接连有人被绊倒。钢琴轰然落在街上，碎了一地。

“多可惜。”阿列克谢边上有人说。

他转过头，是伊丽莎白。她正仰望着他，摇头叹道：“错在弹琴的人，跟钢琴有什么关系，对吧？”

阿列克谢只是默默挤出人群。他不在乎任何事情，只是不忍心再看到那个惊恐战栗的小男孩。

他又经过许许多多没了橱窗玻璃的店面。德国人真是可以。换作其他任何地方，肯定会有人蜂拥而入，搜刮一番。但在这里，貌似连起这个念头的人都没有。当然，街上的公职人员似乎仍在。不时地你会看到有警察镇定地来回走动，像是在维持骚乱有序地进行。

在下一个路口，他循着骚乱，右转来到了奥拉宁堡大街。那座带有摩尔式穹顶的犹太教会堂前聚集了一大群人。

会堂门前的步道上燃起了火堆，不时有人从里面出来，将东西扔进火里。是砸碎的家具，还有典籍。阿列克谢看到了犹太人的那些很有特色的大烛台。一些很大的纸卷轴也被烧得一干二净，或许那是犹太人的《圣经》吧。

柏林消防队的卡车停在街对面，消防员躺在座位上冷眼旁观。但作为德国人，他们仍戴着头盔。

一名消防员倚着卡车抽烟，阿列克谢走到他面前。“什么情况，同志？”

“我们在待命，要确保火不会烧到德国人的任何东西。”消防员答。

那是当然，因为这里是德国啊，但阿列克谢依然有种感觉：骚乱组织得井井有条。

小男孩冲着会堂的窗户扔石头，随即四顾张望，看看是否有人阻止他们。确认可以为所欲为之后，他们兴奋地嚷着跑开了，回来的时候个个都抱了满怀的石头。

人群在叫嚷：“烧掉！全部烧掉！”

阿列克谢听到旁边一名德国女性啧啧不停，表达不满。那是一位容貌优雅、头发花白的女士，在火光的映照下表情十分严肃。

“怎么了，夫人？”他问。

“如果他们敢这么做，下一个遭殃的就是天主教堂。”她笃定道。过了一会儿，当他再次转过身来，她已不见了踪影。

街东头的人群似乎在反对，并发出叹息。一名头戴筒帽、披着大衣、挎着枪带的治安警察穿过围观的人群，看了一眼火堆，然后冲进了会堂大门。

“怎么了？”有人问。

不一会儿，穿着便衣的突击队员拎着斧头、撬棍从前门出来了。那名警察在后头驱赶着。

“怎么回事？”人群后面一个闷闷不乐的声音问。他们像是在看一部电影，结果出现了一个令人费解的剧情反转。

突击队员刚出门，就突然转身，冲着那名警察叫嚷，警察也冲着他们喊。

阿列克谢小心地向前缓缓移动。离得近，才能听清他们说的话，但又要保持距离，假如突然爆发真正的冲突他才不至于卷进去。他必须把握好中间微妙的平衡。

“回你的警察局！”领头的突击队员冲警察嚷道。阿列克谢知道他是头儿，因为所有人都挥舞着斧头或其他工具，唯独他用手指。“这都是安排好的！我们是执行命令！”

“这栋建筑是古迹！要保护！”警察也喊道。

“滚！”突击队员叫道，“你麻烦大了！”

看到这幅情景，人群陷入了绝对的沉默。阿列克谢清楚他们的本能。不管双方谁赢，没人愿意站错队，就像刚才在店门口——如果站在打人的一方，你是安全的；如果站在被打的一方，你就会有挨打的风险。

几名突击队员抡起斧头，向前几步，想把警察吓跑。

但警察半步未退，掏出了手枪。人群中发出急促的倒吸气，开始后退。突击队员也退了回去。

“我要依法保护这栋建筑！”警察喊道，“警告你们！立即离开这里！否则我就开枪！”

那些突击队员就像嘴巴上挨了拳头的地痞，灰溜溜地走了。阿列克谢倒不怎么惊讶。

警察猛地吹了一声尖锐的警哨，冲消防队挥了挥手。消防队员仿佛成了正义的德国人，跳上卡车，驶过街道，在警察的指挥下，趁火势还未蔓延到会堂里，扑灭了火堆。

一股乌烟伴着湿物的呲呲声，火被浇灭了，人群也随即快快离去。个个争论着警察行为的利弊，高声的抱怨此起彼伏。他们的主要共识是：警察如果也是奉命，就必须执行。

阿列克谢可以肯定他并不是奉命。犹太人的一切都在被摧毁，消防队待命的唯一目的是确保别烧错了东西，在这样一个夜晚，竟然下令让一名警察公然对抗纳粹突击队，保护柏林最大的犹太教会堂，阿列克谢对此很是怀疑。那个家伙，他心道，前途可就有点意思了。

伊丽莎白和恩斯特不见了，他们在人群中走散了。街上要么人挤人，要么空荡荡，就看你走的是哪一条。如果有人辱骂、殴打犹太人，就会有围观的人群，而且住在附近的人肯定也没睡，他们站在外面的门廊上，确保发生的一切不会殃及他们的房子。站在家门口的大多数人手里都拿着小本子。若非经常见到那个东西，阿列克谢还真不容易辨认出来。他们随身携带的是血统证书，以此证明自己不是犹太人。纳粹的这本证件将你的家世上溯四代，证明你是雅利安人，上面全是签名和各种官方印章。

第一次接过沃尔特·舒尔茨的小红本时，阿列克谢暗暗发笑。伊朗人自称雅利安人理所当然，而德国人似乎将其与北欧的日耳曼民族联系起来，反倒认为世界上棕色人种是低等的。在他汉斯叔叔的聚会上，人们会称赞他纯正雅利安血统的外甥，殊不知他们交口称赞的是一个下等的斯拉夫人。

对，向他们挥着你的小本子，阿列克谢心道，可能会让你的房子免于火灾，你的家具免遭劈砍，你的家人不会被殴打，你不会被拖到集中营。仅限今夜。或许将来某天晚上，你会拿着错误的小本，它就救不了你了。一无所有的欺世之徒会嘲笑你，或者在监狱中夺走你仅有的那点值钱的东西，然后溜进夜幕之中。

在一所考究的宅邸处，铁门大开着，一辆卡车停在门口。阿列克谢看到穿着黑色制服的突击队员正往车上装银器和油画。所以，有人在趁火打劫，他心想。

他一路向西，朝着他叔叔家大致的方向行走。这附近肯定没有什么犹太人的东西，因为街道上空无一人。

一群少年从街道中间闹闹嚷嚷地跑过。他们都压抑许久，在今晚尽情号叫。突然前面的那个男孩停了下来，后面的也都停住了。他们商量了一会儿，然后他们的头儿折了回来，径直向阿列克谢走的人行道奔了过来。

阿列克谢还带着他在苏联的那把小刀。那把刀在莫斯科引发了极大的争论，有的说边境会搜查，有的说会引起怀疑，众说纷纭，最后是亚库舍夫让他们都闭上了嘴。他说一个男孩能夹带一把刀子进入卢比扬卡不被发现，自然也有办法带着它在德国畅通无阻。但在柏林，他叔叔的女仆看到他内裤上缝有任何护套，肯定会跑去报告。阿列克谢手伸进口袋，将刀握在手掌中。刀锋是折起来的。

他们来到他面前。阿列克谢脑子里的第一个念头就是，和在孤儿院以及卢比扬卡一样，又是三个。大概是因为这么多人会让他们觉得有底气。他们比他要大一两岁，衣着不像在校生，像工人。

街上再没有其他人。尽管一些窗户里还亮着灯，但阿列克谢并不指望柏林的好公民能对他施以援手。

那个头儿说："看，犹太人。"

另两个人堵住了他的退路。

"我不是犹太人。"阿列克谢镇定道。

"那你是什么？"头儿又靠近了一步问。

"学生。"阿列克谢答。

头儿又上前了一步，双手在他的胸口上推了一把。阿列克谢顺从地借着推力退了几步，做好了被后面的人抓住的准备。

"我讨厌学生，就和讨厌犹太人一样。"头儿道。

后面的两人大笑。阿列克谢暗暗感谢他们暴露了位置，他脸上露出了笑容。

看到这个，头儿的脸都扭曲了。"我会把那个笑容从你脸上抹下来。"他咬牙切齿地说，准备再推他一把。

就在此时，阿列克谢突然身体前冲，用左臂将他的手打开，一刀刺进他的胸下。他短暂地欣赏了一下那个小混蛋的表情，然后转动手腕松了松刀子准备拔出来。

后面一个人卡住了他的脖子。阿列克谢后倾，勒住他脖子的手松了一些，然后他侧过身子，一刀捅在那人的肚子上。

那人发出一声惊愕的“你?”，掐住他脖子的手松了下来。阿列克谢转过身，紧紧抓住他的外套，将刀子穿过那人两手之间直插进喉咙。那人瞪大了眼，发出漱口似的声音。他又迅速转动刀子，拔刀时侧跨一步，免得血溅到身上。

看到发生的一切，剩下那人一脸恐惧，撒腿就跑。阿列克谢追了上去，肾上腺素飙升，他们一路飞奔。

那个小混蛋歇斯底里地呼叫：“救命！救命！”

阿列克谢立刻警觉起来，如果有人出现，那么被追的人就会变成自己了。但他马上又意识到，在这个特殊的夜晚，整个德国绝对不会有人去帮助一个满街跑着呼救的人。

他们跑了几个街区，阿列克谢离得很近，能够清楚听到那个男孩惊恐的喘息和哭喊。接着，男孩最后决定拐进边上的巷子里。平路突然变为卵石路，他不小心绊倒了。

阿列克谢扑上去，用体重把他压在地上。阿列克谢用膝盖顶住男孩的背，抓住他的头发，将脑袋揪起来。

“请不要杀我。”男孩脱口而出，但随即阿列克谢把刀子按在他的喉底，划下致命的一刀。

“我不喜欢霸凌的人。”阿列克谢告诉他，然后站起身。地上的男孩抽搐了几下，流血而亡，除了气管切口发出的微弱哨音，他再没发出任何声音。

他想跑，但还是忍住了。他快步离开了尸体。所有透过窗户目睹一切但无动于衷的善良德国人，现在会冒险拿着手电筒走出家门，找警察报案，做一名热心的好市民了。

现在，逞凶斗狠的兴奋和报复那三个人的快感消退了，随之而来的是熟悉的、冰冷的恐惧。这里不是苏联，那里他们只关心政治犯罪，你被捕只会是因为有人告发你或者他们就是要追捕你。

但阿列克谢很快就摆脱了恐惧。要么动刀子，要么就挨打，而他挨打的日子已经过去了。他边走边用手帕擦刀上的血。明智之举是将刀子扔掉，但这把刀是他的幸运物，他不能丢。他用手帕将刀上和手上的血迹都擦掉，然后将手帕扔到垃圾桶里。

他在路灯底下检查了一下衣服，但没发现任何血迹。

一处独栋的犹太人房子被烧成了废墟，阿列克谢快速穿过围观的人群。街上的电车极为准时地靠了站，他爬上了车。

他进前门时，汉斯·舒尔茨就在客厅里。“我一直在听收音机，”他说，“如果他们说外面很糟，情况肯定要更糟糕得多。”

阿列克谢意识到这是他叔叔很德国的表达方式，表达那些他难以启齿的言语，比如“你还好吗？”以及“我一直担心你”。

“先容我上个厕所，叔叔，一会儿我会都告诉您。”

借着浴室里的光亮，他更为仔细地检查了一下自己的衣服。他像临床医生般冷静地发现衬衣和外套袖口有干掉的黑色血迹。若是他把这些衣服直接扔到脏衣桶，女仆会疯掉的。他把它们放进水槽泡上水。指甲里、手上的皱纹里也有血迹。在这间封闭的房间里，他身上浓重的烟味特别明显。谁知道还会不会有别的地方溅上血滴。也许在他后面的头发上，他看不到的地方。他已经够大意的了。阿列克谢将浴缸放满水，快速但彻底地洗了个澡，用刷子将全身刷了个遍，最后穿着睡衣和浴袍下了楼。

汉斯·舒尔茨认真听着阿列克谢讲述街上发生的一切。当然，他略去了杀死三个人的事情。

他点了一支烟。“侄子，你的推测是对的，这一切当然不是自发的。党一直在等待时机没收犹太人的钱和财产，这次刺杀不过恰好是个借口罢了。巴黎的那个犹太人，唔，他的父母应该是住在德国的波兰裔犹太人，上个月被希特勒驱逐了，而波兰也不接受他们，于是困在边境的无人区。所以他决定向德国使馆的人开枪，以示抗议。结果不分青红皂白地就选了我倒霉的外交官同事冯·拉特，而我恰好又知道这个冯·拉特因为同情犹太人正被盖世太保调查。不论这个年轻人想要达成什么目的，他一个人害得全德国的犹太人被剥夺了公民权。”他摇了摇头，“多么讽刺，没人会相信的。”

“我相信，叔叔。”阿列克谢答道。

“这件事似乎给犹太人聪明的说法画上了一个句号，”汉斯·舒尔茨继续说，“我一点也不同情他们。《纽伦堡法案》通过后，还留在德国的犹太人活该房子被烧掉，全是因为他们的愚蠢。他们肯定还以为希特勒长不了。”他又摇了摇头，“愚蠢。”

“冒昧地问一句，叔叔，在苏联，他们也恨犹太人，但我不明白这为何是政治运动的依据。”

汉斯·舒尔茨朝他苦笑了一下，“任何流行的东西都会在政治上取得成功，侄子。在德国，对犹太人的仇视简直和文字一样古老。路德写过关于仇视犹太人的文字和关于宗教改革的文字几乎一样多。但至于国家社会主义，我们这样来看吧。你可以说德国输掉了世界大战是因为它愚蠢地坚持对抗整个世界，1918年国土防线崩溃是因为所有人都清楚我们赢不了，我们厌恶战争，苦于饥饿。或者，你也可以说防线的崩溃是因为犹太共产主义分子背叛了国家，背叛了不懈作战的人。而后犹太人又导致了通货膨胀，钱不值钱，所有人一贫如洗。”

“那您相信哪个呢，叔叔？”阿列克谢温和地问。

汉斯·舒尔茨又朝他苦笑了一下，“侄子，在战争的不同时期，我和法国人、塞尔维亚人、罗马尼亚人、意大利人都打过仗，所以，请相信我不傻。但相信这一点更容易让人接受，不是吗？发生的一切，发生在你身上的一切，你没有错。”他站在窗前，拉开窗帘，凝视着窗外，像是在寻找黎明的迹象。“现在，犹太人被打压下去了，无知的人除掉了他们憎恨的对象，聪明的人除掉了他们生意上或学识上的对手。纳粹党会从中获得一大笔钱，这正是私底下他们所缺乏的。”他转向阿列克谢，“很难向你解释20年代情况有多糟糕，侄子。虽然没有你所描述的像苏联那样恶劣，但对德国来说已是糟糕透顶了。我们无法像以前那样走下去了。民主崩溃了——老百姓都厌恶它。他们需要有一个人来掌控局面，对他们发号施令。希特勒是大势所趋，兴登堡太老了，无法与他抗衡。商人也支持他，老百姓需要面包和工作。至于他对犹太人的狂躁，大多数人都同意，剩下的人以前不关心，现在依然不关心。所以，你要么适应，要么走。我是德国人，一个老得无法从事新职业的德国人。”

阿列克谢默默地坐在那里。德国人不会坦白，他们只会表态。而这个表态恰恰是极其重要的。因为他在苏联时就学到了，你永远无法和意识形态狂热者讨价还价，但和机会主义者永远都有商量的余地。

汉斯·舒尔茨说："主要的问题当然是现在发生了什么。我一直在向伟大的俾斯麦学习，因为能够预见并改变即将发生的事件要远比只是被动做出反应强得多。"他突然坐回椅子上，摸了摸下巴。"当然，这次大屠杀将震惊世界。在这一无所不用其极的摧毁行动中，我看到了戈培尔的影子。他与希特勒不和，这次想讨好希特勒。这招应该会起作用。国外的反响传入时，希特勒会觉得自己被全世界包围，也会坚定他对其他所有国家的邪恶本能。如果希特勒觉得自己被围困，一定会猛烈反击。"汉斯·舒尔茨抬起头。"战争就要来了。尽管这一直都不可避免，但这件事会加速它的到来。希特勒将开始逼迫世界，而我们要看世界愿意让步多少。我认为你最好暂时把学业放在一边，侄子，去参军。"

"您真是这么想的吗，叔叔？"阿列克谢问，至少苏联人听到这一消息会高兴。

汉斯·舒尔茨点头，"如果终究要落水，与其被人推下去，不如自己跳进去，至少可以掌控自己落在哪里。"

第三十章　1940年，柏林

阿列克谢伸脖望去，在提尔皮茨弗路上排着一支穿着灰色制服的队伍。然后他看了看手表，自己接到的命令是进入提尔皮茨弗路72—76号，前面那栋四层的砂岩建筑就是海军总司令部所在地。问题是，每个在那里工作的人都得排这该死的队。如果队伍不移动得快一些，他第一天上班就要迟到了。这可不行。

奇怪的是，他没看到任何士兵。并非他指责他们，回想起自己当候补军官那段时间，他得躲到一公里开外，免得向那么多军官敬礼。柏林高级军官这么多，当一名小中尉糟透了。

汉斯叔叔把他安排在第三步兵师，一支柏林的普鲁士部队。他训练完刚好赶上加入侵略捷克斯洛伐克的作战中。其实，这更像是一场穿越捷克斯洛伐克的行军训练。捷克人投降得很彻底，他唯一经历的枪声是一天晚上，一名喝醉的上尉想把自己的鲁格尔手枪塞进枪套，枪走火了，误伤了自己。

阿列克谢觉得驻守在捷克小镇上的步兵连没什么值得关注

的，但亚库舍夫总是强调，你永远不知道什么会有价值。那里没有内务人民委员部的人通过秘点传递情报，所以他偶尔将报告寄到柏林一个受苏联特工保护的邮箱。在匿名情书的字里行间用隐形墨水书写，他们还会给寄信人回一封假信。2.5克阿司匹林溶于400克水中，这就是他用的墨水。阿司匹林从来不断供，毕竟这是德国人发明的。他的一项任务就是审查连队的书信，因而风险可以忽略不计。他的目标是让所有人——不论苏联人还是德国人——皆大欢喜，而自己也能优哉游哉地保住小命。

亚库舍夫反复提醒他的一件事，就是一定要克制住吐露秘密的冲动。阿列克谢从来没有这样的冲动。他广交朋友。大家都喜欢他，他也喜欢他们。但离开后，他不会挂念任何人，也不会有和所有人保持联系的冲动。他总是不得不把想家的士兵交给有同情心的士官，因为他们发牢骚的时候，他觉得他们好像是疯了。

班师回国后，每个人都获得了一枚作战奖章，而且传言说第三步兵师将改编成机械化部队。在传言变成现实之前，一天，晚饭过后，汉斯叔叔让新晋中尉坐下来，又提出了另一个建议。阿列克谢已经准备好视死如归的豪言壮语，结果汉斯又让他大吃一惊。他说，经过世界大战后，他所参加的那个军官训练班如今只剩下他一个幸存者。他的侄子通晓多种语言，或许在德军的情报机构阿勃维尔会过得更快乐一些。

这简直太完美了，使得阿列克谢不禁有些怀疑，但苏联人大喜过望。汉斯打点疏通了一番，阿列克谢开始了他在第二所间谍学校的训练，让他开心的是，他正好错过了进攻波兰和法国，那里阵亡的步兵尉官可比在捷克斯洛伐克要多得多。

现在他必须进入那栋建筑了。根据他的经验，士兵可能不及军官聪明，但他们肯定要更灵活。阿列克谢放弃了排队，快步走到两边绿树成荫的街上，绕到下一栋建筑的后面。啊，他们全在那里。士兵都从后门入内。阿列克谢选中了一个面相温和的年轻军士，他戴着眼镜，衣服上有支援部队的蓝色绲边，是一名文员。

“中士！”他喊道。

那名中士转了一圈，敬了个礼：“中士德尔默，长官！”

阿列克谢随意地回了个礼，弹开孟菲斯牌香烟的盒子。他一直随身带着香烟，但从来不抽。

士官惊讶地接过一支，阿列克谢给他点上。“我是舒尔茨中尉。听着，德尔默中士，我需要你帮个忙。我和卡纳里斯海军上将有约，但若是在前门排队，我肯定会迟到。我怎么才能进入那栋该死的楼？”

中士上下打量了他一番：肩章上有白色的步兵绲边，一颗星的中尉，苏台德区的绶带，还有训练中获得的“俯冲鹰”伞兵徽章。德国的伞兵是空军，不是陆军，在内行人看来这就意味着你是阿勃维尔的人。“见将军可不能迟到，长官。跟我来。”

他们从一个完全没有守卫的侧门进去了。阿列克谢可以想象，如果像这样进入卢比扬卡，只要敲错一个门，身上就会被打出一百个弹孔。

这不是一栋办公楼，而是一座充当办公楼的宅邸。若非德尔默中士带路，阿列克谢可能到了午饭时间还在一个个大厅里瞎撞。

爬上楼梯，拐了几个弯，中士指着一扇橡木大门。“长官，到了。”

阿列克谢伸出手。“德尔默中士，以后有什么需要帮忙的，只管告诉我。”

中士畏缩地轻轻握了个手，然后跺下脚跟，敬了个礼：“上午好，长官。”

中士一转过身，阿列克谢就摇了摇头。德国佬。

有人提醒过他，不要敬纳粹礼，要敬军礼。阿列克谢并起鞋跟，手掌成刀状抵住军帽帽檐。“中尉舒尔茨前来报到，将军。”

阿列克谢走进办公室的时候，桌子后面那个白发男人只是从面前的文件堆里抬眼看了看他，起先是带着微怒而惊讶的表情，似乎在困惑这个人是怎么越过他那两个像看门狗一样的助理的。与阿列克谢不同的是，他不仅没戴帽子，而且还穿着便装，所以他没回礼，只是点了点头。阿列克谢放下手臂后，他说：“你可以脱帽坐下，舒尔茨。”

“谢谢您，将军。”阿列克谢脱下军帽，夹在左臂下，然后坐了下来。

白发男人盯着他看了一会儿，从桌上凌乱的文件堆中扯出几张，草草浏览了一下，准备签字。他背后的衣架上挂着一套德国海军服，哪个海军少尉敢穿得这么破旧，肯定要被送上军事法庭。办公室十分简朴，除了办公桌只有一张沙发，几个文件柜，还有一张铺得很整洁的折叠行军床靠墙放着。他身后的玻璃门关着，说明那边有一个阳台。墙上挂着一张很大的世界地图，几张签了名的照片，阿列克谢只认得有一张是西班牙独裁者佛朗哥，另外还有一幅日本画，画的是魔鬼一类的东西。

阿列克谢知道，那人一言不发是在考验他的沉着，所以他尽量表现得轻松而不厌烦。靴子受到了轻微的压力，引起了他的注意。他低头望去。两条热情的腊肠犬前爪趴在他的腿上，期待地抬头望着他。阿列克谢伸手将它们抱到膝盖上。结果它们又想爬上他的胸，舔他的脸。他轻轻拍了拍它们，又摸了摸它们的胸脯。很快这两条狗就静静地端坐在他的大腿上，他捋着它们的耳朵，而它们则享受地仰望着他。

阿列克谢将注意力从狗身上转移开时，看到德国情报部门的老大正向他微笑。“你们让我很嫉妒啊。”威廉·卡纳里斯说。他在对狗说话。一听到他拉开抽屉的声音，两条腊肠犬顿时紧张起来，转着圈。他拿起两块饼干，它们像一对短腿的毛球似的，立马从阿列克谢的膝盖上弹了出去。

将军先让它们卖乖乞食，随后就满足了它们。“现在乖乖的，”他溺爱地说，“我们有正事要做。”

现在他才真正开始注意阿列克谢。“我不信任不喜欢狗的人，”他说，“我相信我狗的判断力。你可能会觉得惊讶。有时它们看一个人一眼，就会躲到我的桌下。”

阿列克谢一脸茫然，礼貌地点了点头。他感觉自己的任务完成了，如果此时再夸赞将军的狗可爱，只会给他留下一个溜须拍马之徒的印象。

卡纳里斯翻开档案。“嗯，舒尔茨。培训结业，优秀毕业生，成绩最高，天资聪颖。很好。”他又抬头望着他，幽蓝的眼睛透过颇为浓密的白睫毛，“更重要的是，我知道你接到加入我们的命令时，你的师长利歇尔将军恼火得不行，千方百计要留住你。这说明他们对你评价很高。有许多指挥官巴不得把恰好懂一门外语、他们不想要的军官塞给我们。总之，你很好，但你希望加入阿勃维尔东方外军处一科的申请被拒绝了。”

“是，将军。”阿列克谢礼貌地回答。他知道，苏联人一定希望他进入对付苏联的部门工作。

“我手底下会俄语的人太多了，”卡纳里斯说，“但会讲波斯语和土耳其语、大有前途的年轻军官就另当别论了。你去过这个地方吗？”

阿列克谢提醒自己要警觉。在世界大战期间，这位多疑而温和的老头所在的巡洋舰在福克兰群岛海战后被扣留，他单枪匹马从智利逃了回来。为了回到被封锁的家乡德国，他甚至直接穿越了敌国英国。这件事之后，就连军方也赞叹他适合情报工作。“很可惜，我没去过，将军。这一直是我的梦想。”

“你的梦想就要实现了。我先向你介绍一下背景。坦白说，我们目前在伊朗的工作有很多不尽如人意的地方。尽管那里是英国石油的来源，但我们的关注点先是法国，然后才是英国。如果处置得当，那边还有很多我们可以利用的条件。英国在其控制的各个地区不得人心。我们的情报军官在那里一直以外交官的身份为掩护开展工作，可惜收效甚微。在大不里士，莱韦尔金上尉的身份是德国领事，最近他在尴尬的情形下不小心暴露了自己。”

此时，将军叹了一口气，这让阿列克谢大为惊讶，德国人那种否定的叹气方式和艾玛·舒尔茨简直一模一样。以前在阿塞拜疆，他还是个孩子的时候，艾玛婶婶经常这样叹气。“埃特尔先生，伊朗的德国公使，在过去八年中由文员一直升到了纳粹党卫队准将。”

卡纳里斯似乎觉得这样解释就够了。“我建议派人以商业身份为掩护进入伊朗，具体说就是作为一家瑞士纺织厂的代表。我们是那家工厂的幕后控股股东。波斯地毯，你懂的。”

“是的，将军。”阿列克谢回答。这就像是在听贝利亚[1]亲自给你布置任务，在苏联这是绝对不可能的。他早就有所耳闻，卡纳里斯一向亲力亲为，不喜欢把活儿派给别人。阿勃维尔的军官经常抱怨，一旦他忘记了自己下达过的命令或是没把文件存档，就会一片混乱。

“这个人的任务，”卡纳里斯继续说，“就是接手一部德国大使馆事先藏好的电台，不与使馆接触，并开始建立他的特工网络。他的第二项任务是为进行破坏活动做准备。你明白吗？”

通过训练，阿列克谢了解到，德国陆军军官的关注点不是如何赢得战争，而是如何消灭在他们前面山上的敌军，这绝不是一回事。德国的情报机构是军队机关。所以，他们认为间谍活动就是派个穿花呢夹克衫的军官，拿个相机，带本《米其林指南》，看看道路能否承受坦克的重量，数一数某个机场上有多少架飞机，某个区域集结了多少部队，炸掉某个弹药库、军工厂或是桥梁，不是什么发展在敌营里向己方报告敌方方略意图的间谍。想到这一点，他决定冒险一次。“不明白，将军。”他回答。

1　大清洗计划的主要执行者之一。

这倒把卡纳里斯给惊到了。“不明白？我怎么把你搞糊涂了，舒尔茨？”

“破坏什么呢，将军？”

卡纳里斯再次盯着他，眼神里似乎充满惊喜。“你很冷静，舒尔茨。我觉得你不笨，所以你想让我多说一些我不愿说的事情。不如这样，你为什么不问我问题呢？”

这时对讲机发出嗡嗡的声音。卡纳里斯按下了按钮。“别来打扰我，”然后他说，“你继续，舒尔茨。”

“我对任务有疑问，将军。我具体要准备破坏什么？为什么？英国人在伊朗南部的采油厂吗？伊朗的军事设施？交通线？”

“若没有具体的命令，你不要去破坏英国的油井、管道，特别是阿巴丹的炼油厂，”卡纳里斯继续说，“也不要破坏贯穿伊朗的铁路网。”

阿列克谢默默地坐着。

“很好，”卡纳里斯用两根食指敲着嘴巴说，“这让你得到什么信息？”

他让阿列克谢想到了他之前的老师亚库舍夫，他们是如此相像。“我们打算接管它们，”他说，“但我不明白如何接管。”

“不明白？隆美尔在沙漠地区势如破竹。”

“如果非洲集团军拿下埃及，”阿列克谢说，“他们还要跨过苏伊士运河，然后是西奈，巴勒斯坦，外约旦，还有伊拉克。即使我们大量增援，我们的补给线也会拉得很长，而英国人可以通过海路从印度和非洲调动部队。从黎凡特进行攻击？山地不适合坦克作战，防御性的步兵作战是英国的优势。叙利亚的维希法国人会帮我们攻打吗？就算他们会，那些刚刚亡国的士兵也会吗？伊拉克叛乱，还是伊朗叛乱？”说到这里，他只是挑了一下眉毛。“你可没让我在伊朗筹划叛乱，推翻伊朗国王。”

“我没有，不是吗？很好，舒尔茨。似乎现在咱们的军官学校教给了你们战略领悟力，在这方面我们的许多将军似乎能力欠缺。现在，我反过来问你一个问题，你认为在这场战争中德国的下一步战略步骤该怎么走？”

“进攻英国，将他们全部吃掉。如果大英帝国倒了，中东一直到印度，不费一兵一卒都是我们的囊中之物，远东到印度将归日本。如果美国参战，他们不可能跨过大西洋来攻击欧洲。”

“我十分遗憾地向你透露，元首对德国海军没有信心，觉得我们没有能力把陆军送到英吉利海峡对岸，所以没有进攻英国的打算。”

阿列克谢心凉了，不到一个月攻克了波兰，打下法国也只用了多一点的时间，他们竟没打算跨过三十四公里宽的水域，成为半个世界的主宰？上次大战两线作战拖垮了德国，而这次希特勒打算孤注一掷，他要和拿破仑一样进攻俄国。斯大林一直按兵不动，希特勒才有机会势如破竹拿下欧洲。阿列克谢深谙个中缘由，这是典型的马克思列宁主义：让资本主义世界自相残杀。而现在希特勒视斯大林为潜伏在水底、只露出眼睛的老鳄鱼，冷冷地盯着他，伺机而动，于是希特勒打算先下手为强。“我明白，将军。”

“你明白？说来听听，你到底明白什么？”

“我会安排破坏行动，阻止英军自北部、俄军自南部侵入伊朗。”

卡纳里斯说：“你知道，舒尔茨，你这么年轻的军官，第一次就执行这样的任务，我开始还有点担心。现在我放心了。你明白，你将进入的地方可以说是敌后，出于安全考虑，任何超出你行动任务的信息都不会向你透露。”

“我明白，将军。”那不是问题。这里又不像卢比扬卡，那里每扇门都是锁着的，任何部门的任何军官同其他部门的人闲聊几句都得挨枪子。在这里，只要你是内部的人，四处走走听听就什么都知道了。

“你还要留在柏林几个月，了解一下那个地区的情况，着手做行动计划，然后前往维也纳负责巴尔干和中东地区的阿勃维尔分局，然后转至瑞士，在那边最后汇总你掩护身份的详细信息，并尽可能多地学学纺织品生意方面的东西。时间很紧迫。”

“好的，将军。”中立国瑞士？好吧，他想起了亚库舍夫的那本相册，内务人民委员部的特工要在那里杀他简直易如反掌。

卡纳里斯站起来，伸出手。“我要说，你让我度过了一个非常愉快的上午，舒尔茨。我厌倦了事无巨细地向别人解释。祝你好运。”

阿列克谢握起他的手，一如其人般柔和。他退后一步，将帽子戴在头上，跺脚跟，又敬了个礼。“上午好，将军。”

但卡纳里斯已经又埋头于那些文件之中了。“上午好，舒尔茨。”他甚至连头都没抬。但随后说，“喔，舒尔茨？”

阿列克谢转身，“到，将军？”

“别忘了代我向你舅舅问好，可以吗？”

“一定，将军。”

那两条腊肠狗想跟着阿列克谢出门，卡纳里斯只得吹口哨将它们唤了回来。

第三十一章　1940年，柏林

阿列克谢锁上门独自待在卧室，开始给莫斯科写报告。这么多年来，他终于为他们搞到一条重大情报。

他拿出一张纸垫在玻璃桌面上书写，防止留下印痕。按照之前的训练，先写最重要的信息："与卡纳里斯密谈。德国不侵略英国。计划1941年夏侵略苏联。"

他打了几份草稿，又减了些字，直到报告极为简洁明了。现在必须加密。亚库舍夫要求他用英语加密，因为如果截获到柏林发出的情报，密码专家在破译的时候首先想到的语言是德语或俄语。他用助记字母，即英语中最常用的8个字母"ASINTOER"做了一个交叉的棋盘格纸板，剩下的字母写在后面：

	0	1	2	3	4	5	6	7	8	9
	A	S	I	N		T	O	E	R	
4	B	C	D	F	G	H	J	K	L	M
9	P	Q	U	V	W	X	Y	Z	.	/

他和莫斯科那边的解码员事先商定使用同样的“四九空格”。句点用以结束句子，遇到数字就写两遍，用斜线在两边隔开。将字母转换成数字时，他参照棋盘格，先写左侧的数字，再写上方的。

所以“INVASION 1941”（1941年侵略）加密过程如下：

I=2，N=3，V=93，A=0，S=1，I=2，O=6，N=3，/=99，1=11，9=99，4=44，1=11，/=99

239301263991199441199

然后阿列克谢拿出一本《欧洲工业统计年鉴》，那是他按照指示刚到德国时购买的。他随机翻开一页，选出一个数字，恰好是1930年英国的煤炭产量：243876427吨。他将数字重复写，直到写到他需要的位数，之间用“0”连在一起，与刚才第一组数字相加，去掉十进制相加时的进位：

239301263991199441199

\+ 243876427024387642702

= 472177680915476083891

组成情报的数字五位一组切分开，不足五位在末尾补“0”。所以，“INVASION 1941”加密后就变成了：

47217 76809 15476 08389 10000

煤炭产量统计数字来自《年鉴》第147页第3行第7列，所以这五位数是整个情报的钥匙：14737。他会把这组数字分别加到整个情报的开头第四组和倒数第四组。这组指示组也会放在整个情报最前面。

有了这把指示的钥匙和相同的《年鉴》，远在莫斯科的解码员就可以逆向解密他的报告，其他任何人都不行。亚库舍夫向他保证这个密码是无法破解的。1917年俄国革命以来，布尔什维克铲除了类似无政府主义者的左翼组织民粹派。苏联情报机构对那些人使用的密码加以改进，就成了阿列克谢目前所使用的密码。

阿列克谢写完后将原稿和所有加密使用过的纸张都拿到厕所，在盆里烧成灰，倒进马桶冲掉。为什么不等会儿扔到壁炉或煤炉里？不行，必须马上销毁！`即使远在德国，他感觉亚库舍夫的声音依然萦绕在耳边。

情报加密后，必须发送。放到秘点，万一被清理了怎么办？阿列克谢不能冒这个险。亚库舍夫对于这种情况的命令是明确的，战争预警必须直接通过无线电发到莫斯科。

而可笑的是亚库舍夫本人又十分厌恶使用无线电，因为这样最容易导致间谍被捕。业余无线电爱好者都有许可证，所以一旦出现不明电台发报，无论是纳粹还是苏联人都会立即开始测向，实施定位。

为减少风险，必须遵循亚库舍夫的几条原则。永远不要从住所发报。永远不要在住所藏匿电台或任何可以成为罪证的东西。如果你每次都在同一个地方发报，他们总会抓到你。如果你每次都在固定时间发报，他们会更容易抓到你。

你可能会想把电台拖到寂静无人的地方，但实际上，在喧闹的居民区发报要更安全，这样就算测向队锁定了你的大概位置，也会面临着纷繁的可能性而无从下手。

亚库舍夫总是强调，别人用过的方法是无效的，因为大家都知道了。你必须有自己的办法。阿列克谢也有一条原则，也是阿依达给他带来的惨痛教训：一定要独来独往，这样就没有人可以背叛你。所以，他首先排除了租房的办法。

他将情报折起来，放进绿色的孟菲斯牌香烟盒里。这类东西即使情急之下马上扔掉也不会引起别人的注意。

晚饭后，他空手离开叔叔位于波茨坦广场西边外交部住宅区的家，当然是穿着军装。战时的柏林，军装是再常见不过的了。

夜里拥挤的街道上，若要盯梢则必须离得非常近。阿列克谢每次转弯的时候，都会进入一家商店，从橱窗里面观察是否有人匆匆走过街道，想要找到他。没有人跟来。

勃兰登堡门东北三公里是索非教堂的新教徒公墓。阿列克谢走到一面砖墙旁，路灯的光亮将树影映在墙上。天有些阴，凉风习习，快要下雨了。

公墓的门晚上是上锁的，满目荒凉。阿列克谢还是进行了两次反侦察，小心地绕着目的地转了两圈。没有人。除去风吹动树叶的声音，一片寂静。他不怕死人，只怕活人。

小道上一排大石墓，像是为死者盖的小房子。有钱的人家将死者葬在地上的小房子里，有些用砖砌了墓门，有些装了旧铁门。阿列克谢挑了一座他确认全家都死绝了的坟墓。一棵瘦高的白桦树立在墓门前，墓的外观雕刻得像一座哥特式教堂，顶上有一个大十字架。

他为这一天做了精心准备。他配了钥匙，小心地在门的合页上上了油，以防吵醒死者或引起附近任何人的注意。他开门时只发出一丝声响，进去后又立即把门关上。

阿列克谢用打火机照明，将它放在一口棺材上面的石板上，直到熄灭。坟墓的角落里藏着一个行李箱和一个金属工具箱。他脱下军装，穿上工人的连衫裤工作服，戴上一个皮眼罩。

亚库舍夫肯定会认为这样的装扮过于戏剧化，但这却是绝佳的伪装。少只眼睛是一个穿着便装、其他地方都健全的人所留下的唯一线索。除了那个眼罩，谁也记不得其他任何东西。那个人长什么样？他戴了一个眼罩，军士先生。多高？头发什么颜色？他戴了一个眼罩，军士先生……

第三十二章　1940年，柏林

有几个门童在柏林最豪华的阿德龙大酒店后面的员工通道抽烟休息，一个戴着眼罩的年轻人从他们中间挤了过去。所有的电影明星都住在那里。他们并没在意他，因为他手里拎着一只金属工具箱，戴了一顶带有红色绲边的深蓝色军帽，工作服上有一个蓝色袖标，上面有德国邮电部金色卐字鹰的标志。

他进来后直奔员工电梯。突然，一个威严的声音喊道："站住，那个人。"

阿列克谢转身。"我吗？"

原来是一名门卫，若非上了年纪发了福，长得足够唬人，圆圆的脑袋活像手枪子弹头。"你在这儿做什么？"

"电话坏了。"阿列克谢粗声粗气道，像是在说，不然你以为我在这里做什么？

"修理工刚走，"门卫说，"你来这儿干吗？"

这真是迎头一棒。但正如亚库舍夫所说，你不能跑，也不能就站在那儿张着嘴。“我知道，”阿列克谢不耐烦道，“还是有问题。我需要检查一下街上进来的线路。”

门卫上下打量了他一番，“我得查看一下。”

“你叫什么名字？”阿列克谢冷不丁地问。

这个他经常问别人的问题把门卫搞蒙了。“你说什么？”

“如果我今晚不解决问题，酒店投诉，”阿列克谢说，“我可不背这个锅。”

“好，好，”门卫抱怨，“你知道去哪儿吗？”

“我以前来修过。”阿列克谢回头说，脚下已经往前走了。

他在经过厨房时看了下黑板上列出来的房间号，那是预订了客房服务的房间。然后他按下了员工电梯按钮。

电梯操作员开了门。是一位年迈的老人，颤颤巍巍，像一扇嘎吱作响的门。酒店应该是不想再把他安排到客梯里了。“几楼？”

阿列克谢以前在酒店里从未被别人拦下来过，更别说质问他了。他知道自己应该直接去大堂，然后离开这个鬼地方。“五楼。”

“那就是干活的地方，”电梯操作员边说边关上了摆动的栅栏，“修电话。”

“我这边干完，还得进下水道。”阿列克谢说，“今晚我来替你。”

“下水道？”电梯操作员说，“还是算了。”

他们到楼层后，阿列克谢下电梯前先瞟了一眼外面。战时这里也没有什么好莱坞明星了。最高的楼层都是为外国要员和纳粹党高官预留的，这些高官周末会抛开老婆到这里开房嫖妓。但现在是工作日，如果有人走来走去，那一定是安保人员，这也就意味着他该返回电梯，然后回家。走廊空无一人，黑板上的客房服务表清楚地告诉了他哪些房间没人。他敲了敲门，贴着耳朵听，里面没人应门，也没有声音。宾馆的门锁很好开。他打开后先朝里面瞥了一眼。

这个房间明显没有人住。阿列克谢往门下塞了一块三角形的木楔子，这样无论如何门都打不开了。他将玻璃门打开一条缝，检查了下阳台。

确认屋里就他一个人后，他在写字台上打开了工具箱，不到十分钟就架起了电台。接收机是一个常规的短波接收机，从笨重的机壳里取出，拆下音箱之后，它就只是一块布满了晶体管和电路的三十厘米见方的胶木。发报机要复杂得多，而且完全是他自制的。高频线圈是汽车的铜油管外面套着厕纸筒，真空管是质量最好的德国造。整个机器看起来就像是浅木盘上用电线缠起来的一坨垃圾，但能用。

阿列克谢将这两个部件连在一起，在房间里都拉上铜天线。他将其钩在一个个画框上，玻璃小药瓶当作绝缘体。

他对自己的主意颇为得意。德国人无条件地服从官方的东西，所以电话维修员可以去任何地方。在一个没人的酒店客房发报一小时左右，然后离开。每次换一家酒店，选在节奏缓慢没有客满的工作日，却也总有人来来往往。即使亚库舍夫也会赞同他的主意。

阿列克谢将电源线插进插座，戴上硬胶木的耳机。发报机启动工作，他在摩尔斯发报机电键上不断敲出“D7Y”，这是他的苏联呼号。

莫斯科收到了他的信号，但微弱而且断断续续，他必须重新调整天线。终于，他们给他发出“继续”的信号，他开始发送加密过的情报。在红军学校，大家都认为他手速非常快，但发送这些数组还是要花很长时间。

除了耳机里传来的电流声和发报机电键的嘀嗒声，他感觉自己听到了什么动静。阿列克谢停下来，将耳机放回去。像是附近某扇门传来的声音。然后，一把钥匙插进了他房间的门锁，声音非常小。

阿列克谢迅速敲出“DAVID”结束了发报，并表示情报真实。他将情报纸片塞进衬衣口袋里，用胳膊夹起接收机、发报机和工具箱，扯下电源线和天线，穿过房间，踢开阳台的门，趁着夜幕将所有东西一股脑全扔了下去，所有动作一气呵成。

锁开了，但门卡在他在门底放的木楔子上。有人朝门上猛踹一脚，门依旧没开。

整个阳台绕五楼一圈，只用一道低矮的铁栅栏与外面及其他房间隔开。阿列克谢跃起，扒住屋顶的边缘，将自己拉了上去。就在这时，门被撞开了。

边缘宽度只有十五厘米左右，屋顶又陡得厉害，很难爬上去，特别是在下着小雨的情况下。阿列克谢犹豫了一下，但滑下去也比被抓住强。他眼睛盯着屋顶远处的一端，一眼也没敢望着脚下，断然地跑了出去。

一切都很顺利，可当他跑到头试图停下来时，鞋子的皮质鞋底没有附地摩擦力，他又向前滑了下去，痛苦地失去了控制。还好有一道高高的金属栅栏将最后一段阳台与隔壁建筑隔开了。栅栏的顶部在他的膝盖位置，可身体依然在下滑，阿列克谢伸出一只脚想要停住。脚抵住了栅栏顶部，但另一只脚还是滑了下去。他屁股贴着楼顶，几乎快掉下去了，只能一只手拼命抓着栅栏，一半屁股勉强坐在屋檐上。完全是出于恐惧的力量，阿列克谢奋力将自己拉了上去。这时他的膝盖和两只手都到了栅栏上。他猛地起身，从栅栏跳到了隔壁的楼顶上。他重重地落在地上，打了个滚，站了起来，跑到楼顶另一侧，扒住另一座相邻楼顶的边缘爬了过去。

相邻的建筑基本上都一般高，在上面跑比在街上要快一些。穿过一条对角线，他到了街区另一侧的楼顶。现在他停下来检查身后，后面没有人追他。可能是他们以为他沿着阳台跑到别的房间了，也可能是盖世太保没有人愿意这么拼命，踩着湿滑的楼顶来追他。他迅速从房檐往下瞥去。街头和街尾各停着一辆灰色的无线电测向车，车顶的圆顶天线十分显眼。他们一定是在这片区域巡查，正好碰上他发出的信号，再加上该死的门卫和电梯操作员也通风报信了。

楼顶的门锁了，阿列克谢猛踹一脚，还是弹了回来。他从踹门的阻力判断，门不仅锁了，而且肯定在里面钉了木板封条。总是会遇到麻烦的。他迅速环视一圈，楼顶并没有其他的出口，甚至连个维修舱门都没有。时间紧迫啊。盖世太保和警察很可能已经堵住了酒店，搜索范围很快就会扩大到整个街区。阿列克谢绕着房檐转，终于找到了脱身之法——消防逃生梯。逃生梯在楼房一侧，沿着雨水槽一直延伸到街道上。走过去之前，阿列克谢先把他的眼罩和邮政部袖标扔掉了。

他在楼房边沿俯身，抓住梯顶的横档，荡到梯子上。他的体重使逃生梯像麦秆一样在风中摇曳。浪费时间毫无意义。他没有爬下去，而是用鞋子内侧紧夹住梯子扶手外侧，戴着手套的双手紧紧抓住扶手滑了下去，就和他以前在农场里从筒仓梯滑下去一样。

梯子晃动，嘎吱作响，但至少重力替他省了大部分力。阿列克谢信心大增，于是放松了他紧抓的双手，让自己滑得更快。一切进展顺利，但他在黑暗中看不到的是，逃生梯有几段用螺栓连接着，与巨大的金属雨水管槽离得特别近。

他快速滑下来时，梯子突然右拐，阿列克谢的脚滑进梯子与雨水管槽之间不断缩小的间隙，卡在了里面。右脚卡住时，阿列克谢疼得大叫起来。但身体其他部分还在下滑，先是他的右手从梯子扶手上脱离，然后是左手，最后整个人倒了过来。等到他能够抓住一个横档时，已经是脸朝下，右腿绕在臀部上，感觉脚已经完全折了。

脚被卡得死死的，他无法动弹。所以，就这么玩完了吗。真是自作自受，在楼房的侧面像只蝙蝠一样倒吊着。

但绝望的念头转瞬即逝，阿列克谢振作起来，将体重压在双手上，推着梯子的两根横档向上，然后用脚踢，但他仍然无法将脚抽离出来。血液涌到了头部。他双臂抱住梯子，想用左脚推出右脚，但还是不行。他失去了耐心，用左脚猛踢被卡住的右脚，右脚突然拔出来了。

阿列克谢让双腿一直下落，直到身体重新正立。涌到头部的血液猛然重新回到了体内，他眼前不由得一片模糊。他确定自己意识还清醒，立即将右脚踩在梯子上，检验一下是否骨折。体重压在脚上时很疼，但似乎并没有骨折。

时间不多了，他又向下滑，但这次慢了下来。

梯子在离地四米左右的时候结束了。阿列克谢抓住最下面的横档，跳到了人行道上，尽量用没受伤的左脚着地。一个提着公文包的人目瞪口呆地望着他，“上面着火了吗？”

“是的，着火了，”阿列克谢急忙道，“你到那边去找火警警报器，”他继续说，“我到这边找。”

那人立即跑开了，阿列克谢竖起衣领，随即混入街上的人流中。他跛着脚，但越走越感觉右脚好多了。穿过街道，然后到下一条街，他终于脱离了搜索区，可以松一口气了。这真够写一篇壮烈的讣告了：在履行国际主义义务时由于安装不当的消防梯而不幸牺牲。

他稳住步子走了两公里，兜兜绕绕穿过大街小巷，这才在一家咖啡馆坐下来，要了杯茶，一个黄油卷，然后找了一个新的有利观察点。实在憋不住上了趟厕所，才后怕地发现，加密情报还塞在他的衬衣口袋里，他赶紧撕碎在马桶里冲掉。

高度紧张的神经终于平静下来，他开始在心中盘算。他们可能已经将电台的碎片从街上清理了，但他们已经知道了电台的存在以及使用的频率。外面下着雨，任何指纹都不会留下痕迹。他们拿到了他的帽子，但这也只能说明他脑袋的尺寸。房间里的指纹呢？一间宾馆的客房会留下多少人的指纹？而且他都戴了手套，除了发报的时候。他应该是安全的，但刚才是死里逃生。

他们这次绝对是碰巧。或者，他们当时正在这片区域搜寻另一部发报的电台，还真是倒霉。

还是多亏了亚库舍夫。阿列克谢知道，若是没受过这个老混蛋的训练，酒店房门开的时候，他肯定站在那里呆若木鸡，想他们是怎么抓住他的呢。

他似乎已经安全了，所以他付了钱后又开始迂回至墓地。

但到了下一个街区，他看到有一辆车正缓慢地行驶，流动监视车四处搜索街道。阿列克谢虽说没戴邮差帽和眼罩，但他衣服没换。

为了不让人追着满街跑，他立即躲进眼前的一家店铺。这是一家美式药店，醒目的招牌，铬黄色的大理石柜台除了卖药，还有冰激凌和饮料。店里顾客盈门，孩子们叽叽喳喳。他准备挤进去。

“你干什么？”有人问。

阿列克谢弓着身子，“有点恶心，真对不起，要吐。”

神奇的是，人群立马让出了一条路。有人抓着他的胳膊，拉着他走过柜台。阿列克谢手捂着嘴，依然弯着腰，“恶心，要吐。”

就像孩子玩的手牵着手跑步的游戏一样，他不一会儿就到了后面的房间。他们不愿你吐得整个厕所都是，他们还得打扫，但他们更不愿你吐得整个地板都是，打扫起来更恶心。

几秒钟后，他被推着穿过一扇门，到了药店后面的巷子里。阿列克谢大声干呕，朝着最近的垃圾桶靠了过去，挥手示意他们走开。这样做没关系，反正也没人想看他呕吐。门砰的一声被带上了。

关门声就像发令枪响。不顾右脚的伤痛，阿列克谢沿着巷子全速跑了起来，从巷尾的篱笆上翻了过去。

他的运气不错，刚从巷子出来，就有一辆电车经过。他追着跳了上去。

“车开动的时候你不能这么做。”车上的女售票员严厉地批评了他。

“我知道，”阿列克谢买票时露出了他最灿烂的笑容，“对不起。我实在是赶时间。”

售票员教育完，也就不追究了。

阿列克谢乘着电车，直到所有人都下了车。他换乘了两次，再次返回墓地，去取他的军装。

他回家时，叔叔还没睡，烤着火喝酒。

“今晚外面真够脏的，”汉斯·舒尔茨注意到他，“你看起来累坏了。”

“我感觉累得够呛，叔叔，”阿列克谢回答，“工作日的晚上我就该待在家里。”

“净胡说，孩子。生命只有一次。”

第三十三章　1940年，柏林

第二天上午在阿勃维尔总部，阿列克谢反思这件事的道理。你必须接受过训练才能表现正常，否则虎口脱险之后，他肯定会搜寻见过的每一张面孔，想知道他们是否怀疑自己。他不知道究竟有多少间谍因为妄想症而精神失常。

到处充斥着打字机的咔嗒声、缭绕的香烟、咳嗽声、电话铃声以及打电话的声音，他挤进他们给他安排的、放在角落里的一张小办公桌。这自然是别人挑剩下的。他开始浏览来自伊朗的成堆情报和报告。让他吃惊的是，阿勃维尔在伊朗的特工似乎对这个国家一无所知。

典型的欧洲人。他们在欧式酒吧里和其他欧洲人喝酒，和其他欧洲人以及西化的伊朗人打网球。他们招募的特工要么是伊朗政府官员，那些人讲着他们的语言，并开心地拿着他们的钱提供的却是最新宫廷小道消息；要么很可能就是他们自己的司机和仆人招募的出租车司机和服务员。那些人多半就是他们司机和仆人的亲戚，阿列克谢心想，他知道一切是如何运作的。

办公室的喧闹突然被一声尖厉的呼喊打破，“舒尔茨？”

阿列克谢慢慢将椅子转过来。站在门口的是一个上尉，他的灰色制服夹克的右领上是纳粹党卫队两道闪电的符号，左衣袖下部是保安总局的菱形“SD”臂章，身边有一条凶猛的德国牧羊犬。令人难以置信的是，他有一条鞭子，一条真的牧鞭缠在左手腕上。

阿列克谢深吸一口气，抑住了想从最近的窗户跳出去的冲动。他从巴库图书馆那件事中吸取了教训——这次他确定椅子足够重，一定能砸开玻璃。“叫我吗？”

“我现在需要你。”上尉轻踢着靴子，狗也仿佛在暗示什么似的吠叫。

阿列克谢旁边的女文员实际上都站到桌子上了。但阿列克谢现在感觉好多了，他已经控制住了最初的恐慌。如果是来抓他，不会只有一名党卫队的人，甚至还带了条狗。党卫队的人会掏枪，不是带鞭子。他透过牙齿轻轻吹了两声口哨，狗耳朵立马竖了起来。他注视着狗的眼睛，移开一会儿，又盯着它。他指向狗的两眼之间，狗明显放松了，耳朵动了一下。阿列克谢又指着自己的脚，狗缓缓走来，几乎将它两边办公室里的人都吓跑了。狗嗅了嗅阿列克谢的手，然后安静地坐了下来。

阿列克谢一只手在狗的下巴下面摩挲着，然后又捋了捋它的耳朵。没有什么比得上农场里那些还没有被完全驯服的狗，更不用说沙赫萨万人养的那些狗，它们可以猎杀偷袭家禽的豺狼。“瞧瞧，谁是乖孩子？”他向牧羊犬说。

保安总局的人带着敌意朝阿列克谢一笑，将鞭子轻打在他的腿上，仿佛没有比用鞭子让他更喜欢的事情了。“我是雷斯勒上尉。”

阿列克谢还在摸着狗。狗在地板上打滚，露出肚子来让他挠。“你说需要我做什么事？”

“我听说你会说俄语？”

“会。”阿列克谢答。

“我有一份重要文件需要立即翻译出来。”

“你的意思是，让我放下自己的工作，替你看一看文件，帮你一个忙。”

党卫队的那人仔细考虑了一番，最后极不情愿地回答：“是。”阿列克谢都看在眼里。

“好吧。我们看看吧。”

“去我的办公室。”

阿列克谢决定将这次胜利拱手相让。他起身跟着上尉出了门，一吹口哨，狗立马跟在屁股后面。“真是条好狗。”沿着走廊，他边走边夸赞道。

雷斯勒上尉回头望了一眼自己的狗，那表情就像是看到了祖国的叛徒。

他们最后来到建筑侧翼的阿勃维尔三局反间谍局，这使得阿列克谢更加小心翼翼，他甚至后悔刚才羞辱了这个上尉。有一点后悔。

办公室里有两个穿着便装，但一看就是盖世太保的人，还有一个陆军上尉和一个少校。他进门时，所有人都带着警察那种怀疑的眼神盯着他。

雷斯勒上尉递给阿列克谢一份装在透明醋酸纤维套筒里的文件。

“你为什么不让东方外军处翻译好给你？”阿列克谢问。

“他们说太忙了。”雷斯勒回答。

准备入侵，阿列克谢心想。也许他可以利用这件事作为一个借口顺道拜访他们，那边的墙上很可能会挂着地图。他低头看了看套筒里的纸张，是手写的斯拉夫字母。纸张脏兮兮、皱巴巴的，像是从垃圾堆里翻出来的。“这是一张购物单。”他说。所有人都从他身后望了过来，他逐行指着念：“香肠，人造黄油，面包，肉，然后是问号。蔬菜，罐装的，又一个问号。肥皂，洗衣皂，厕纸。然后右边对应每一项的，似乎是每个人能够使用的定额。恐怕就是这样了。”

“你怎么看？”雷斯勒上尉问，阿列克谢觉得语气十分温和。

“我觉得这不像什么代码，”阿列克谢说，“但我肯定不如你们有经验。”

“我们也觉得这不是代码，”雷斯勒上尉道，“你还有什么看法？”

“这来自柏林吗？”阿列克谢问道。

他们面面相觑，似乎不知道该如何作答。这时其中一名盖世太保勉强答道：“不错。”

“依我说，这个人更习惯用苏联人的思维思考，而不是德国人的思维。”阿列克谢说，这是给你们上的一课。“所以问题的关键似乎在于，写东西的这个人是否承认自己是苏联人？”

所有人再次面面相觑。终于，雷斯勒上尉说："他的证件上不是。"

"那肯定就是反间谍的案子了。"阿列克谢说。

雷斯勒上尉坐在桌子边上，鞭子的握把敲着桌木。"接下来你会怎么做，舒尔茨中尉？我的意思是，如果你是我们的话。"

阿列克谢没有理会那丝讥讽。"如果拿到了这个，就说明你们已经起疑了。我估计这是从他的垃圾桶里找到的，你们肯定一直在跟踪他。"

"我们应该搜查他的公寓吗？"雷斯勒问。

"你们最好先逮捕他，然后再搜查他的公寓，"阿列克谢回答，"否则，如果他还有点脑子，一回家，看到邻居的脸色，肯定会像只兔子一样溜得无影无踪。"

"你到我们这里工作如何？"雷斯勒道，"我可以安排。"

"谢了，"阿列克谢说，"但我还是要留在一局。"

"卡纳里斯让你干什么？"雷斯勒问。

阿列克谢不说话，只是盯着他。

雷斯勒笑了。"好吧，你们知道吗？"他对其他人说，"这栋楼里还有人挺讲究保密的。"

"还有什么要我做的？"阿列克谢将醋酸纤维套筒递还他。

"至少让我们请你喝杯咖啡，"雷斯勒说，"否则你会认为我们是不知恩图报的畜生。"

阿列克谢做了一个默许的手势。

雷斯勒没离开桌子，而是朝开着的门大喊，声音能把死人吵醒，"六杯咖啡！"

女秘书从门外走了进来，吃力地端着一盘杯子。

“你喝哪杯，舒尔茨？”雷斯勒问。

“黑咖啡。”阿列克谢答。

所有人都坐下喝咖啡时，雷斯勒发问：“你怎么学的俄语？”

阿列克谢仿佛听到亚库舍夫的声音萦绕脑际，根本没有什么问题是单纯的。“小时候，我家里有个俄国的保姆。”

“哦，”雷斯勒说，“据说小时候学语言会比较容易。你还一直记得。”

“我舅舅是外交官，”阿列克谢答，“他总是鼓励我多学些语言。”

“有这样的优势真好，”雷斯勒说，“等战争结束，你一定会在外交方面大有作为。”

阿列克谢对他的讽刺不予理会，“不好说，有些人学语言就是快。”

“嗯，对，我听说主要是因为耳朵，”雷斯勒说，“就像音乐。哎，我对音乐一窍不通。除了上学时学了一点法语，其他什么都不会。”

“我不担心这个，”阿列克谢说，“我相信法国人很快都得说德语。”

房间里所有人都笑了，除了雷斯勒。

“你是从第三步兵师来的，是吧？”雷斯勒说，“我听说他们很快就要改机械化了。”

“不好意思，”阿列克谢说，“我对你一无所知。”

“哦，我以前就是个警察。”雷斯勒夸张地挥手，示意房间里其他人不要拆穿。

阿列克谢呷了一口咖啡。

“我喜欢这个家伙，”雷斯勒说，“他什么都知道，但守口如瓶。你推他一把，他也不生气，只是再推回来，就连贡纳都想讨好他。”——他指了指边上桌子底下打着呼噜的牧羊犬——“它呀，现在简直对他唯命是从。”

阿列克谢喝完咖啡，放下杯子和杯托。“很高兴我能帮上忙，”他站起来说，“但我得回去工作了。”

“一杯咖啡难表我们的谢意，”雷斯勒说，“今晚请到镇上去。”

“真的不必了。”阿列克谢答道，他脑中拉响了警报。

“一定要去，”雷斯勒坚持，语气并不像是在请求，“这是同志之间的活动。”

直觉告诉阿列克谢不能直接回绝，“那好吧。”

“很好，”雷斯勒说，露出了笑容，“下班我去接你。”

第三十四章　1940年，柏林

两个赤裸的女子娴熟地扭打在一起，身上沾满了褐色的泥巴，很难看出她们没穿衣服。在阿列克谢看来，这个是重点。但对其他男观众来说，似乎就是泥巴和打斗。他们高声呼喊，仿佛置身于罗马竞技场，他们希望看到的是你死我活。而那两名女孩却像是专业的舞蹈演员，小心翼翼地不踩到对方的脚趾。

墙面是他期待已久的猩红色。角落里有支乐队，乐队成员脸上的颜色比猩红色浅些，身上破旧的燕尾服好像马上就要撕开。他还没有看到过一个瘦削的德国乐手。女孩们在房间中央的一个漩涡状的浅泥塘中表演，四周摆满了桌子。在她们之前上场的是世界上最糟糕的喜剧演员，他的脸像小丑一般涂上白色油彩，好像在暗示你真的应该笑。至少油彩掩盖了他绝望的汗水，阿列克谢心想。在这位喜剧演员之前上场的则是位糟糕透顶的魔术师，他这会儿仍在俱乐部的外围东奔西跑，想抓住刚才那只疯狂追求自由的白鸽。这里的一切挺有意思，他迫不及待地想看看接下来会发生什么。

女服务员走了进来，放下一盘啤酒杯。她把空杯子放在一起，然后瞟了一眼阿列克谢的杯子，啤酒只下去了一英寸左右。她走了过来。他微微摇头，于是她端走了装满啤酒、本应是阿列克谢的酒杯。

“麻雀喝得都比你多。”雷斯勒上尉轻蔑地说。

阿列克谢一下午都在听阿勃维尔的女文员聊天，她们推断说鞭子、狗、走路大摇大摆、娃娃脸以及希特勒胡须，这些是世界上阴茎最短小的男人具有的特征。她们都说，今晚和我们一起出去玩，沃尔特，不要和那个混蛋一起。和阿依达交往过，并且内务人民委员部教了他如何利用她们之后，他就没有这个想法了。但比起男人，阿列克谢还是更喜欢女人。想到这些，看着雷斯勒的时候，他还必须努力掩饰心里的窃笑。“生活即你所想，朋友，”他回答，“想想我替你省了多少啤酒，高兴点。”

“哲学家中尉。”雷斯勒嘟囔道，随即又将注意力转移到打斗中去了。

一只女人的手搭到了阿列克谢肩上。那是俱乐部的一个雇员，一个女服务员。一头金色的秀发扎起两条大辫子，穿着德国传统的村姑裙。不知为何，这身装扮就像催情药一样让德国男人欲罢不能，但每次阿列克谢看到都得咬着舌头才不让自己笑出声来。在这里，这更像是一种类似淫荡少妇的装扮。女孩的连衣裙上面是系带的紧身衣，带子很松，傲人的胸部若隐若现。

“这不合你的胃口，是吧？”她问他。

“你怎么知道？”阿列克谢答。

她笑了。“你可以给我要一杯香槟吗？”

阿列克谢也冲她一笑，但他不觉得付钱给一个假装要和他上床的女孩有什么意思。妓女就和巴库的那些躺着让你操的女孩一样，因为你有东西给她们吃。他不想这样。柏林到处都是女人，男人都跑去参军了。“我很乐意，亲爱的，但我只是一个穷中尉。找一个比我有钱的家伙更好吧。”

她脸上的面具瞬间消失了，她悄声说，声音低得只有他们两个人能听到。“他们都很亢奋，就想把东西扯碎。”

“生活不易。”阿列克谢说，同情地拍了拍按在他肩膀的那只手。

她打量着他的脸庞，然后坐到他的膝盖上。“趁他们还没把我叫走，我还有点时间劝劝酒。你介意吗？”

“不介意，”阿列克谢说，“我们可以聊聊脑子里浮现的第一件事情。”

这让她大笑不已。为了回报他的机智，她坐在他腿上扭了扭。“怎么称呼你？”

“沃尔特。”阿列克谢答。

她说：“我叫海蒂。”

现在轮到阿列克谢大笑了。

“有什么问题吗？”她急忙问，始终对他微笑着。

“没事，”阿列克谢答道，一只手按在她的屁股上，“我们姑且装作说的都是真话。”

她又笑了，将缆绳粗的发辫甩过肩膀。若非阿列克谢躲闪了一下，说不定早就脑震荡了。就在他们聊天的时候，观众渐渐对摔跤手糊弄人的花拳绣腿不满起来。“我受够了这种狗屁摔跤。”雷斯勒上尉嚷道。

他气冲冲地朝拳击场走去，充当拳赛经理人的皮条客看到纳粹党卫队军官向自己逼近，明显紧张起来。雷斯勒递给他一些现金，手指戳在他胸口上发出命令。那人恭顺地垂着脑袋，雷斯勒说完后，他举起钱，冲着拳击场里的姑娘叫嚷了一句。

一个女孩先看到了，马上明白了他的意思。她伸脚绊住另一个女孩的腿，猛地一摔，把她摔进了泥浆里，然后用长木板抽打，泥浆四溅，前排的观众连忙躲闪。

泥浆翻滚起伏，被摔倒的女孩爬了起来，泥棕色的脸上满是惊讶与愤怒。但对手打算乘胜追击，跳到她身上，又把她按进了泥浆里。

观众都站了起来。雷斯勒上尉喊道：“这就对了！就该这样！”

泥浆里突然伸出两只手，一只手捏住上面那个女孩的喉咙，另一只手抓住她的头发，猛地一拉，将其掀倒。

“她们经常会这样吗？”阿列克谢问坐在他怀里的海蒂。

“有时吧。”她神秘地答道。

“我感觉接下来会很难看。”他说。

“接下来的一个星期更衣室里都会不太平了。”她叹气道。

此时摔跤已经变成了踢打、抓挠、扔泥巴。观众都沸腾起来了，雷斯勒上尉更是站到了椅子上。

“我得走了。”海蒂说。

阿列克谢望过去，只见一名穿着西装的健壮女同性恋正怒冲冲地向他这边招手。这些女服务员都归她管。手上要是没把刀子，阿列克谢可不想与这种人起冲突。

“你带笔了吗？”海蒂问。

阿列克谢伸进外套，把笔递给她。

海蒂在餐巾纸上写了点东西，然后折起来，连同钢笔一起递了回去。她亲了亲他的脸颊，然后离开了。

拳击场里打得不可开交。两名充当裁判的皮条客趁着还未发生流血事件，将两个女孩拉开，一直拽到各自的中立角。观众一齐辱骂裁判败兴。

雷斯勒上尉从椅子上跳了下来。“精彩！”他大喊，“真是精彩！”然后认真地望着阿列克谢。“舒尔茨，你的脸上有口红印子。”

“是吗？”阿列克谢边说边用餐巾纸擦掉。

“刚才那个荡妇给你留电话号码了？”雷斯勒急忙问。

阿列克谢打开餐巾纸看了一眼，笑了，又将它收进外套里。“看起来是这样。”

“真是不可思议，”雷斯勒道，“你和她聊了这么久没花一分钱，她还想免费和你上床。”

阿列克谢依然微笑说：“我还没感谢你把我带到这里来吧？”

雷斯勒握着啤酒杯一饮而尽。“再来一杯！”他大喊，将杯子摔在桌上，“让我继续玩个痛快！我们花钱是干什么的？”

又看了几场比赛，酒过三巡，雷斯勒的脑袋垂到了胸口。阿列克谢真想将他扔在这里，但觉得这样虽然一时痛快了，后面却会招致更多麻烦。

秋夜里冷峭的空气使雷斯勒恢复了清醒，他扶着阿列克谢的肩膀时走得挺稳当。“你是一个好伙伴，舒尔茨，”他含糊道，“你不喝酒，这很没用，而且你比任何一个有资本高傲的中尉都要高傲，但总之，你是个好伙伴。”

“谢谢，你也是。”阿列克谢迎合他说。他真不希望这个夜晚以一名党卫队军官将秽物吐在他靴子上而告终。至少，他们一直坐得离赛场很远，没有泥巴溅到他的军装上。

“我要尿尿，”雷斯勒说，“哪儿能尿，舒尔茨？”

“忍一下，”阿列克谢说，“前面有个小巷子。”

雷斯勒靠着砖墙的时候，他就守在巷口。等了好长时间，但阿列克谢也没打算催促他。

雷斯勒终于蹒跚着出来了。“我感觉好多了，”他说，“那些女孩我应该抓一个的。走，舒尔茨，我们回去找个姑娘。”

“恐怕这会儿俱乐部已经关门了。”阿列克谢骗他。

“妈的，”雷斯勒嘟哝道，“我们去找个妓院吧。”

“好吧。”阿列克谢再次迎合他。他相信，只要使用“不”这个词就等于公开为敌。他会把雷斯勒送回房间，如果到时他爬出去找妓院，那是他自己的事情。

他们沿着街道一路蹒跚而行。就在接近下一个路口时，一个小男孩无头苍蝇似的从拐角跑过来，撞在他们的腿上。

“怎么回事？”雷斯勒急忙问。阿列克谢没想到在这种状态下他还如此机敏。他弯下腰，抓住男孩的肩膀。男孩恐惧地轻叫了一声。阿列克谢看到男孩七岁左右。

“看看，”雷斯勒柔声道，“你看上去和我儿子差不多。”他托起孩子，给了他一个深情拥抱。“我的小佩蒂在汉堡，”

他在男孩耳边道，“我好想他。看到你这样漂亮的德国小男孩，我就更想他了。来，我给你看看。”他把孩子放下来，在外套里摸钱包。

雷斯勒的拥抱使得男孩的外套开了。阿列克谢看到黄星[1]的一角露了出来。现在他知道男孩的腿为何恐惧得颤抖了。此时是犹太人的宵禁时间，为了在回家的路上不被抓起来，他肯定是借了一件外套来遮住黄星。法律规定，他们必须一直在醒目位置佩戴黄星。男孩直盯着这个党卫队军官帽檐上的骷髅徽章。

阿列克谢靠了过来，将男孩外套扣紧，伸出一根手指贴着男孩嘴唇上，惊恐到几乎无法动弹的男孩总算能够点了点头。

这时，雷斯勒找到了他的钱包，拿出一张照片。“看看，舒尔茨，”他说着将照片拿到男孩脸旁，“他看起来真像我的小佩蒂。”

“是很像。”阿列克谢表示同意。

雷斯勒将照片转过来，这样男孩就可以看到。“你看起来真像我的小儿子。”

惊恐的男孩努力点了点头。

“他回家一定是太晚了。”阿列克谢说。

“是吗？”雷斯勒道，似乎意识到了时间，“这么晚在外面，妈妈会担心的。”他冲男孩摆动了下手指，然后用力捏了一下他的脸蛋。“但男孩就是男孩。”他把照片放回钱包，拿

1　又名犹太星，纳粹德国期间，在纳粹影响下的欧洲国家内的犹太人被逼戴上的识别标记。

出一些钱来，塞进男孩的口袋。“这是礼物。你让我想念我的孩子。赶紧回家吧，做个好孩子。”

男孩像被加农炮射出去一般飞奔而去。

“是个好孩子。”雷斯勒说，摸索着想把钱包放回外套。

“是个好孩子。”阿列克谢表示同意。他帮雷斯勒将钱包放进口袋里，然后替他正了正外套。

“现在，找个女人。”雷斯勒说。

阿列克谢之前一直担心他会记起这个事，但如果他在雷斯勒酒醒之前将他送回家，这就不成问题了。

他们继续艰难地走着。下一条街，就在蒂尔加滕公园南边，一个人影突然从黑黢黢的门口冒了出来。

阿列克谢差点去摸他的刀子，后来发现这是一个女人。是他见过的最高大的女人。一个身高绝对超过一米八的德国金发女郎，身穿长款黑皮衣，腰间系着一条宽皮带，皮带搭扣闪闪发亮，突出了她傲人的胸围，脚上蹬着一双长筒黑色系带皮靴，与其说她漂亮不如说她强悍。这又是一位让他觉得没有武器傍身则必须谨慎勾搭的女士。她仔细地打量他们两个说：“今晚谁是坏男孩？”

雷斯勒立马恢复了生气。“是我。”他忙道。

阿列克谢将注意力从这名街上的不速之客转到这名党卫队军官身上，只问了句：“你确定你想做这个？”

雷斯勒用一只手将他推开。“你有了那个荡妇的号码。这个是我的。”

高大的女人瞪了阿列克谢一眼，像是在说你搅我的生意试试。阿列克谢做了一个“随你便”的投降动作，转身离开。

雷斯勒今晚出来没带皮鞭，但那女的可能有一打。纳粹将所有站街的妓女赶到了妓院，将对抗组织的那些送进了集中营，但每个行业总有个别死硬分子。

他的叔叔曾叫他坐下，给他讲过妓女用的暗号。他没像阿列克谢预想的那样让他远离妓女。汉斯·舒尔茨只是不希望他的侄子遇上什么麻烦。除了精挑细选了几句关于柏林夜女郎的忠言，还送他一盒避孕套作为礼物。黑靴子就意味着你的屁股要开花。至少是这样。对此有所了解还是不错的，因为阿列克谢不觉得屁股上挨鞭子有何性感之处。他的整个童年都是这么度过的，之后休想有人再对他做这件事情，除非打死他。

走在回家的路上，还好现在是一个人了，阿列克谢仔细想了想这些难以捉摸的德国人。如果雷斯勒看到他热情拥抱的那个男孩身上有犹太黄星，很可能会把孩子的脑袋砸在附近的墙上。阿列克谢不觉得德国人尤其喜欢残暴，因为根据他的经验，所有人都喜欢残暴，但德国人在方式上却与众不同。其他国家的人可能让裸女摔跤就行了，但德国人说不行，一定要在泥塘里摔跤，因为他们极其小心地保持清洁，却幻想着肮脏。他们将自己裹在规矩里，却渴望着混乱。他们信奉秩序，却梦想着暴动。这就是他们否定自己真实意愿的方式。

阿列克谢停了下来，站着一动不动，他第一次意识到希特勒对他的国民了如指掌。希特勒清楚战争可以让他们得到释放。他们能做任何事情。他们是十分可怕的。

他在柏林的黑暗中战栗。

第三十五章　1940年，柏林

阿列克谢看了看手表。距离上午的6：15还差几分钟。他一次移动调谐刻度盘一毫米，想把接收信号调得更好一些。这是他在德国商店中所能找到的最好的收音机，德律风根牌。除了能够收到当地的广播，还能收到远距短波。它的设计极为紧凑，仅比面包盒稍大一些，售价295马克，苏联人给的钱足够他买了。苏联商店里不卖收音机，不管你有多少卢布，而在德国商店里，各种收音机琳琅满目，但你必须有国家马克才能购买。

他轻轻敲了一下刻度盘，来自莫斯科清晰的摩尔斯电码随即涌至。阿列克谢调了一下音量，但只有将耳机插进去他才能听到电台。不用担心，他只是听，不发送，没人能找到他。

摩尔斯电码的点和线不断传过来，有给其他特工的情报，有迷惑监听者的假信号，他分不清楚。终于，他收到了呼号D7Y，D7Y。那就是他。那边重复了几遍好让他做好准备，随后数字发过来了。阿列克谢以常规的五数一组的格式抄写在事前准备好的纸上。最后，这个呼号又开始重复，情报再次发送过来。阿列克谢对照原稿检查了一遍，确保抄写无误。情报第三次重复的时候，他关掉了收音机。

阿列克谢按照情报中五位数钥匙组的指示打开他的《欧洲工业统计年鉴》，找到某页某行某列。法国1929年钢铁产量是10428286公吨，阿列克谢从他的数组中减去10 428 286，然后使用交叉的棋盘格系统将数字转换为字母。解密的情报对他关于德国入侵苏联的报告给了一个评价：你的结论荒诞不经。确凿的事情方可汇报。

阿列克谢不敢相信，他冒死就是为了这个？他也不一定想受到表扬——那不是他同胞的行事方式。他一直期待他们要求他提供更多的情报，而不是告诉他你是个蠢货。苏联人避免重蹈波兰人、挪威人、法国人、比利时人以及荷兰人覆辙的唯一希望，就是准备好应对即将来临的事情。

他很想放手不管。他认为德国人不能征服苏联。首先，他们可以举全国之力去前线作战。苏联人比德国人多得多，而且与世界大战中一败涂地的沙皇军队不同，内务人民委员部会端着机枪在他们背后，保证他们像英雄一样战斗。但主要的原因是，德国人对苏联的辽阔一无所知，那种空旷能吞噬所有军队。这与法国不同，他们的卡车可以在那里沿着平整的公路行驶，装甲车没油的时候可以在服务站补给。而在苏联，遇到下雨天，马匹不淹没半个身子是不可能过街的。还有冬天，他一直住在暖和的公寓里都差点被冻死，更别说战壕里了。

他的问题是，他们很可能像拿破仑1812年占领莫斯科，后来又被赶跑一样。德国人距离拿到内务人民委员部带有他姓名的文件、将他按到墙上还远着呢。

如果德国人没有胜，他很了解内务人民委员部。他们不会自责无视他的警告，让他死远些，他们会怪他没有更加努力地说服他们。这种怪罪降临的方式是一颗子弹。

阿列克谢盯着这则情报，考虑行动计划。对他最为有利的情形就是，德国人在战争初期就被阻止，双方窝在战壕里打一场持久战，就和1914年一样，而他则安稳地在伊朗招募间谍。

无论如何，他必须获取一些详细情报，让苏联人信服。

第三十六章　1940年，柏林

“舒尔茨！”

每次发生这样的事情，他旁边办公桌的文职——可怜的小达格玛都会吓得身体僵硬。阿列克谢说：“啊，上尉，你好。贡纳呢？”

这一天，雷斯勒上尉既没带狗也没带鞭子，他装作一个字也没听到。“我需要你。”

“又需要？”

“是的。”

阿列克谢叹气：“那我必须将这些文件锁起来。在你的办公室碰面？”

“我等你。”

阿列克谢将桌上所有的文件放到办公室保险箱的架子上。他故意不紧不慢。

在外面的大厅里，他问：“怎么回事？”

雷斯勒说：“我需要用你的俄语，你会发现这件事很有意思。”

“肯定是的。”阿列克谢并不是很真诚地答道。

他跟着雷斯勒下了楼梯，仔细观察他是不是有些跛脚或粗暴行为留下的其他迹象。但这次他们直接从一扇侧门走出去了。“我们去哪里？”阿列克谢询问。

“阿尔布雷希特王子大街。”

雷斯勒回答的时候转向阿列克谢，像是想看看舒尔茨中尉的反应，阿列克谢的表现让他并不满意。“空军主要的照相侦察部门吗？”

“不是。”

一辆汽车在外面候着，尽管从这里去西面大概只有六条街，就在火车站的另一侧。

虽然是浅色砂岩建筑，阿列克谢心想，但恺撒时代的这些古老宅邸看起来像是握紧了拳头站在你面前。历经沧桑，雨蚀尘垢，柏林的砂岩已不似当年那般色泽清浅。他们开车经过一栋建筑，来到一堵驳色石砖墙边。两根苍白的砖砌柱子之间立着一扇木门。司机鸣喇叭，大门开了，一名全副武装的门卫检查了他们所有的证件，然后放他们进入院内。

他们下车的时候，阿列克谢抬头看了看盖世太保的总部。

他们必须再次出示证件才能得到进入的许可，守卫仔细地在记录簿上登记了他们的姓名和来访时间，另外一名候在旁边的守卫带他们穿过铁门来到底层。阿列克谢没有犹豫。和在卢比扬卡一样，这些地方较低的楼层就如同地狱的底层，你永远都不想在那里度过余生。

四周是涂白的砖墙。在每道铁门前，护送的守卫都会从随身带的钥匙串中取钥匙开门，通过后再从另一侧将门锁上。

他们经过一排排牢房，最后，护送人敲了敲走廊尽头的一扇门。门上的帘布打开了，一双眼睛透过栅栏打量着他们。门开了，他们进了一个接待室模样的房间，那里有两张桌子，几把椅子。一张桌子后面坐了一位脸像刮胡刀的女秘书，相形之下，雷斯勒那晚的站街女简直就如学生妹一般清纯。她戴着耳机在操作一台速记打字机。一个明显是盖世太保的军官穿着便装，但没穿外套，只有衬衣。他抽着烟，打量着他们。那人长了一张很像警察的脸，胳膊如树干般粗壮。

雷斯勒开口："沃尔特·舒尔茨中尉，刑事警官格哈德。"

与这名盖世太保对等的是陆军上尉。阿列克谢早已习惯了别人比他军衔高，他敬了一个纳粹礼。"希特勒万岁！"

"希特勒万岁！"格哈德上尉回礼，"所以，你就是我朋友雷斯勒的俄语专家。我早有耳闻。"

阿列克谢只是微微一笑。房间里似乎所有人都在等着他说些什么，但他没有顺应他们。

最后，格哈德说："或许你能帮我们解决。"

"乐意效劳，"阿列克谢回答，"但没人告诉我要做什么。"

"哦，我明白，"格哈德说，"我的朋友雷斯勒一向口风严。事情是这样的，我们抓到一名间谍，这个家伙写了一张购物单，你百忙之中给翻译了一下。"

"所以他是一名苏联间谍？"阿列克谢问。

"我觉得应该是，"格哈德答道，"他房间里有一部无线电发报机。但据他所言，他不会说俄语。"

阿列克谢的第一反应是，这就是他们在饭店发现他时所搜寻的那部电台，可能这个傻子一直将电台藏在自己的床底下。现在他完全明白了为何亚库舍夫如此憎恶无线电。“你需要我翻译些什么吗？”

“不，”格哈德道，“除了一张写有频率和发报时间的单子，他一无所有。没有密码本，没有加密材料之类的，没有任何形式的文件。”

“这我就不懂了。”阿列克谢说。

“我们已经对他进行了常规审讯，”格哈德说，“现在他正接受加强版的刑讯。我们希望你进去和他说一说俄语，看看情况。或许你能把他敲打清醒。”

“事先声明，审讯我可不专业，”阿列克谢说，“我刚刚培训结业，我不希望坏了你们的事情。”

“无须担心。”格哈德说。

“那我该说些什么？”阿列克谢问。

“就告诉他游戏开始了，他需要开口，”格哈德说，“我想看看他的反应。”

“听你的。”阿列克谢说。

格哈德示意速记员做好准备。“把帽子放在桌上。”他告诉阿列克谢。

阿列克谢放下军帽。格哈德打开远处墙上的一扇门，将他们引了进去。

房间里墙壁用的是和外面门柱一样的白砖，整栋建筑的地基肯定也是用它砌成的。

首先是气味。所有监狱都有恐惧、尿骚和消毒剂的味道，但这间屋子的味道简直是扑面而来。一张简陋沉重的木桌子放在房间中央，桌边拴着一排排阴森森的铁环。阿列克谢穿过门口时，忍不住转身看被吊在角落里的那个裸体男人。他的胳膊被铐在背后，手铐链上有个吊钩，将他吊在天花板上的绳索轮上。阿列克谢确信这个家伙的肩膀肯定早就脱臼了。他身体下方的水泥地上有一小摊血，这不难理解，因为他的脚指甲都被除掉了，很可能是用钳子。另一名穿着衬衫、抽着烟的盖世太保就站在被吊起来的人身边，悄悄说些什么。这名盖世太保倒没有警察常见的那种哈巴狗似的脸。他和阿列克谢一样年轻，而且十分英俊。阿列克谢看不到被吊起来的那个人的脸，因为他的脑袋垂在胸口。

格哈德又做了个手势，那个年轻英俊的盖世太保将手里的香烟在那人的脖子上捻灭。那人大叫。格哈德示意阿列克谢向前。

阿列克谢走过去，两侧是格哈德和雷斯勒。那名英俊的盖世太保猛地向后拉起犯人的脑袋，几乎与阿列克谢脸贴着脸。

那人的脸被打肿了，上面满是血痂，阿列克谢看不出他的年纪，只知道他不是很老。他茫然地望着阿列克谢。

“听着，同志，”阿列克谢用俄语说，特意说得不是特别流利，“你表现得不错，但被捕了。我相信在莫斯科他们和你讲过那些宁死不屈的英雄事迹，但我要告诉你的是：他们在撒谎，所有人都招了。你也会，那只是迟早的事。没有人会听到你坚贞不屈的光辉事迹，而且，他们也不在乎。所以你不妨放过自己，就招了吧。”

两只血红的眼睛轻蔑地瞪着他，阿列克谢清楚地知道接下来会是怎样。他快步退后，躲到右边，原本瞄向他的一口唾沫正中雷斯勒的脸上。

雷斯勒在那儿惊住了一秒，随后怒吼，冲着那人裆部就是一拳。对方发出一声更大的吼叫，然后雷斯勒完全失控了，愤怒的拳头暴雨般落在那人身上。阿列克谢远远地退到了中间的角落。

盖世太保并不在乎他多打一会儿，但当雷斯勒朝腰间摸武器时，格哈德从后面上去，搂住他的胳膊，一个熊抱将他抱了起来。那名英俊的盖世太保没有闲着，这当儿他已经冷静地将一部野战电话放到木桌上，展开连在锯齿状大夹子上的电话线，将夹子夹在那人的乳头和睾丸上，然后将电话线接到电话上。

盖世太保还没开始摇电话，阿列克谢就用手指堵住了耳朵，因为他清楚一部33型野战电话的磁发电机能够发出多强的电击。他曾经见过一名通信兵搞恶作剧，将电话线接到一个熟睡了的人手指上，结果那人几乎从帐篷顶上飞了出去。但这次不是恶作剧，惨叫声在砖墙之间回荡。

在那人的声声惨叫之中，他好一会儿才发现格哈德正冲他喊，同时在努力按住歇斯底里的雷斯勒。阿列克谢终于听出来，“看在上帝的分上，开门！”

阿列克谢开了门，格哈德几乎是把雷斯勒从门口扔了出去。阿列克谢关上门，将不绝的惨叫声挡在里面。接待室里，格哈德在努力阻止雷斯勒跑回去。阿列克谢注意到速记员打字的时候已经将耳机从头上取下，放到桌子上了。可以想象那惨叫透过麦克风是个什么声音。

"去洗一把吧，老伙计。"格哈德老鹰似的盯着雷斯勒的枪套，一边理智地劝道。

"我会回来的！"雷斯勒怒吼道，"那个混蛋会像喝香槟一样喝我的尿，我保证！"他气得直跺脚，差点哭出来。守卫打开了通往走廊的铁门。

气喘吁吁的格哈德瘫到一把椅子上，从烟盒晃出一支烟。"感谢你这么帮忙。"他尖酸地说，点上烟。

阿列克谢摊开双手。"我还得和他在一栋楼里共事。对党卫队上尉动粗，我可吃不消。"

格哈德猛吸一口烟。"我理解，"他说，"你反应很快。好吧，你最后没让犯人怎么着，反倒让雷斯勒雷霆大发。但不管怎么样，还是要谢谢你帮忙。"

"如果你不再需要我了，"阿列克谢说，"我猜雷斯勒上尉还会待在这里。"

"不，他不会的。"格哈德断然地说，"审犯人不能感情用事。总之，我们会二十四小时轮班招待那位朋友，直到他崩溃。我们不常抓到莫斯科的间谍，他要交代的多着呢。"

"祝你好运。"阿列克谢说。

格哈德透过缭绕的烟雾凝视着他。"我必须说，你这个中尉不寻常。通常那些人只知道问问题。"

"我是步兵军官，对情报还很陌生，"阿列克谢告诉他，"如果是我的工作，我会问一堆问题，因为我要多学点。如果不是我的工作，比如眼前的这个，那么我想需要我知道的你总归会告诉我。"

"的确，完全不是寻常的中尉，"格哈德说，"只顾着忙活，忘了问你刚才和我们那位朋友说了什么。”

阿列克谢一字一句如实告诉他。想到只有他和犯人会说俄语，这样做有些可笑。

“很好，”格哈德说，“而且很对。”他抬眼望着守卫。“曼弗雷德会送你出去。你可以在车上等雷斯勒。他很快会回来的，我得和他聊一聊。”

阿列克谢跺脚，抬起右手。“希特勒万岁！”

格哈德没有起身，只是疲惫地微微摆手，速记员对此明显不悦。“希特勒万岁！”

第三十七章 1940年，柏林

在回阿勃维尔总部的车上，雷斯勒怒目圆睁，耸着肩坐在后座，一言不发。

阿列克谢在爬着庄严的楼梯时，上方回荡起一声巨响，像是上帝的声音一般，“舒尔茨！”

不会吧，又有事情？阿列克谢抬头。一个长耳的光头从护栏上探了出来，正是汉斯·皮坎布罗克上校，阿勃维尔一局的局长。看到他后，阿列克谢爬起楼梯来比平时快了很多。“长官！”

皮坎布罗克不属于那种让人害怕的军官，实际上他非常幽默，是那种世故的上层德国人幽默，觉得世间本无事，庸人自扰之。但只要他愿意，他有时也会很严苛。他的个头很高，几乎可以俯视所有人。当然，即使他没那么高，他的贵族出身也足以让他俯瞰众生。“你去哪儿了，舒尔茨？大家一直到处找你。”

阿列克谢只是无奈地向楼梯下面做了个手势，雷斯勒上尉就在后面。

皮坎布罗克向鼻子下方更远的地方看去，“啊，雷斯勒。”

他是一个老兵，不习惯让党卫队这些人来接近军事组织。“我知道大家人手都不够，但我不能让反情报局挖了我的人。”

雷斯勒终于爬到楼梯上面，跺脚敬礼。“对不起，长官，但我们仓促之间找不到会说俄语的人。”

“是，是。”皮坎布罗克不耐烦地说，随即笑了，“大家都喜欢找中尉干零活，因为他们不能违抗命令，就因为这个，我手里没几个中尉了。现在我有一件急事。舒尔茨，我需要一名有一定保密权限的军官，把一批红军方面的文件护送到迈巴赫的东方外军处。金泽尔中校要向蒂佩尔斯基希将军汇报，来来回回送文件搞得一团糟。你去找德尔默中士，他会处理一切，你只要确保不出错就行。把整个文件柜用卡车运过去，不许瞎弄。看在上帝的分上，确保让所有收条都填好。只要你别把机密文件在前往左森的途中撒了一路，我就很满意了。”

“我一定服从命令，上校。”阿列克谢郑重地回答。

“长官，等一下。”雷斯勒道。

皮坎布罗克继续往走廊里走。阿列克谢在楼梯口等着，看到雷斯勒着急地说着话。皮坎布罗克转向一边，然后像是问了一个十分尖锐的问题，雷斯勒摇头。皮坎布罗克又问了一个尖锐的问题，雷斯勒又摇头。接着，他又问了一串连珠炮似的问题，雷斯勒的每一个回应都是否定的摇头。然后皮坎布罗克说完了，雷斯勒立刻匆忙行礼离开了。

皮坎布罗克迈着骑兵那种大步子从走廊里过来，说：“舒尔茨，和我走走。”

阿列克谢立刻来到他身边。

“雷斯勒为什么针对你？”皮坎布罗克急问。

“长官，我所能想到的是，上尉和那些警察一样，觉得所有会说外语的德国人都很可疑。”

“是，警察都这样。”皮坎布罗克厌恶地嘟哝，然后更尖锐地问，“不止这个，还有什么？”

“我不想说，长官。”阿列克谢答道。

“我希望你回答。”皮坎布罗克冷言道。

“有一次，上尉晚上约我去城里玩，”阿列克谢不情愿地说，“也许他觉得我会将当时发生的一些事情抖搂出去。”

“唔，发生了什么？”皮坎布罗克追问。

“我不会说这些流言蜚语的，长官，”阿列克谢断然道，“而且尤其是工作时间以外发生的事情。就算您命令我，我也不会说的，长官。”就是这样，如果你死活不说，观众总是会往最坏的情形去想。人格诋毁如果做得滴水不漏，他们之后再怎么说你也无济于事。

皮坎布罗克抱臂在胸，低头望着他。“很对，”他最后说，“我们这些老家伙也是这样想的，难得看到一名年轻的军官讲点义气。”最后他又补充道：“不要再管雷斯勒和他的差事了，明白吗？整天奔波于他和我的杂事，我们永远也没办法让你出去执行任务。如果你抹不开面子，让他来找我。”

阿列克谢敬礼，不是纳粹礼——这又是一个传统守旧的人。“是，长官。”

皮坎布罗克没戴帽子，只是点点头。“去吧，舒尔茨。”然后冲他笑了笑，“别把这个搞砸了。”

迈巴赫是位于左森的陆军参谋部行营的代号，大家都这么叫。小镇在柏林以南三十二公里处。行营藏在一个很大的炮兵射击训练场里，四周布有铁丝网，由一支敏锐且火力很猛的警备部队守卫，从远处看像是一个小村子。除此之外，还有十二个粉刷过的、屋顶贴着木瓦的A字形房舍，实际上它们是巧妙伪装的坚固混凝土掩体。房顶设计成了陡峭的尖顶，如果被轰炸的话，炸弹很可能会从房顶滑落，就算这不起作用，数米厚的混凝土地下还有两层。这里还有一处叫作“齐柏林”的地下通信设施，控制整个德国陆军及所有占领的地方。整座设施都由地下隧道贯通。

这个场地的另一边有一台蒸汽铲车和一台挖掘机，正忙着挖褐色的泥土，但这一切都被树顶的伪装网给遮住了。清理出更多空间才能够统治世界上其他的国家，阿列克谢心想。有意思的是，世界上其他国家会认为这是某个残酷总计划中的一部分，但对德国军队来说，他们征服的速度更像是意外的惊喜。他们并不是沉醉在胜利之中，而是确信如今自己所向无敌。

阿列克谢在三个不同的检查站接受了三次身份和手令的查验，他和他带领的四辆卡车排成一列，通过松树间狭窄的小路，来到了他们要去的地方——东方外军处。靠近这个地堡后你会发现，窗户都只是钉在墙上的木板，两面都装了百叶窗，而烟囱则实际上是换气筒，门都是实心的铁门，就像银行金库一样。

德尔默中士，他来阿勃维尔总部第一天结识的老朋友，就在后面的卡车里。这名中士聪明高效，是阿勃维尔档案室不可或缺的人员，在档案堆里打一场十分安全的战争。阿列克谢只需站在那儿，看起来像是负责人，然后让人在收条上签字。但他知道这差事不会如此简单。卡车还未停稳，他就看到一个看上去很暴躁的上尉参谋站在他的车门旁。

阿列克谢下车，立正，敬礼。“我是舒尔茨中尉，长官！”

“我是霍恩上尉，金泽尔中校的副官。你们是该到了。”没多说一句话，他从阿列克谢手里拽过厚厚的公文包检查起来。“好，我们检查一下东西对不对。”

阿列克谢想象着一把刀子插进这个上尉内脏时他脸上的表情，才让自己冷静下来。德尔默中士已经同地堡内与他地位相当的人建立了良好的关系，让随车来的士兵将步枪堆放在一处。他在等着开始搬的命令。阿列克谢说：“开始，中士。”

但霍恩上尉抬手阻止第一组搬运的士兵进入地堡。“你知道这些都将运到敏感房间，这些人都有保密权限吗？”

这是德国军队的做法，他们让所有优秀的上尉去指挥部队，迂腐的蠢货干参谋这样的工作。或许原本就该这样，或许这就是他们打起仗来所向披靡的原因。但如果你做文职的工作，不得不同这群混蛋打交道时，事情就不会那么简单了。“他们都是阿勃维尔一局的文员，长官。”他示意前面那两名士兵继续搬。

“文件清单呢？”霍恩上尉忙问。

“在文件夹里，长官。”阿列克谢回答。

“文件夹必须检查。”霍恩说。

“文件柜都是锁住上了封条的，长官，”阿列克谢说，“您只需检查一下号码是否正确，封条是否完好。”

“我知道怎么做。”霍恩表示。

阿列克谢从他那里夺过公文包，无视他脸上又惊又气的表情，翻阅着页码。“那么请在这里，还有这里签字，长官，这是文件清单和保险锁暗码清单。”

这下霍恩可是火冒三丈，他打开钢笔，像刺刀一样将签名戳到了纸上。

“现在东西归您了，您想做什么就可以做什么，长官。”阿列克谢说着，拿走签过字的文件，将副本递给他。

霍恩只是瞪了他一眼，那表情是一有机会我就会报复的。

士兵搬着文件柜进了一楼走廊，最后进了一间很大但很拥挤的办公地。阿列克谢原以为那里会又潮又冷，但混凝土的地堡内部实际上十分温暖舒适，只是有点不透气。像这样的地方没办法很好地通风。一面墙已经事先清理出来，用来放文件。阿列克谢就站在那儿，来回搬了几趟柜子才全部运到。墙上钉着战斗序列图，还有一幅醋酸纤维材质的苏联西部及乌克兰的大比例尺地图，上面用彩色铅笔做了记号。趁着霍恩上尉还在忙着检查文件柜的密码锁，他仔细观察了一番。

此时，两名军士面面相觑。士官在军官身边时常常这样。阿列克谢看到他们的目光，冲他们耸了耸肩，然后头向上尉那边歪了歪，他们俩只好装作揉脸才憋住了笑。

很快，士兵们活儿都干完了，但上尉还没有。阿列克谢告诉德尔默中士：“到食堂，你们去吃点东西，至少喝点咖啡。”他的视线又落回翻阅文件的上尉身上。“我会来找你的。”

左森的那位中士望着德尔默，露出一脸“真是个好中尉”

的表情，一起出去了。

到了阿列克谢做决定的时候了。这个险冒不冒？这也很有可能是精心为他下的套。毕竟，他不也见证了内务人民委员部怂恿一群大学生行刺领袖？

终于他下定决心，说："既然您在这儿忙，长官，那我去找金泽尔中校在我的收条上签个字。"

"我是他的副官，"霍恩带着那种上尉对愚蠢中尉说话的口气说，"在这儿所有的字我来签。"

"对不起，长官，"阿列克谢说，"但我有任务在身，皮坎布罗克上校命我必须找金泽尔中校本人签。"

霍恩说："来，你看在这儿……"

"对不起，长官，"阿列克谢断然道，"军令难违。"

正如阿列克谢所料，霍恩现在陷入两难境地，一是文件柜已打开，二是他明显不想让这个烦人的中尉独自出现在指挥官身边。经过一段犹豫不决，时间长到足以让军官培训学校的教员摇头，他厉声道："楼上，走廊尽头。"

"谢谢您，长官。"阿列克谢礼貌道。他故意掐准了时间，尽量到那里的时候接近午饭的饭点。对参谋人员来说，午饭时间是极其宝贵的。

他爬上楼梯，察看了一下走廊。空无一人，这一点阿列克谢倒并不在意。哪怕只有一名士兵经过，只需看他一眼就能获悉他所需要知道的一切。

他那双鞋底嵌有钢板的军靴踏在水泥地上发出很大动静，在走廊里回响。声音听起来像是一部恐怖电影，好像走廊尽头有食尸鬼，或是盖世太保在等着，准备撒网捉他。他所能做的只有让自己的双腿动起来，而不是冲下楼，继续安心地做他的德国中尉。

阿列克谢沿着门上的标牌寻找，终于他找到那扇门，上面用哥特体写着：东方外军处，埃伯哈德·金泽尔中校。

阿列克谢打开门，进入放着两张空办公桌的办公室外间。一个值班的文员都没有。午饭期间，他们肯定是转接线总机留言。一张办公桌上有霍恩上尉的姓名牌。阿列克谢看了看，没有发现有价值的东西。他给通往走廊的门留了一道几厘米的缝。办公室内间的门上写着：步兵中校埃伯哈德·金泽尔。德国所有情报军官希望留给他人的印象是：自己首先是一名真正的士兵。这与苏联不同，那里情报人员声望不佳。阿列克谢敲门，没有回应。他小心地开门，往里瞥了瞥，办公室里没人。又到了做决定的时刻了。阿列克谢打开腰带上枪套的翻盖。靠一把鲁格尔手枪杀出这个地方是不可能的，但总比被人用肉钩子吊起来强。

他迈了进去。有一张大办公桌，还有一张更大的地图桌，上面放着许多地图和文件。阿列克谢绕着桌子转了一圈，一时间被一张美艳的金发女郎照片分了神，看来这名中校艳福不浅。阿列克谢严格落实亚库舍夫的训练要求，首先将整个房间检查了一遍，观察目力所及的一切，但绝不触碰；然后才翻阅看到的文件，小心翼翼地维持它们原来的位置。整个过程就是一边想着怎样完成任务，一边还得压制住暴露后会被折磨致死的恐惧。

他刚开始干活，就觉得听到有靴子踏在楼梯上的声音。阿列克谢赶紧合上他正在翻阅的文件，朝门口冲过去。他尽可能迅速地关门，到最后一英寸时慢了下来，小心谨慎地锁上，不发出一丁点儿声音，然后飞快地跌坐到最近的椅子上，像是被子弹击中一般。他刚跷起二郎腿，中校就走过了走廊，低头看了看手里握着的门把手，似乎不太一样，因为被打开过。

他的目光落到阿列克谢身上，厉声问："你是什么人？"

阿列克谢起身，立正，敬礼，好似坐在那儿一整天了。"我是中尉舒尔茨，长官。阿勃维尔一局的。"

金泽尔是地道的普鲁士军官，右眼上戴着钢边单片眼镜。他长着一张圆脸，但下巴很窄，看上去是那种永远脸色阴沉的军官，他的属下永远得绞尽脑汁取悦他。他佩戴了在世界大战中被授予的一级铁十字勋章和二级铁十字勋章。显然，这个回答对他来说还不够充分，所以他吼道："什么事？"

"从阿勃维尔一局运送红军方面的文件，长官。"阿列克谢补充道。

"总算到了，"金泽尔嚷道，然后问，"你自己把东西运过来的？我没看到卡车。"

"我让手下去吃午饭了，长官。"

"很好。要永远善待自己的兵，中尉。那么你为什么出现在我的办公室？还有，霍恩上尉哪儿去了，我想知道？"

"霍恩上尉还在楼下检查文件，长官。皮坎布罗克上校让我找您签字时，代他向您致意，顺便向您了解一下还有什么别的需求。"这是数百年来信使的传统，送信，询问指挥官之间是否有不便见于书面的口头信函，所以阿列克谢确定这不会引起怀疑。

"多些人手，多些预算，还要一个不会质疑我所有判断的陆军司令部，”金泽尔说，“但我知道这些我一个也得不到，代我谢谢皮坎布罗克上校。有什么必须我签的？似乎我每天的生活就是签字、签字。”

“只有这个，长官。”阿列克谢说着，翻开公文包，递上他的钢笔。

金泽尔趴在霍恩上尉的办公桌上签了收条。“还有什么？”

“没有了，长官。谢谢您，长官。”阿列克谢说。他简直是所有办事认真的年轻中尉的榜样。那文件当然可以让副官签，但他还是希望一切按照规定办。

“再见，中尉。”

“再见，长官。”阿列克谢敬礼，中校随意地回礼，但起码是用正确的那只手抵到了帽檐。然后，他用同一只手捂住嘴巴，打了一个大大的哈欠。阿列克谢想中校办公室日程安排上肯定有午后小憩。

出来关上门，阿列克谢停了一下，颤抖着吁了一口气。他紧张得像是胃里塞了一颗颗完整的核桃。假设他为了让内务人民委员部的人相信他，带了一部阿勃维尔的微型相机；假设他听到脚步声的时候已经把东西摊在桌上准备拍照；假设房门没留那一道缝，听不到脚步声……刚才真是太险了。

去食堂的路上，风把土从建筑废堆里像弹片似的刮了过来，阿列克谢扣上扣子，将大衣的领子立起来挡风。再过一个多月，1940年就结束了，德国登上世界之巅。他现在也取得了自己的胜利。在阿勃维尔的第一天和卡纳里斯将军交谈时，他极为谨慎地不问任何关于苏联的问题，也不主动要求做任何与苏联相关的事情，但他同时也相信这样的事情迟早会发生。只有六十三名军官被分配到阿勃维尔外国间谍局柏林总部，这比一个集团军总部军官的数目还要少，他向莫斯科报告这件事时他们也不相信，但他们会相信的。

阿列克谢想起亚库舍夫的临别赠言，说一名孤身间谍可以改变历史进程。他很清楚苏联人如何书写他们的历史，他确信他们会将他的任务形容得比趁着搬家具时溜进办公室，探听一点消息，然后赢得了战争要更英勇万分。即使他们对此秘而不宣，也一定会对他大加褒赏。而他所想要的只是不被打扰，但这在苏联是无异于奢望。要想不被打扰，你必须成为英雄。

第三十八章　1940年，柏林

阿列克谢先准备好一张白纸。他要写得简短扼要。

巴巴罗萨计划。德国侵略苏联。1940年12月，计划递交希特勒。入侵时间1941年5月初。陆军北方集团军群，指挥官勒布。3支装甲师，3支摩步师，主攻波罗的海诸国与列宁格勒。芬兰陆军会协助攻击列宁格勒和白海地区。中央集团军群，指挥官博克。9支装甲师，5支摩步师，35支步兵师。从波兰发起攻击，主攻北—南同中心的明斯克、斯摩棱斯克、莫斯科，歼灭苏联西部红军。南方集团军群，指挥官伦德施泰特。5支装甲师，4支摩步师，50支步兵师（包括罗马尼亚、匈牙利、意大利部队）。从波兰卢布林、匈牙利、罗马尼亚周边发起进攻。主攻东南部，向基辅和第聂伯河机动，歼灭苏联西南部红军。巴巴罗萨最初作战目标是攻占苏联欧洲地区，阿尔汉格尔斯克至阿斯特拉罕一线以西，计划中将其称为A-A线。计划是亲眼所见。大卫。

这次应该没问题了。莫斯科在希特勒之前拿到了计划——他们夫复何求？他打开那本《年鉴》，开始加密情报。

第三十九章　1940年，柏林

过了施普雷河，横穿蒂尔加滕公园南区，阿列克谢每天沿着同样的路线步行回家。不只是他一个人这样，因为汽油仅定量配给军方和纳粹要员，电车永远挤到爆。凡是腿脚灵便的都走路或骑车。

亚库舍夫说过，间谍可能在独处的时候感到更自在，但在人群中永远更安全。林荫道上的人和城市街道一样多。

公园长椅扶手侧面画了一个倒V字，但阿列克谢没有正眼看它，因为可能有人会特别关注这个。他用眼睛的余光看到了。

这是给他的信号，表示他的秘点已经装了东西，准备好了。莫斯科通过死信箱给他发东西了？现在？阿列克谢感觉就像一头小鹿突然跑进了森林中一块堆满香甜苹果的空地，太诱人了。谢了，我只是路过。

他在脑海中将每件事捋了一遍。首先，他用电台差一点被捕，紧接着一名苏联间谍使用电台被捕。之后雷斯勒出现，让他翻译一张俄语购物单，就好像党卫队和盖世太保没人会说俄语。接着就是和那名友好的党卫队反情报人员一起去城里玩，尽管最后那个笨蛋自己喝得烂醉，像个傻瓜，很有可能被抽了鞭子。你对那个苏联间谍好奇吗，舒尔茨？你担心吗，问许多问题？不，舒尔茨可能关心得不多。舒尔茨，请来盖世太保总部和一名犯人说几句俄语。他们是认为他有多蠢？盖世太保希望他们两个面对面，看看一人能否认出另一人，或者让他编造一些蹩脚的借口，暴露自己。

证据即将浮出水面。如果他只是一个可疑的苏联人，倒还好。莫斯科可以在每天的无线电信息中命令他遗弃那个该死的死信箱。

亚库舍夫的声音一直在他脑中萦绕：不要盲从经验，自鸣得意比粗心大意害死的间谍多。无论如何，阿列克谢做了他应该做的。他从通往秘点的那条小路前走过。

他们就在那里。那一男一女貌似在交谈，但没有注视彼此。如果你遵循亚库舍夫的原则，选一处方便进出的公众场所做死信箱，同时又能保证你取放东西的时候别人完全看不见，那么你永远都是安全的。因为如果敌人发现了信箱，他们会要求监视人员集中在附近方便抓捕，如果你从信箱那里经过，然后原路返回，总能碰到他们中的人。

阿列克谢在下一个路口转弯，有一名盖世太保坐在长椅上，装作学生一样在读一本书，但没人会把他当作学生，因为他穿着风衣，戴着一顶软呢帽。

他离开蒂尔加滕，横穿到波茨坦大街，那边有两辆汽车，满载身着制服、端着冲锋枪的盖世太保增援人员，他们穿着党卫队军装，戴着帝国保安总局臂章，很容易辨认，但是右衣领上没有党卫队的闪电符号，只是一块纯黑色的补丁。

毋庸置疑，盖世太保总部里吊着的那名苏联间谍就是给他传送秘点信件的接头人。那人被撬开了嘴，向德国人吐露了秘点、放信和取信的信号。多亏了亚库舍夫，那个人始终不知道死信箱的另一头是谁。

让他烦扰的问题只有一个：柏林每个会说俄语的军官都被怀疑了，还是只针对他？他应该走还是应该留？

肯定还只是怀疑，否则他们不会让他去左森的，或者他们在那儿就给他下套了。

阿列克谢记起雷斯勒想要说服皮坎布罗克上校不要派他去。尽管他一个字也没听见，但他知道皮坎布罗克问了什么问题：你有什么证据？雷斯勒只得承认：毫无证据。现在皮坎布罗克，乃至卡纳里斯将军，决不会相信雷斯勒说的有关他的任何事情。

多亏了他叔叔把他送进军队。如果他是平民，盖世太保只要有所怀疑，现在就会把他打到失去知觉。有党卫队的人在，保安总局可以为所欲为，但德国陆军总是依仗着自己的特权，除非铁证如山，否则绝不会让这些人动自己军官一根毫毛。他们毫无证据。阿列克谢下定决心，他要留下，更何况阿勃维尔准备将他派出去，总之不在柏林。这里的天气太暖和了。

既然准备继续当德国人，这些就不能向莫斯科吐露丝毫。他所需要的绝不是在德国大军即将压境之时让他们惊慌失措，然后命令他返回苏联。

第四十章　1940年，柏林

阿列克谢脑袋探进办公室门，大喊："雷斯勒上尉！"

雷斯勒从椅子上跳了起来。那条阿尔萨斯牧羊犬贡纳本来在地上小睡，突然爪子扒地起身，摇摇晃晃，满是疑惑。

雷斯勒的椅子转过来之前，阿列克谢抹掉了脸上的笑容。

雷斯勒顺着肩头望过去，嘟哝："天哪。"

阿列克谢脸上又出现了笑容，"我希望我没有打扰你？"

"你想干吗？"雷斯勒问。

"你可能也知道了，我很快就要离开了，"阿列克谢说，"我想请你吃顿午饭。"

"那没必要。"雷斯勒说。

"毕竟你待我不薄呀。"阿列克谢说，"无以为报，请务必赏脸。这将是个同志间的活动。"

雷斯勒眯着眼睛，似乎那将暴露所有不可告人的动机。终于他说："哦，很好。"

"我会来接你的。"阿列克谢说。

“你现在在做什么？”雷斯勒询问，他曾是名警察。

“就是一些无线电训练。”

就在此刻，阿列克谢看到雷斯勒的脸上突然满是孩童般的憧憬。“我一直对无线电十分着迷。”他说。

“你没说呀。”阿列克谢说。

“他们不让任何没有资质的人进入信号科。我可以跟你去一趟吗？”

“小事一桩。”阿列克谢说，脸上依旧挂着微笑。

到了信号科，他在专供训练用的发报室岗位日志上签字。“我准备进行一些发到汗布格尔的手速训练，”阿列克谢向值班的士官说，“你有废弃的加密旧报文没有？这样就不用麻烦别人了。”

军士从插在金属钉上的一堆报文纸中拿出一张。“给您，中尉。”

“谢谢。”阿列克谢说。

雷斯勒咳了两声。

“我已经签字让你作为观察员进去了。”阿列克谢说。

“终于找到肯让你坐进去的人了，啊，上尉？”军士说这话的时候几近傲慢，因为他相信他的专业知识能保自己不受惩罚。

雷斯勒只是瞪了他一眼。

小屋里已经准备了两把椅子，其中一把是为教员准备的。雷斯勒占了一把，从烟盒里晃出一支烟。

“如果你不介意，”阿列克谢说，“烟雾对电子器件有影响。”事实上，他是不希望他把这个地方弄得乌烟瘴气。房间里早已经散发着陈腐的烟草味道了。

“哦，当然。”雷斯勒边说边把烟收了起来。

阿列克谢打开发报机预热。

“告诉我每个部位都是干什么的。”雷斯勒急忙问，看到刻度盘、开关和针，他像孩童般欣喜。

“这儿，你设置频率，”阿列克谢指着刻度盘，“阿勃维尔汗布格尔分局调到21。那儿，就是那个。”

就在雷斯勒小心翼翼地将号码拨进去时，阿列克谢切断了摩尔斯键盘的电源开关。

“是这样吗？”雷斯勒焦急地问。

“很接近了，”阿列克谢说，“开始的时候，我们可能还得再调一下。”

“这真是神奇的科技，”雷斯勒感叹，“真空管，玻璃和电线。”

阿列克谢终于坐下来，将手放在键盘上，打出“雷斯勒喜欢被鸡奸”。阿列克谢敲键盘时，上尉一直是懵懂无知的表情。他是那种面对侮辱无法冷静的人，所以他肯定不识摩尔斯电码。果真是个无线电迷，他也有些惊讶。

“你在发什么？”雷斯勒问。

“只是活动活动手指。”

阿列克谢打开电源开关，开始敲电码。“汗布格尔的呼号是AOR。我正在发送一连串V，直到他们的信号进来。”他一敲一停，一会儿，在扬声器的静电杂音中传来了微弱的点和划。阿列克谢探身向前，微微调整调谐刻度盘，继续发送。汗布格尔那边发的摩尔斯码来了，比刚才清晰了一些。“好了，双方联系上了。”他接着敲。“现在我用明话告诉他们这是训练，发报手速练习，我所发送的情报无须解码，并且我会发送不止一遍。”

雷斯勒没有看他，只是点头，专注地看着跳动的电针。

汗布格尔表示收到了，给他发了个“GA”，意思是“继续”。阿列克谢将报文纸夹在金属架上，开始快速发送摩尔斯电码，但他不是发送他面前的报文。他发送的是自己加密的关于入侵苏联的巴巴罗萨作战计划。

他没了电台，自己也差点被捕，阿列克谢向内务人民委员部在柏林的邮箱寄了一封字迹隐形的书信，告知了他们，并告诉他们注意监听他向阿勃维尔汉堡分局发送的训练报文。那是他们必定监听的频率。阿勃维尔让他进行无线电训练以备任务之需，所以这是一个很好的掩护，但也十分冒险。若是有人仔细调查，可能会问出一些他难以作答的问题。

阿勃维尔的特工使用人工密码，因为他们不太可能随身带着标准的恩尼格玛密码机。他们的纵栏转换人工密码基于关键词，发送的字母五字一组，所以，他还给了苏联人一个简单的替换表，用字母替换苏联密码中的数字。不管怎样他已经记住了他要发送的情报，因为现在他绝对不会随身携带任何可能定罪的东西。

他发送了报文，发送了“AR”表示结束，然后又发送“KA”开始，以更快的速度重复刚才的情报，就好像这是练习的一部分。“就是这样。”他对雷斯勒说。

“你是如何做到这么快的？我甚至分不清哪些是点，哪些是划。”

“熟能生巧。一名经验丰富的报务员甚至可以通过你发报的方式认出你来，他们称这个是你的手法。”

“我有所耳闻。”雷斯勒道。

事实上，苏联人曾教过他一些简单的把戏来掩饰手法。你只需要发报时装作习惯性带有一些具体的怪癖，但当你想要掩盖的时候，就要注意匀速平稳地发报，或快或慢都行。“现在我来看看汗布格尔那边怎么评价我的手速。”

点和划从扬声器中传了过来，阿列克谢大声地翻译出来：“他们说第一遍的速度超过一般的报务员，第二遍的速度属于一流。”

“干得不错。”雷斯勒道。

“但愿对你来说不是太无聊。”

“哪里，”这时他的脸上只有向往，“我一直想学无线电，但从来没有机会。”

“也许会有这么一天的。”阿列克谢说。他停止了和汗布格尔的通联，关掉了发报机。“你现在可以抽烟了。”

“哦，好。”雷斯勒道。

阿列克谢在日志上签字离开，将报文纸还给军士，军士将纸插回金属钉上。这张纸很快就会被遗忘。就是这样。

“现在去吃点午饭如何？”他问雷斯勒。

第四十一章　1940年，柏林

新换的女仆走到窗前，检查遮光窗帘，尽管英国的轰炸机四个月来没袭击过柏林。但一天夜里，他们差一点就轰炸了这座城市。可以想象希特勒大发雷霆，做了一场嗜杀的公开演讲，自此空军开始闪击伦敦。

“谢谢你，埃尔克。”汉斯·舒尔茨说。

埃尔克离开时望着叔叔的样子让阿列克谢觉得他们之间有些暧昧。他躺进真皮扶手椅里，舒展双腿，摇了摇头，这时叔叔拿起了一支雪茄。牛后腿肉肯定是从黑市买来的，这些是几乎整个星期的量，它们差不多把土豆和越冬卷心菜挤出盘子了。

“你的告别晚宴如何？”汉斯·舒尔茨粗声问。

“很美味，谢谢，叔叔。”

“你觉得自己准备好了吗？”

“是的，叔叔。”阿列克谢答道。

“很好，我知道你有脑子，”汉斯·舒尔茨说，“但一定不要忘记带。”

阿列克谢咧嘴笑了，他知道这是德国人的方式，就和俄国人伤感流泪差不多。只是你必须注意悲伤而泣的俄国人的手，小心那里有武器。“我会的，叔叔，但有个事情我想和您聊一聊。”

“什么事情?”

“阿勃维尔反情报局有一名保安总局的上尉，绝对不是个聪明的家伙，但十分狡猾。他似乎对我的俄语很是怀疑。”

汉斯·舒尔茨警惕起来了。“这个人给你造成了多大的麻烦?”

“他毫无实据，只是怀疑。他在阿勃维尔内部可信性不高，但干劲十足。”

汉斯·舒尔茨从外衣口袋拿出真皮封面的小笔记本和银色的自动铅笔。“他叫什么名字?”

“雷斯勒，叔叔。保安总局一级突击队中队长兼武装党卫队上尉库尔特·雷斯勒。”

“你是说保安总局的?”

“是的，叔叔。”

汉斯·舒尔茨记在小本上。“这个家伙去波兰搜捕犹太人，可能会消耗掉多余的干劲。”

阿列克谢点了点头，就这样吧。

汉斯·舒尔茨沉浸在自己的思绪中，说:“可能你最好还是离开柏林。”这时他咳了一声，仿佛有些尴尬。“在告诉我你要被派去哪儿时，呃……”他犹豫了一下，“我想问你是否可以帮我一个忙。”

疑虑刺痛了他的耳朵，阿列克谢依旧道:“当然了，叔叔。”这是典型的汉斯。尽管彼此都知道你责无旁贷，他还是会提醒你，你欠他的，但极为含蓄。

阿列克谢之前提到他将出发去维也纳和瑞士，但没透露更多。不经意间说漏一丝消息都会导致一些他所不想认识的人在伊朗等着他，他不想冒任何这样的险。毕竟，他不可能是柏林唯一的间谍。

汉斯·舒尔茨起身，打开一扇壁柜门，取出一只皮箱。他将箱子放在侄子面前的桌上，又回到壁炉旁的座位上。“等你到苏黎世的时候。”

阿列克谢做了一个“可以打开吗？”的动作，他叔叔点头。他打开箱子，里面装满了一扎一扎的大额国家马克。一大笔钱。叔叔一直在做买卖，做的生意可不止牛后腿肉。好吧，世界是靠关系运行的，如果你有权力却不凭公务之便牟利，那你就是个傻瓜。汉斯叔叔绝不是傻瓜。

“银行和账户信息都在信封里，侄子。你将这些马克存起来，但这是个瑞士法郎账户。瑞士人会给你行方便的。当然，换汇要收取手续费。瑞士人永远都会收费。”他顿了顿，“我想你不用费多大力气就能通过德国边境吧？”

阿列克谢还在盯着这笔钱。因为他是阿勃维尔的人，所以在瑞士边境不会有德国人搜查他，而瑞士那边也乐于你把钱带过去，只要你准备把钱留在那里，想存多少都行。“这没有问题，叔叔。”

“很好。很好。有你这句话，我自然很高兴。”

阿列克谢打开信封。“这是数字账户？没有姓名？”

“对。这些事情最好保密。”

阿列克谢点头。拥有国外银行账户是非法的，纳粹不会像苏联人那样将你生活的方方面面都管死，但他们还是喜欢管住你和你的钱。毕竟，他们觉得，拥有瑞士银行账户就表明你并不认为第三帝国会长久。

他把信拿到壁炉边上，扔进火里。“我会记住银行信息的，叔叔。这只皮箱会存放在阿勃维尔的保险柜里，直到我出发去瑞士。”

“当然可以。很明智，确实很明智。你知道吗，侄子，我必须坦诚地告诉你，我的亲儿子让我很失望。我觉得你不一样。”

阿列克谢既不惊讶，也没有很激动。毕竟，他做了老人想让他做的一切。“谢谢您，叔叔。您这番话对我意义重大。是您把我带到这个家里，这等恩情我无以为报。”

“不用这么客气。一定要安全回家。”汉斯又站了起来，盯着他柜子里架子上放的银色相框里的照片。“父亲把我送到战场时，他告诉我他每周都会做弥撒，祈祷我平安回家。最后，许许多多的人没有回来，而我回来了。但我知道，我不是唯一有人祈祷的士兵，而其他人，数百万人都牺牲了。”此时，他转向他的侄子，“上帝是我们生命的驱动力，不对吗？但我要告诉你，孩子，上帝不是我们生命的驱动力，自然才是，而自然并不是和善的。”

第四十二章　1940年，柏林

第二天早上，阿列克谢醒得很早。他打开收音机。电离层的天气肯定很好，因为莫斯科发的摩尔斯码极其清晰。

报文很短。他们很吝惜溢美之词，不是吗？不论他的情报有多重要。那也无所谓，只要一句做得好就足够了。他查了一下《年鉴》，解密报文。情报赫然出现在纸上，全是大写字母。

你必须停止转发英国人的挑拨情报。

去他妈的！

坐在柏林的德国人堆里，他怎么可能知道英国人的挑拨情报是什么？

阿列克谢把纸攥在手里，努力镇定下来。他坐回去，闭上眼睛，努力集中精力，为这种蠢事找出一个解释。内务人民委员部中没人有胆量做出这样的判断，这也就意味着领袖本人断定德国人不会入侵，任何与之相左的情报都不过是英国人玩的把戏，想把他拖到战争里。这是党的路线，所有人都必须遵从。好吧，阿列克谢心想，若真是如此，那么祝你好运，约瑟夫。那是你最后一次从我这里听到这个。

全都是自作自受。

第三部分

赞同行动

第四十三章 1941年，土耳其

真令人失望。广受好评的东方快车成了战争牺牲品。战胜国德国的米托帕铁路公司取代了被占领国比利时的卧铺车公司，豪华卧铺车厢也变成了普通硬座、卧铺车厢。早餐是面包和咖啡，如果你不喜欢汤汤水水的简单菜式，大可饿着肚子。阿列克谢愉快地听着别的乘客抱怨。他们真应该体验一下苏联的监狱列车。

他很不愿意离开苏黎世。瑞士是一个很美好的国家，只要你有钱。这要感谢阿勃维尔。他在那里了解到，一家做纺织品生意的瑞士公司最大的股东是德国情报机构，另外还有瑞士银行和汉斯叔叔财务的内情。他还学会了如何找到完美借口远离内务人民委员部。

从苏黎世到伊斯坦布尔的行程非常快，只用了六天。虽然南斯拉夫的政治局势使得过境路线变得更短，但对德国火车来说处境危险。匈牙利还好，只要你喜欢重口味和沾满辣椒粉的食物就行，可是冬天的保加利亚比苏联农村还要糟糕。

接头人在埃斯基谢希尔登上伊斯坦布尔到安卡拉的火车时，他一眼就认了出来。那人穿了一身俄国西装，这个错误使他像座灯塔一般扎眼。他在阿列克谢的旁边坐了下来，一脸愁苦地摩挲着下巴。

阿列克谢将书放在膝上，问候道："感觉还好吗？"他用德语礼貌地问。

"牙疼得厉害，"从莫斯科而来的谢尔盖说，在慕尼黑公园里第一次接头的也是他，"但我在安卡拉约了牙医。"

"要让你看的牙医用亚硝气麻醉，"阿列克谢建议，"基本上不会痛。"

"谢谢，"谢尔盖说，"你方便告诉我现在几点了吗？"

阿列克谢抬起手腕，露出他的手表。

"你长胖了，"谢尔盖观察道，"看上去很不错，确实是。"

我不再挨饿了，阿列克谢心道。不再拿起一盘盘香肠往嘴里塞，不再将乐队乐手误认为警察。他将手伸进外套口袋里，拿出一大包硬盒土耳其香烟，递给谢尔盖。"来，拿着这包。"在听力所及范围内没有其他人，但大家都长着眼睛。

谢尔盖打开烟盒，只有他能看到。里面只有一支烟，其他地方紧塞着透明薄纸。他拿出香烟点上，随手将烟盒放进自己的口袋。他吐了一口烟，将烟从嘴里取下来，盯着指间燃烧的烟卷。"这些需要慢慢习惯，"他又说，"你做得非常好。"

"真的吗？"阿列克谢说，"听无线电，给我的印象是，所有人对我都不满意。"

"没人指望你的情报一直准确无误，"谢尔盖淡然道，"你渗透到德国情报部门，这已经超出了我们所有人寄托在你身上的梦想。你给我们提供了珍贵的情报，千万别以为我们没注意到。”

“你不早说。你知道在瑞士他们把我像闹事的一样扔出苏联领事馆的事情吧？他们把我赶出去之后，我差点被瑞士警察给抓了。”

谢尔盖说：“放心，涉事的几个笨蛋已经受到了处分。”

“我只能尾随一名邻居，”阿列克谢说，“邻居”是苏联人对情报军官的俗称，“用刀逼着他收下了情报。刀子架在他脖子上，把纸塞进他的口袋。想象一下。”

“你得理解，现在是动荡时期，”谢尔盖说，“目前组织处在变动期。”

阿列克谢停下来消化他的那番话。国内正在清洗异己，清洗国家安全总局，就像法国大革命一样。恐怖吞噬了一切。好吧，他必须杀光替他杀人的那帮人，免得他们醒悟过来杀掉自己，不是吗？“你知道德国人准备利用这点。”他说。

“不必担心，”谢尔盖回答，“我们对外敌时刻警惕。”

你们当然警惕，阿列克谢心道。又是一只苏联鹦鹉，呱呱地空喊口号。好吧，这是他最后一次提到这件事。“那么我以前的老板怎么样了？”

“他托我向你转达他友好的问候，称赞你是真正的苏联战士。”

阿列克谢靠在座位上。这么说来，亚库舍夫也被清洗了。假如他没死或者在集中营，肯定会有一句有他特色的口信捎给他。“你怎么样？”他问谢尔盖，“平步青云了吧？”

“我们都是为苏联服务。”谢尔盖悄悄道。

“太对了。”阿列克谢答道。

“你怎么去伊朗?”谢尔盖问，似乎刚才的对话对他来说过于尖锐了。

“我会尽量在安卡拉搭乘飞机，”阿列克谢说，“我可不想坐在马背上翻山越岭。谁知道库尔德人心情怎么样。”

“你为何不乘火车穿过苏联直达德黑兰呢?”

“我得按照德国人希望的方式走，”阿列克谢说，“我用以掩护的商业身份所在的那家瑞士纺织公司在土耳其也有生意。”

“你在德黑兰的接头人是苏联大使馆的马图什金同志，”谢尔盖说，“他的公开身份是商务参赞，实际上是我们的人，一名上校。除他之外，你的任务不会有其他人知晓。”

有豁免权的外交官作为接头人，阿列克谢心道，一旦事情败露，外交官只是被驱逐，而他则会被绞死。“告诉他多参加社交活动。我会远离使馆，但我会在城里见到他。”自己在柏林的接头人像块肉一样被挂在盖世太保的地下室里，这说明与不如自己细心的人打交道很危险。

谢尔盖点头。“你们的暗号如下：先开口的那个人会问你们之前是否见过，另一个人会问对方是否去过意大利的佛罗伦萨，答案是没有，但他一直想去参观一下米开朗琪罗的著名雕塑大卫。”

“挺简单的，”阿列克谢说，“还有别的命令吗?”

“你报告之后德国人是否变更了你的任务?”

“没有。建立间谍网络，准备破坏活动。”阿列克谢永远不会再提侵略这件事。

“那么，随时向我们通报那些活动，注意甄别伊朗境内的法西斯间谍以及亲苏和反苏的势力。”

售票员走过车厢。“安卡拉，半小时后到站。”他用了四种不同的语言报站。

“我得去把我的行李放到一起了，”阿列克谢说，“还有什么事情吗？”

“没了，”谢尔盖道，“祝你好运！”

“也祝你好运！”阿列克谢回应。谢尔盖需要好运，除了要应对上级，肯定还要应对德国军队。

他起身去找他卧铺车厢的乘务员。所以，老亚库舍夫没了。好吧，未来属于世界上那些谢尔盖，他们勤恳忠实地执行命令，不管是谁下的命令，甚至这些命令与前一天的相左。这么长时间以来，阿列克谢的思绪还是第一次以俄语呈现出来。察言观色，曲意逢迎，苟且偷生。

第四十四章　1941年，伊朗德黑兰

她骑在他身上，脚蜷在他膝下的小腿处，支起她的身子上下起伏。起初动作很缓慢很享受，快到冲刺阶段时就从容多了。他教了她所有她可以做的增加快感的小动作，每一个她都爱不释手。现在她起伏的频率更快了，目光呆滞。她快到高潮了。

“你想多快就多快，亲爱的。”阿列克谢用波斯语低语道。伊朗男人永远不会让女人和他们做爱时占据主导地位。

她听了他的话，加快了速度。快感席卷了他全身，这一刻他好像不存在。

她的脑袋向天花板直直挺起，所有的肌肉紧绷起来。阿列克谢将她的胸拢在手中。

她抓住他的手腕，叫声从喉咙里释放出来。他已经不止一次庆幸自己买了一栋房子。否则，邻居那边肯定没法应付。这么下去，他甚至不能雇用一名女仆——他得有一个管家了。

她身体一阵抽搐，这时叫声还在继续，但更低更沙哑了一些。阿列克谢还没高潮，他不敢。这些伊朗女人一旦尝到了高潮的滋味，就会欲壑难填。

她瘫在他的胸膛上，胳膊滑到他的腋下，立起身来亲吻他。阿列克谢用双臂搂起她。“啊，我的扎赫拉。”他柔声道。

“天哪，”她道，“如果女人知道瑞士人做起爱来这么厉害，你们国家的男人就都危险了。”

“你会告诉她们吗？”他戏谑问。

“决不，”她又亲了亲他说，“德黑兰的瑞士男人可不多，你将是我的小秘密。”

他抱住她，她将脸贴在他的脖子上，心满意足地叹了一口气。她们这里的男人一做完爱就起身去洗澡，而女人喜欢被抱着。所以，这是让她满意的另一点。

她嫁给了一名将军。在伊朗，如果你与一名未婚女子发生关系被人发现，就会有人搭上性命，至少女孩会被她的家人处死。为了家庭的名誉而杀人——她必须死，因为他们觉得名誉受到了侮辱，而且很可能你也得死。那里没有美国人所谓的奉子成婚，更别提与异教的外国人了。不，结果是，所有人都得死。

他差点将手伸进她的秀发里，但她做了昂贵的西式永久型鬈发，如果他将她的头发弄乱了，就会很麻烦。所以，他转而抚摸她的翘臀。她大概比他要大十岁，但也不好说。阿列克谢做过许多蠢事和危险的事情，但询问一个女人的年龄不在此列。

他依然还在她身体里面，而且半硬着。她微微地移动身体，享受着。多数女人在房事之后会很敏感，但她的私处似鳄鱼一般。“你现在都在忙什么？”她带着那种高潮后困倦的声音问他。

他总是让她先问。她们都是长舌妇。但如果所有的女人都只能同其他女人安坐闺中，那又能期望什么呢？她们形成了自己的间谍网络，而现在变成他的了。她们的丈夫都期待着用情报换取金钱或权力，不是彻底的谎言，就是一些人所热衷的阴谋幻想。这两者都不是那就肯定不对。这些女人有钱，受过教育，而且有着很好的社会关系，但依然被伊朗的男人关在逼仄的小盒子里。她们知晓一切，除了自己的计划和图谋无所不谈。“我很担心自己的生意，”他回道，“如果如大家所说，英国人入侵，那么几个月都安定不下来，如果真的发生的话。”

“他们会入侵的，”她说得很有把握，“苏联人从北边，英国人从南边，随时可能发生。”

他玩笑着拍她的臀部，她愉快地呻吟。她喜欢被温和地打屁股，可以调动她的情绪。“这不是我想听到的，扎赫拉。”

她笑了起来。“但这是即将发生的，就在这周。伊朗国王一向很同情德国人。同盟国给他下了最后通牒，要求他驱逐这里的德国人，他拒绝了。德国陆军现在可能在苏联势如破竹，但他们没那么快赶到这里救他。”

“也许伊朗国王会转而做笔交易，让德国人离开呢？”

“太晚了，”她说，“现在英国人在伊拉克已经镇压了反叛，他们就会针对他。总之，他们对我们国家垂涎已久。你相信吗？埃及的法鲁克国王已经将英国的整个计划向伊朗国王和盘托出了。”

与苏联内务人民委员部不同，当他用无线电向阿勃维尔报告这一情况时，他们不吝赞赏之词。实际上不过小菜一碟罢了。在德黑兰的六个月，他只能专注生意，钱挣得盆满钵满，而金钱也将他送到了最上层的社交圈。外国人与他交往是因为他是一名成功的外国商人，伊朗人则是因为这个有钱的外商不仅会说波斯语，而且不似他们所鄙视的英国人那般傲慢。正如亚库舍夫曾说过的那样：在他现在所处的位置上，人们都迫不及待地要向他透露消息。

虽说苏联人在训练上一向老谋深算，但他并非只靠性爱。男人关心的是如何熬过今天，女人担心的是未来以及孩子的未来。所以，假如伊朗男人没打算朝着那个目标努力，他们的女人会的。找一家瑞士的私立寄宿学校，借一笔钱投资黄金，跟签证官打个招呼，关照有纺织品要卖的亲戚——阿列克谢总是能满足她们的需求。“伊朗国王会打吗？”他问。

她只是嘲笑了一番。“他会让军队去打，但没人会告诉他所有的师级军官都在为投降讨一个好价钱。英国人会付更多的钱，而且他们担心自己还没来得及举白旗苏联人就杀掉他们了，或者，即便他们侥幸活下来也会被发配到西伯利亚。所以，北方的四个师可能会抢着往南跑，看看谁能先投入英国人的怀抱。”

“总共只有三条路，这么多部队如何跑？”阿列克谢天真地问。

“傻得可爱的瑞士人，他们的军官会坐上自己的指挥车，来一场公路竞速，将可怜的士兵扔在后头。”

如果伊朗男人听到这个，他们的男子气概怕是要龟缩得无影无踪了。但阿列克谢知道这比他们吹嘘英国佬胆敢进犯就打个落花流水要现实得多。

她继续道："我确信英国的间谍已经向南方的三个师做出了丰厚的承诺。"

"趁这一切还未发生，我必须尽快多带些货出去。"他说，口吻像是一位精明的瑞士商人。

"有需要我帮忙的地方，亲爱的，别客气。"

她是一家纺织品公司的幕后投资人，用的是家里的钱，而且他确信她老公对此毫不知情。这样很好，阿列克谢希望为他生意的兴隆与个人生存出力的人越多越好。他亲吻了她的额头。"我光顾着担心自己的生意，还没问你怎么办。"

"你真贴心。卡伊万正准备再娶一个小姑娘。不学学怎么用好他那玩意儿，他只会不断娶年轻姑娘来保全颜面。"

卡伊万是她的丈夫。这里的男人可以娶四房老婆。"蠢货。"他道。

"就是，"她贴着他的脖子说，"至少我有我的瑞士小男人。"然后她笑了。

"什么？"阿列克谢问。

"我只是在想，按照德国人在苏联的推进速度，英国可能在德黑兰待的时间比他们预想的要短。和瑞士人比，德国人床上功夫如何？"

"厉害多了，我猜。"阿列克谢说。

她又笑起来，支起身子，这样就可以在他耳边私语。"我知道瑞士人以中立闻名，亲爱的。战乱之中，这是件美好的事情。但你也讲德语，确实会发生误会。同盟国的人会围捕伊朗所有的德国人。”

“亲爱的，英国人和苏联人都知道瑞士人与德国人的区别。”

“可能是这样，”她说，“但如有需要，我的人能带你出境去伊拉克，然后不远就能到土耳其。”

即使上层社会，婚姻也是部落联盟的工具。她是伊朗西部的卢尔人，她的丈夫是巴赫蒂亚里人。他们都是部落的上层。“除非德国也入侵了瑞士，亲爱的，我绝对安全。”

“我向上帝祈祷，但愿如此，”她说，“你懂军事吗？”

阿列克谢害怕即使自己装作气定神闲，她也会注意到他的呼吸。所以他在床上起身，将她也拉了起来。“每个瑞士男人都必须在军队服役一段时间，扎赫拉。你为什么问这个事情？”

“知道自己要交易的是什么才比较稳妥，如果需要交易的话。”

哦，这些女人真不简单，她们的男人简直就是傻子。阿列克谢警告自己永远不要小瞧她们。

“现在我们可以再做一次吗？”她温柔地问。

第四十五章　1941年，伊朗德黑兰

土耳其使馆的围墙后面绿树成荫，正是德黑兰炎热夏日纳凉的好地方。由于阿列克谢是一名成功的西方人，他必须像其他那些笨蛋一样顶着暑热穿西装打领带，甚至伊朗人也必须遭这个罪，因为伊朗国王让女人脱掉了黑罩袍，让男人穿上了西装。

他看到英国人和美国人在网球场上将球击过来打过去，汗流浃背，活像奶酪套着白色法兰绒运动裤。蠢货。

仆人给他拿来一杯土耳其咸酸奶。酸奶、水、盐加上冰，这是土耳其人发明的绝佳消暑良品。德黑兰气候干燥，他的嘴里永远像是有尘土一般。

阿列克谢感觉有人靠近，那人胳膊还未搭到他肩膀上，他就先转了身。“阁下！”

他和达瓦兹大使抓住彼此的肱二头肌，拥抱在一起。“近来如何，我的朋友？”大使寒暄，致以土耳其人的传统问候。他的个头不高，身材好似加农炮弹。

“还不错，谢谢。”阿列克谢的回答也是典型的土耳其风格。

大使挥手引向站在他旁边那个更严肃的人。“请允许我介绍我的继任者伊尔哈米·乌泽尔大使。这是瓦尔特·贝耶先生，一位十分杰出的瑞士商人，也是土耳其的好朋友。”

“十分荣幸，阁下，”阿列克谢握手道，“土耳其的朋友衷心欢迎您，您的前任深受我们尊敬和爱戴。”

“我的荣幸。”乌泽尔大使答道。

达瓦兹大使面带笑容。“既然我即将离任，我就可以不用什么外交辞令了。仅此一次。”他悄悄告诉乌泽尔大使，“贝耶先生是我在德黑兰最喜欢的欧洲人，他不仅有着土耳其人的灵魂，而且土耳其语诗韵十足。”

“确实，令人耳目一新，”乌泽尔大使应道，“我怎么感觉似乎有一点阿塞拜疆的口音?”

“我在北方做了很长时间生意，阁下。”阿列克谢说。

“很遗憾，我们必须继续去开那没完没了的会了。”达瓦兹大使道，指了指身后急得团团转的秘书，“我们今晚会在招待会上看到你吧?”

“当然了。”阿列克谢答。

大使再次拥抱了他，这次抱得更紧，并在他耳边低语：“谢谢你准备的精美告别礼物。”

“与您的热情款待相比，不值一提。”阿列克谢回答。

“我夫人惊呼，说她在伊朗逛了三年，没见过如此精美的地毯和银器。”

“我自己确实也没少寻觅。”阿列克谢说。

大使大笑，并没有外交官的样子。他的继任者看到这有违官员的尊严，面露痛苦之色。他们带着随员风风火火地离开了，阿列克谢又坐回到座位上，至少他的饮料还是凉的。

就在此时，他发觉树丛中有个身影在望着他。时间差不多了。他挥了挥手，当然那个家伙犹豫了一下。苏联人怕有阴谋。阿列克谢再次挥手，更坚定了一些。终于那人不犹豫了，绕过网球场来到他的桌边。阿列克谢再次起身握手。“参赞同志，见到你真高兴。”这时语言又切换成俄语。

关于叶夫根尼·德米特罗维奇·马图什金上校，唯一确定的是这不是他的真名。他属于那种目光敏锐、冷酷无情的苏联隼鹰，若说他像一名商务参赞，就和说阿列克谢像苏联老奶奶差不多。他年龄刚刚三十出头，但在苏联情报机构有很多上升空间。

马图什金落座，严厉地瞪了阿列克谢一眼。“你的胆大妄为将会毁了你，大卫。”

“我们换个方式来看，”阿列克谢建议道，“哪个看起来更像有阴谋？是你和我独自在树林中走动，还是坐在这里一起喝点东西？”他看着伊朗服务员的眼睛，举起了他的杯子，指了指马图什金。服务员微笑鞠躬离去。这个叫贝耶的瑞士人给小费很大方。现在他等着听马图什金说让他闹心的事。不管什么事情，他们总是以抱怨开始，永远是这样。

马图什金没令他失望。“大卫，我们对于你通过电台向柏林报告的东西不太满意。”

“所有人都知道我们就要来了，”阿列克谢说，“这在德黑兰是公开的秘密，他们甚至知道英国人称之为‘赞同行动’。”

马图什金花了一点时间来消化它。他必须将所听到的一切咀嚼至少二十遍然后才咽下去。“但是我们还是不满意。”

“德国人对此束手无策，而我又必须取信于他们，对吧?”

马图什金点了点头，算是对此的唯一让步。

“伊朗北部有多少炸药你一清二楚，”阿列克谢指出，“德国人的每部电台你都掌握了，你可以顺藤摸瓜，找到他们的间谍网。我给了你所有情报。”

“谢谢你，大卫。你现在可以控制一下你那天然的傲慢了。”

“不用客气。”阿列克谢答。

马图什金决定忽略他的讽刺语气。“我们有一项任务交给你，极为重要。”

阿列克谢洗耳恭听。

“一旦红军越过边境，必须阻止伊朗人增援北方部队。”马图什金说。

“他们不会抵抗，”阿列克谢断然道，“一些不明情势的士兵与往常一样会开上几枪，但不会出现有组织的抵抗。这是确信无疑的，我向你保证。”

“我们不能指望这个，”马图什金说，“你在部落有些关系，对吗?”

现在轮到阿列克谢点头了。难以置信。德黑兰的局势堪称完美，他们却要将他送到沙漠里去执行一个对伊朗一无所知的军事天才所臆想出来的无用差事，难怪德国人在苏联把他们打得落花流水。

“我们要求你和伊朗游牧部落接触，”马图什金说，“利用他们阻滞伊朗军队北上抵抗的企图，你能做到吗?”

“你看，如果你担心，就给那些伊朗将军扔一些金子，后面他们会找你乞求保护，你肯定能收回来。但如果你把同等数量的金子给了那些部落，就再也见不到它了。”难怪战争会旷日持久，这些人都太蠢笨了。

“你能做到吗?”马图什金重复，像是刚才一个字也没听到。

阿列克谢没打算就此作罢。“部落不是军队，不管你付不付他们钱，只有他们想打才会打，而且他们必须觉得自己有利可图才会去做。”

“或许他们与伊朗军队作战可以缴获武器?”

所以他们至少考虑过。“如果他们觉得很容易的话。”

“所以说任务可以完成。”马图什金道。

阿列克谢叹气。如果说俄国人在母亲膝下学会了一件事，那就是知道什么是不可违背的。“那里只有几条好路，地形不适合侧翼机动。如果这些部落愿意打的话，任何部队都能被拖延。无法阻止，只是拖延。”他此刻的真实想法是，如果他干得漂亮的话，在扎赫拉的引荐之下，他能够享受卢尔人热情粗犷的款待，逍遥几周后回到德黑兰，仿佛一切从未发生。

“很好，”马图什金说，“你的关系是卢尔人那边，对吧?沙赫萨万人可不是那么友好的，万一过了这么多年他们还记得你。”

他们不断地刺痛你，就像一把小刀。他一直害怕，假如他们发现他知道了一个小秘密却选择不说，有朝一日他转过街角时会被人迎面开一枪。“你知道伊朗国王荡平了称霸一方的各部落势力。如果那些部落东山再起，习惯了用步枪，但已不单单是用来偷羊和打家劫舍，他们将非常难对付。”

“那个，”马图什金说，“是英国人要面临的问题，不是我们。”

第四十六章 1941年，伊朗西部

没有办法再拖延卢尔人了。消息不断涌入营帐，他们没有文字，由人力以接近电报的速度口头传递：英国人已经从伊拉克的哈奈根入境。群山之中只有一条路，镇守在拜德山的伊朗部队原本能够抵御一个军的兵力进犯，却在夜半之时弃关而逃。科曼莎是英军推进线上的下一个城市，他们已经要求停战议降，四散的伊朗陆军和警察部队正全力逃往北边的哈马丹。

这都是卢尔人翘首以盼的好消息。士气低落、仓皇逃窜的士兵正是到他们嘴边的肥肉。阿列克谢对此无能为力，因为这是部落的战争。即使头领们热情不高，部落的人还是会跑去猎杀。这样的话，头领不仅丢了面子，也丢了权威。所以，无论他们愿意与否，每个人都被无情地拖进来了。

就这样，他们出现在洛雷斯坦山脉北边光秃秃的褐色山丘里，下面是哈马丹公路。实际上，比起遇到伊朗军队，阿列克谢更担心他们碰到哈马丹的哪个敌对部落。

酷热的太阳底下，他们躺在浅坑里，身上半盖着沙子。卢尔人很明智，他们穿着轻盈宽松的裤子、长尾的无袖衬衫，扎着松散的布头巾。每个人身上都罩着棕色的无袖披风，既遮阳又可以起到伪装效果。

卢尔人确实善于伪装。阿列克谢怀疑山坡二十米开外任谁也发现不了他们，而且没等接近这个距离早就被他们打死了。

这次伏击一如往常，万事俱备，只等敌人送上门。有人可能认为部落人不适合干这个，但只要有打斗和战利品等着，他们在那里躺几天都不会抽筋。任何比老鼠大的东西都不可能从他们的眼皮底下溜过去。

阿列克谢打盹了。他觉得如果没人从这儿经过，倒也不错。

他听到沙赫萨万人吹的那种低沉口哨时，还以为自己在做梦。猛然惊醒后，他看到六个旅行者骑着马沿公路匆匆行来。贾法尔汗在他旁边坚决地低声说："不行。"命令沿着伏击线传了下去。若在营帐，他们还会争执上几个钟头，最后至少会以暴力威胁收尾，但在进攻时，所有人都会无条件服从他。

阿列克谢把他用作枕头的水袋拿过来，匆匆喝了口水，又回去睡觉了。

听到激动的嘀咕声和汽车的引擎声，他又醒了过来。这次绝对是有情况。他在水袋上架起双筒望远镜，聚焦到公路远处隐蔽的拐角。

汽车的声音大得唬人，回荡在群山之中。过了好一会儿，目标才从拐弯处出现。车刚从尘霾中露面，阿列克谢就差点叫起来，但他忍住了。那是一辆覆有钢甲的劳斯莱斯汽车，装有一个机枪炮塔。这样的车伊朗人有几辆，但都装备在他们唯一的机械化旅下面的装甲营。如果这就是的话，很可能后面还跟着捷克产、装有37毫米火炮的坦克。假如卢尔人蠢到开火，马上就会炮火喧天，危险万分。

阿列克谢斟酌了一下自己要面临的选择。如果他告诉贾法尔汗不要开火，这位年轻的头领则肯定会开火，以彰显自己不为外国人所左右。所以，最好还是再等等，看看情况。

装甲车后面跟的是卡车。真是幸运，也许这只是一个有护送兵力的补给车队。

劳斯莱斯继续前进，阿列克谢总算可以透过热腾腾的烟雾看清具体情况。哦，不，装甲车天线上飘扬的竟是英国旗。趁着还没人犯下可怕的错误，他将望远镜递给贾法尔汗，低声道："是英国人！"伊朗陆军肯定是沿着这条路逃窜得太快了，卢尔人还没进入阵地，他们就已经消失得无影无踪了。

贾法尔汗向他投以惊讶的目光，然后透过望远镜专心地窥望。他陷入了沉思，牙齿咬得嘎吱响。

阿列克谢能够感觉到他正犹犹豫豫地走向灾难的深渊。他觉得时机成熟了，该以部落人理解的方式来说服他了。"如果你认为伊朗国王对你纠缠不休，就因此与英国人为敌，那么，你的营帐就会遭到飞机航炮的扫射，而你们也将再无片刻安宁。"

贾法尔汗思忖一番，点点头。阿列克谢长舒一口气，这就是他所需要的。卢尔人认为他是德国人，这是他让扎赫拉告诉他们的，为了保护他的瑞士身份。她答应了，因为德国人在军事方面更铁血，而且部落人压根也不知道瑞士人是什么样子。英国人才不管他是德国人还是瑞士人，他们会竭力追捕伏击他们车队的家伙。而且他觉得苏联人对此也不会特别高兴。他们肯定不会告诉英国佬做这件事的是他们的人。他将永远回不了德黑兰，继续他锦衣玉食的生活。他才不想在战争结束之前一直和卢尔人待在沙漠里呢。

贾法尔汗转头准备下命令，可未及开口，一名激动过度的卢尔人开了一枪。听到枪声，阿列克谢愕然了。此时两侧部落的人大概以为自己没听到命令，也开了枪，然后山坡上所有的卢尔人都开始射击。他脑袋耷在水袋上，陷入彻底的绝望。

英国人卡车后面的帆布顶棚掀开了，里面的士兵从一侧的木车栏后开枪还击。装甲车转动炮塔，维克斯机枪冲着山坡上喷射火光的枪口一通狂扫。子弹激起一阵土雨，直打得一些更紧张的卢尔人仓皇而逃。

“快动手，沃尔特斯！”贾法尔汗吼道。

他当然没告诉卢尔人自己的真名，更别提此前大家所熟知的那个名字了。阿列克谢摇头，在震耳欲聋的步枪轰鸣声中喊道：“太快了！”

英国人训练有素，他们不会静止不动让自己当活靶子。劳斯莱斯加快了速度，卡车紧随其后，但机枪还在不停扫射，而且校准了到山坡的射程。部落人可一点儿也不喜欢这样，又有几个人跳起来，冲下背面的山坡，直奔马匹逃去。

阿列克谢望着他们。对他而言，让他们从野心勃勃到仓皇逃窜是最好的解决方案。

“沃尔特斯！”贾法尔汗大吼。

“还不是时候！”阿列克谢又吼了回去。

贾法尔汗的手枪抵住了他的太阳穴。

阿列克谢差点就输给了这个愚蠢的世界，完全没有人理智思考。装甲车马上就到路边那块突出的深色岩石了，就是他之前标出来的那块。

阿列克谢用左手抓住贾法尔汗的手腕，然后将左轮手枪往前一推，射出的子弹沿着山坡飞了出去，直至成了强弩之末，只是枪响完全震聋了他。他用右手将电话线接到废旧汽车上拆来的电瓶上。电线冒起火花，在他手中跳了起来。

在那漫长的一秒钟内什么也没发生，接着道路就被炸得腾起一朵巨大的黑云。装甲车被掀到了空中，优雅地旋转，最后摔到地上，成了一团废铁。

卢尔人停止了射击，观察了一会儿，随即爆发出狂叫，伏下身来，朝着车队火力全开。

爆炸产生的烟雾逐渐散去，露出一个巨大的弹坑，完全阻断了道路。

阿列克谢看出卡车犹豫了，最后的几辆开始掉头。然后，显然有人下了命令，所有士兵从卡车上蜂拥而出，跳进路旁的排水涵洞。他们戴着卡其色的头巾，是印度的锡克士兵。阿列克谢很佩服他们纪律严明，一两分钟之后，所有的卡车都空了，士兵都找到了掩护，开始沉着回击。

此时，若换作德军，早就用机枪、迫击炮火力覆盖，将他们死死钉在那里了，然后从侧翼发起攻击，用步枪和手雷将他们围剿。但卢尔人没有迫击炮和机枪，只有步枪，而且他们也不是步兵。白刃战是一回事，但用步枪刺刀与训练有素的士兵近身战又是另外一回事。

整件事还没有结束，因为英国人没打算逃跑或者投降。卢尔人一定会在山坡上打到没了弹药，然后趁着夜幕降临溜走，或者，如果英国人的援兵到了，就早些抽身。

如果事情是这样发展，阿列克谢将举起双手赞同，但贾法尔汗又大喊“沃尔特斯”，用极具威胁的方式挥着他那把老式的韦伯利左轮手枪。

没有办法，阿列克谢只好顺从地拿起第二捆电线，将它们接到电瓶上。整条涵洞爆炸了，人、胳膊、腿像玩偶一样纷飞。

卢尔人又停下了射击，敬畏地望着，直到贾法尔汗大叫起来，所有人起身冲下山坡，直奔卡车而去。

阿列克谢留在那里收拾他的东西，将电瓶留在他待的那个浅坑。保险起见，他用脚踢沙土将其覆盖起来。来卢尔人部落时，他带了驮着苏联黄金的马队和从纺织品贸易中获得的二十五公斤袋装氯酸钾。阿勃维尔最喜欢用的自制炸药配方是：用氯酸钾混着卢尔人从附近科曼莎油田的输油管道里偷来的原油，再加一点糖。将混合物包好放进一口大锅里，埋在路下。后来，他看到卢尔人从石油钻塔那里偷来的细管子，他们不知道怎么用，但他灵光一现，将爆炸物填进管子，将管子布在涵洞里，因为他清楚士兵会本能地跳进涵洞找掩护。纯粹是因为好奇，再加上他对即将发生一幕的生动描述，卢尔人才被说动了，因为他们讨厌挖坑。是的，他是一个天才。

少年时期追随沙赫萨万人时，他就明白，战斗中卢尔人死得越多，他们就越会归咎于他；他们缴获的战利品越多，就越喜欢他。他的计划完美奏效了，但这是他最不希望看到的。他在伊朗完蛋了。

阿列克谢从山坡背面艰难地走了下去，寻找他的马。他看了一眼手表，掠抢战利品的时间大约还有十五分钟，之后伏击圈外的英军会架起迫击炮，卢尔人会四处溃逃。一两个小时之后，飞机会来搜寻他们。

第四十七章　1941年，伊朗西部

营火烧得通亮，当然是不顾他的反对。阿列克谢竖起耳朵，提防着飞机引擎的声音。部落人兴奋地喋喋不休，炫耀着缴获的英制恩菲尔德步枪，漫不经心地把弄着米尔斯手榴弹，阿列克谢不得不盯着自己纵身范围内可以利用的掩护物。一挺亮闪闪的布朗式轻机枪放在他们圈子中最重要的位置，供所有人瞻仰。

随后，有人从炉坑里取出了黑乎乎的烤全羊，放在一个巨大的钢制浅盘里，下面铺了一层米饭。

豪言壮语都是在大餐之前讲，也就是他们做羊肉的时候。等到了吃饭的时候，卢尔人特别务实。

烤焦的羊脸直接放在阿列克谢面前，贾法尔汗豪放地示意他动手，但阿列克谢礼貌地拒绝了。贾法尔汗继续坚持，阿列克谢再次礼貌地拒绝。贾法尔汗低下头，摘出两只羊眼，放在他的盘子上，然后交给阿列克谢。阿列克谢也鞠躬回礼，取过一只放进嘴里。虽然味道很不错，但这一天发生的事情早就让他没了胃口。尽管如此，他还是一边嚼，一边微笑，然后小心地将另一只羊眼放在贾法尔汗的盘子上。他知道大家都在等着他，于是伸出右手从羊脸上撕下一些肉来，舀起一把滚烫的米饭，又点了下头，于是，贾法尔汗自己开始放开吃了。然后你几乎可以听到所有人长舒了一口气。繁文缛节总算完了，其他围坐在盘子边上的部落人开始大块撕肉，大把抓饭。肥肉片四处横飞，你只听到骨头被敲碎吸食骨髓的声音。他们使得饥肠辘辘的德国步兵吃起东西来就像儒雅贵族。

当阿列克谢借口方便，其实只是想获得片刻安宁时，他们还在狼吞虎咽。

就在他小心地穿过帐篷区坑坑洼洼的路时，一个声音传来，说的是英语，“沃尔特斯先生？”

阿列克谢听出来了。“侯赛因？”

“我们能谈谈吗？”

“我跟着你。”阿列克谢说。不管是关于什么事，他绝不会第一个开口。

他跟在侯赛因黑黢黢的身影后面穿过一片黑色帐篷，在最后一圈的外面，但也不是太远。岩石上站着哨兵。警惕的劫营者永远不会忘记自己被偷袭的经历。

阿列克谢在沙土上蹲下。侯赛因在附近转了转，确保只有他们两个人。现在阿列克谢很好奇。

侯赛因蹲在他旁边，低声道：“你还记得你给我开的条件吗？”

“当然了，我的朋友。”阿列克谢说。他从一开始就注意到侯赛因了。一个十九岁左右的年轻人，居然在科曼莎上过学，非常聪明，但在崇尚男子汉气概的文化中他绝对算不上是一个战士。卢尔人不会同一个骑射不精的文化人打交道。城里的伊朗人总是把他看作部落的野蛮人，而卢尔人也瞧不起他，觉得他至少算半个傲慢的城里人。他是部落的一员，却总是不为他们所接纳，这种类型的人就是阿列克谢受训时被告知需要注意培养的。

“你开的条件还作数吗?”侯赛因问，“因为我有重要的情报提供给你。”

“那么我有钱给你，或者任何你想要的东西。”

侯赛因把声音压得更低了。“他们打算将你卖给英国人，好跟他们和解。”

黑暗中，阿列克谢只是暗暗地点头。卢尔人很精明，比他想的要精明。他不是部落的人。把他交出去，他们就能留下抢来的那批武器，或者只是象征性地交一部分，留下大部分，还能得到一些黄金，而且不用担心英国的轰炸机夷平他们的营帐了。

他说:“你给我备一匹上了鞍的好马，再加三匹拴了缰绳的。两只装满水的水袋，还有面包，鞍囊里装上饲料。我给你100英国君主金币，前提是今晚月亮升起时你能准备好。”

“一手交钱一手交货?”侯赛因问。

阿列克谢听到这句话笑了。“一手交钱一手交货。”

侯赛因指着不远处。“岩石堆里有块洼地，在警戒线之外。你知道吧?”

“我知道。”阿列克谢说。

“100金币?”

“100。你要把东西放到警戒线外。”

“你要自己想办法出警戒线，”侯赛因回道，“在月亮升起的时候。”说完就消失了。

想要偷偷溜出满是部落人的营帐简直是件不可能的事情——当然，除非你在他们温热的睡前茶水壶中加入水合氯醛。女人端来茶盘，阿列克谢跳起来惊叹，你们这是最好的茶。卢尔人骄傲地说，当然了。阿列克谢打开盖，深吸一口茶香，说，我从未喝过这等好茶。大家都看着他绘声绘色地夸夸而谈、手舞足蹈，却没看见他将藏在手掌里的小瓶水合氯醛倒入茶壶。卢尔人在茶里加了许多糖，没人尝出来有什么不对劲。阿列克谢举杯祝愿他们身体健康，将自己的茶偷偷倒在盘坐的两腿之间，然后裹了一条毛毯躺下，等着药效发作。

他拔起一根营桩，从后面的帐篷底下溜了出来。想到他们背着他打的算盘，他并不十分在意他们的下场。他蹑手蹑脚地穿过一道道营绳。这么晚了，不能晃动任何人的帐篷。

哨兵正面向其他方向侦察敌情。他早已打探清楚他们的位置，悄悄地从岩石中溜过，走的是那些骑马的人出营侦察时相同的路线。他估计侯赛因也是这样把马带出去的。

当他接近碰头地点的时候，阿列克谢微微听到马嘶声，但他并无意直接跑过去。

他爬到高一点的地方，十分隐蔽地巡察了一圈。从高处的观察点，他能看到侯赛因牵着马站在洼地里。在初升月亮的光照下，他还看到岩石堆里藏了一个人，架着步枪瞄准了下面的洼地。那一定是侯赛因的哥哥沙普尔。

够狡猾的。英雄侯赛因击毙了企图逃走的外国人，拿到了金子，保住了马匹。马可能就是沙普尔的。永远不会有人对他起疑，但如果阿列克谢逃脱，那就不是这么回事了。

阿列克谢将肩包和卷起的毯子轻轻放在地上，脱下靴袜塞进腰带后面，这样他移动的时候更加悄无声息。他小心地一点一点穿过岩石。他看见了通往沙普尔所在射击点的那条狭窄小路，于是小步过去，悄悄接近。他先用脚趾小心地探着前面的地面，然后再将整个重心放下来，前进的时候一分钟只走一两步。

沙普尔有些不安。这很好——让他自己制造点噪声。月亮在阿列克谢正前方，所以他知道自己不会在身前留下影子。他来到一块岩石后面，距离沙普尔不足两米。

你可以直接过去按倒一个睡觉的人。但一个警惕的人，特别是部落人，即使没听到任何声音，通常也会察觉到什么。沙普尔紧张起来，开始转身。

阿列克谢两个箭步上前，手中的石头砸在沙普尔的头骨上。沙普尔倒下的时候，阿列克谢用体重将他抵在岩石上，左手抓住步枪，防止掉落发出声响。他紧紧抓住枪，将尸体平放到沙地上。

刚把沙普尔安置好，阿列克谢就抬起头。岩石砸在沙普尔头上时，他感觉那声音大得像爆炸，但侯赛因什么也没听到，依旧牵着马站在那里。

阿列克谢取走沙普尔的刀和子弹带，后面背着伊朗军队配发的那种毛瑟卡宾步枪。

如果再多找一个帮手，不管是不是兄弟，侯赛因都会害怕他们合伙杀掉他，拿走钱。小心总不是坏事。阿列克谢穿上靴子，又完整地巡视了一圈方才满意。一结束他就去取回了肩包。

他从岩石上滑到了沙土洼地，让靴子发出剐蹭声。侯赛因跳了起来，四处乱转。马匹紧张起来，大声地嘶叫。

“把枪背起来。”阿列克谢说，他手里拿着比利时的布朗宁手枪，并且上了膛，“我们不是朋友吗？”

侯赛因犹豫了一会儿，将毛瑟步枪背到后面。“是朋友。钱你带了吗？”

阿列克谢轻轻把击铁归位，将枪塞进枪套。他看到侯赛因放下警惕。他没有回答问题，直接开始检查马匹，马蹄上都绑了沙包来消音。很细致。黑暗中他仔细检查了一遍，马不是纯种马，但至少也不是瘸子。面包和马粮放进了鞍囊里，水袋是满的。很好。

“金子呢？”侯赛因不耐烦地追问。

阿列克谢能够听出他嗓音里的紧张。“缝在我的腰带里。现在你知道它为何这么宽了吧。”

侯赛因夸张地用手梳着头发。

阿列克谢笑了，继续检查马匹。他绕着缰绳转了转，用手试了试每根绳子，然后又回到侯赛因牵着的那匹领头母马边上。

侯赛因又用手梳了一遍头发。又一遍。几乎是在招手了。

这时阿列克谢就站在他身边。“你看起来像是在等着什么事情发生。”

侯赛因转向他，脸上满是恐惧。阿列克谢将他哥哥的刀子插进了他的喉咙。

侯赛因发出一声呕吐的声音。阿列克谢将他推倒在地，按住他的脑袋，将刀子从他的喉咙处抽出来，插进他耳后头骨的空隙处。侯赛因在他身下一阵痉挛，直接就没命了。这比等着他血流尽要快得多。

阿列克谢将沙普尔的刀留在侯赛因的脑袋上。卢尔人看到这两具尸体时，让他们疑惑去吧。

就在这一切发生的时候，马匹几乎没受影响。也许它们对于这种动刀子的把戏早已司空见惯。

阿列克谢抓起缰绳，牵着马匹穿过岩石间的宽隙，来到小路上。他牵着马走，直到听不见营地的声音了，才将马蹄上的沙包取下。他得小心才是。

第四十八章　1941年，伊朗西部

阿列克谢跑坏了两匹马，终于到达扎格罗斯山脉高大的关隘。他心怀遗憾地割开它们的喉咙，这样，就算有人追上来也骑不了它们。他觉得很对不起这两匹马。

现在仅存的两匹马在岩壁底部的水池中喝水，他将望远镜架在露出地表的位置，观察他刚刚走过的那片区域。

真是怕什么来什么。卢尔人并没打算让到手的奖品从指间溜走，也没打算让自己的人命丧黄泉却大仇不得报，不管是否罪有应得。他们和他用的方式完全一样，用牺牲马匹的方式来加速追赶他。

他们还只是远处的小点。阿列克谢快速权衡起来，跑还是打？他们有四个人，马匹也比他多。

嗯，为什么不边跑边打？下面的路上，岩石之间只有一条狭窄的小路，仅够一骑通过。这不是翻山去伊拉克常走的路线。它不是人用工具修拓的一条大道，而是动物经年累月踏出的一条小路。他听卢尔人说起过，问了几个看似无关的问题，仔细在自己的地图上标了出来。他此前还有些担心，但一旦找到它，那只要循着其他人走过的踪迹就行了。不巧的是，路上有几处通向废弃营地的岔路，走错了就只好原路返回。这也是为何追他的卢尔人比预想的更近一些。

阿列克谢任由他的马在那儿喝水，取回肩包，回到小路上。

他尽量注意少留脚印，将披风放在沙地上，在小路中间用刀子挖了两个很小但很深的洞。

他还有两截二十厘米长、装有炸药的管子，是那次伏击倒霉的英国人剩下的。他小心翼翼地将它们垂直放在洞里。

他没有套丝机，也没有管帽，所以只好弄弯了一头，切开一些木塞，将其塞进另一头。他之前打算到紧要关头将它们当作手榴弹用，但现在是用作地雷了。

阿列克谢没有雷管了，但工具包里还有一个小木盒，里面放满了装着硫酸的玻璃瓶，玻璃瓶外面裹着药棉。他在每根管子敞口的金属边上放稳两个玻璃瓶，然后将木塞轻轻放在上面。硫酸遇到混有糖和油的氯酸钾，会产生非常剧烈的反应。

阿列克谢扯掉一本书的前后封面。那是一本叶芝的诗集，是他之前一直大声朗读来提高英语水平用的。叶芝是个很不错的家伙。爱尔兰人在诗歌方面和波斯人一样厉害。阿列克谢将封皮极其小心地放在木塞子上，这样不仅可以保护它们，还可以为他的装置增加一些表面面积。他极为小心地撒了一些沙土将那两颗地雷隐匿起来，稍微将玻璃弄碎一点就可能随时爆炸。忙活了大半天却将自己给炸了，那该有多讽刺。

搞定了之后，他向后退去，检查自己的杰作。地雷藏在地下，但地上看起来有些不对。太干净了，部落人在追踪的时候不会漏掉任何细节，当然也不会漏掉这个。他坐下来想了想。他没有备用的马掌，在埋雷的地方留个蹄印。他肯定也不能牵着马从上面过去。

他已是筋疲力尽，想不出任何主意。他捡起披风，衣服上还留有挖洞时弄上去的土。他倒着走，用衣服的边沿将脚印抹掉。

马喝饱了水，在悠闲地休息。就在阿列克谢准备将鞍囊绑回马鞍上时，他低头看到一样东西。他灵机一动，双手各挖了一坨新鲜的马粪，回到路上，将马粪轻轻地放在两颗地雷上。经过一番精心雕琢，马粪看上去就像是自然落下的。

这样效果更好。不论是卢尔人骑的马踩在上面，还是部落人下马将手放在粪上，以判断粪是多久前拉下的，都会压下书封和木塞，弄碎玻璃，流出硫酸。阿列克谢再次抹掉脚印，用水池剩下的一点水洗了洗手。

四个小时之后，爆炸声的微弱回响越过了山峰。嗯，确实发挥了作用。卢尔人还不习惯这种诡雷。如果爆炸没有把活着的人吓回家，至少他们现在也会一路龟行，看到任何一坨马粪都能吓个半死。

阿列克谢骑行了三天三夜。马基本上是蹒跚而行，他自己也疲惫得几乎睁不开眼。他一点也没察觉到，两个库尔德人端着步枪从乱石中走了出来。

阿列克谢勒住缰绳。步枪挂在背后，而自己像个傻子一样进了圈套。好吧，至少他们还没有开枪打死他。“愿和平与你同在，朋友。”他用波斯语问候道。

库尔德人没做任何回应。阿列克谢没有等着看会发生什么，而是直接上前提出做个交易。“我是德国人，从英国人那里逃了出来。告诉我怎么去基尔库克，我会让你们变得富有。”

这不是库尔德人想听到的话。“说德语。”两个人中年长一些、头发灰白一些的那个命令道。

“你希望我用德语说些什么?”阿列克谢用德语说。

年长一些的那个人考虑了一下。他们之间没有讨论。年轻的那个手指一直勾着扳机。

年长的又问:“你有钱?”

阿列克谢明白，如果他承认了，这两个趁火打劫的人一定会扒光他的尸体。“到基尔库克，我的同胞会付给你们金子。”

在年长的那个人考虑的时候，阿列克谢盯着他的眼睛。不，他会去做有把握的事情，眼前有一把步枪和两匹马。前路未卜，他不会长途跋涉去基尔库克。

他说的话让阿列克谢大吃一惊，“这是金子做的吗?”

他指着阿列克谢脖子上挂着的铜制罗盘。

阿列克谢抓住了机会。“不是，我的朋友。这是一个铜制的罗盘。非常方便。你瞧。”

他们还未来得及说什么，他就从马鞍上翻身下了马，背对着他们的时候，手伸到披风前面，掏出了手枪。

落地，转身，他一枪打在最近的库尔德人身上，正中胸口。那个库尔德人同时开枪，阿列克谢感觉到子弹擦肩而过。

两枪如此接近，听起来像是一声枪响。阿列克谢一开枪就猛拉缰绳，他的马向前扬起前蹄。那个年轻的库尔德人开枪了，没打中阿列克谢，却打中了他的马。马疼得大叫，侧身倒下，阿列克谢连忙后跳，以免被马压在身下。他屁股着地，年轻的库尔德人正疯狂地拉动枪栓，将另一颗子弹上膛。阿列克谢坐在地上，端起手枪快速射击。库尔德人被击中了，但此时他的子弹已经上膛。阿列克谢继续射击。库尔德人终于倒下，步枪里的子弹打到了地上。

阿列克谢一跃而起，这时他才发现自己还在扣动扳机，而手枪已经没子弹了。他晃了晃，取下空弹夹，从口袋里翻出一个新的。就在他插上弹夹时，年长的那名库尔德人虽已奄奄一息，但想去够他的步枪。阿列克谢走过去，对着他的脑袋开了一枪。那名年轻的库尔德人已经死了，但保险起见，阿列克谢还是在他头上补了一颗子弹。

他的马挣扎着想站起来。这是一匹好马。阿列克谢轻轻地拍了拍它，手枪对着它的脑袋开了一枪，结束了它的痛苦。

他安抚了一会儿另一匹马，将马鞍换到它身上，然后，稳稳地抓着缰绳，沿着库尔德人的脚印找到了他们的两匹马。还好，失去一匹却得到了两匹。如果他粗心大意，付出的代价可能会更大。当唯一的活路是像美国西部牛仔那样面对面枪战时，你就知道你已经蠢到家了。

阿列克谢在他的包里找到一个装有苯丙胺[1]的锡瓶。他拧开瓶盖，倒出两片放到手心。德国士兵之友。他也想小心点，

1　一种中枢兴奋药及抗抑郁症药。

但现在需要这个。终于，下山到了伊拉克，他想要找一个好一些的藏身之处，那里或许有一些灌木让马啃上几口，他可以睡上几个小时。现在他要担心那两个库尔德人的亲戚朋友是不是发现了他们，然后来追他寻仇。虽然他用岩石盖住了尸体，秃鹫还是会闻到死尸的气味，在上空盘旋。

苯丙胺开始对他起作用了。他将库尔德人的马与他的拴在一起，考虑如何处置他的步枪。想起库尔德人处于险境时无法快速射击的问题，他还是决定将枪挂在背后，手里拿着手枪。

又过了一天一夜，走了艰难的五十公里，他已经精疲力竭。一度他还以为下雪了，但他没感觉到任何湿润，这才意识到只是幻觉。不管还服不服用苯丙胺，他必须停下来。他将马匹牵离道路，兜了一个大圈子，这样追踪他的人就会在他前面通过，这就给了他逃跑的时间。他本想用披风把自己隐蔽好，但他刚把马的脚给捆好，就倒在沙地上，昏睡了过去。

他醒来的时候天已经黑了，冰冷刺骨。阿列克谢知道自己很幸运，醒来的时候没有人拿把刀卡在他脖子上。他的头很痛，胃也在苯丙胺的作用下乱跳。不能点火把，他只能靠走动让身体暖和起来，吃着最后一块卢尔人的面包。他的水很冰，但他知道自己必须喝。真的，喝了冰水之后他的头脑才清醒了，想起库尔德人的马鞍。它们都还在马上。将面包、干羊肉和饲料拿出来之后，他将马鞍丢到了岩石堆里。

现在既然已经醒了，阿列克谢决定夜里赶路，白天睡觉。他不能按照之前的方式走，那样很可能会再遇到埋伏。明智的毛贼绝不会在晚上本来可以睡觉的时候坐在路边，因为旅行者不会在晚上赶路。

第二天晚上，他爬上一段坡路，月光下，伊拉克广阔的平原出现在他的下方，远处有一个挺大城镇的簇簇灯火。阿列克谢看了一眼罗盘方位，读出发光表盘上的数字。那里肯定是基尔库克。经历了五天残酷异常的旅行，也许还得一天半才能到达那里，但基尔库克是安全的。他口袋里有一本瑞士护照，腰带里还有君主金币。他可以找个酒店，吃顿大餐，好好款待一下他的马。

从基尔库克北上，经过一段悠然舒适的旅程到达摩苏尔。在摩苏尔，乘巴格达铁路可以直达伊斯坦布尔。

阿列克谢终于可以想想未来，而不是如何熬过当下。如果他回到苏联，他们会给他别上一枚勋章，以表彰他所做出的杰出贡献，但之后会将他扔到一路推进的德国坦克前面。待在中立的土耳其是一个不错的主意，但那里是苏联情报部门的主场，只要他们在那里，他活不了多久。瑞士更不行，那里简直像个间谍组成的马戏团，而且那里小，难以藏身。南美洲？内务人民委员部在那里杀死了托洛茨基，他觉得要杀掉他更容易，而且前提还是他乘的船没被德国U型潜艇击沉。

真是够疯狂的，他紧张得胃都拧成了结，但对他来说最安全的地方可能就是德国了。他把那些英国士兵轰上了天，至少这一点会让他们满意吧。

第四部分

远跳行动

第四十九章　1943年，德国柏林

走路时分辨车里的人是否在跟踪你并不困难。这是一个雨天的早上，阿列克谢走出叔叔在外交部住宅区的家，看到街上停着一辆车，车里有三个戴帽子的男人。他们还能更明显一些吗?

他沿着蒂尔加滕公园走向阿勃维尔总部时，他们一直跟在后面。后来，那车终于加速了，呼啸着在他前面停下，差点儿爬上马路牙子。两名穿着大衣的男人从车里钻了出来。司机没将引擎熄火。

“沃尔特·舒尔茨上尉。”其中一个人说。没错是他。

附近所有的德国人都像乌龟一样将脑袋缩回了壳里，他们到处看就是不看他这个方向。他们视若无睹。

“你们是?”阿列克谢平静地询问。

刚才说话的那位将手伸进敞开的外套，把怀表链从马甲口袋里拽了出来，但没有怀表。表链末端拴着一张盖世太保的证明卡。一张简单的、有印章的椭圆形钢牌，上面写着秘密国家警察以及这名特工的编号。这就是他们所要出示的所有身份信息。

“有什么事情吗？”阿列克谢依然平静地问。

“跟我们走一趟。”那名特工命令道。

阿列克谢站在原地，怒气冲冲地望着他们。对峙时间长得让他们开始紧张。另一名特工将手慢慢伸进外套，准备掏枪。

阿列克谢愤然叹了一口气，进了汽车的后座。一名盖世太保坐在他的身边，另一名坐在副驾驶的座位上。

开往普林茨阿尔布雷希特大街的路程很短。阿列克谢觉得他真的没有任何权利生气。他一直过得不错。他干的时间确实比他早先预想的要长得多，那时他还只是慕尼黑车站月台上的一名惊慌少年。

他考虑过服用氰化物胶囊，那是阿勃维尔发的。在伊朗时，他从未带在身上，但回到德国后，他就将其缝在了军装外套的袖子里。抬手挠鼻子时咬开缝线，一切就都结束了。他望着窗外灰色的柏林，想起了阳光灿烂的伊朗，还有阿塞拜疆，这么多年还是第一次。

但这些盖世太保没有搜他的身找武器。阿列克谢知道，他最终总要面对一个无法靠语言摆脱的局面，但他并不十分确定那样的时刻已经来临。

他们开车进了上次他来过的那扇大门，进了同一座院子。阿列克谢决定，如果他们将他带到底层的刑讯室，他就该考虑服用氰化物了。

他们通过一道道门，来到了里面。桌后的守卫盯着穿着陆军军装的阿列克谢。护送他的人没有登记。守卫打开铁门的时候，他们就站在那里，似乎有人在等着他们。

那扇铁门就在那里，在楼梯旁边。阿列克谢摸了摸衣袖，确认氰化物是否还在。确实还在。

可盖世太保推着他上楼，阿列克谢放松了一些。所以，现在不是去牢房。他至少还有一点回旋的余地。

他们一直往上爬。

最后，铁门在一个楼层停了下来。桌子后面有一名守卫。墙上的标牌写着：第六局——外国情报处。

现在阿列克谢又放松了一些。党卫队外国情报处，阿勃维尔的死对头。不是第四局，盖世太保。

护送他的人没有正眼看守卫就从他身边走了过去。

阿列克谢的靴子踏在走廊的大理石地面上。他们在一扇很大、雕琢华丽的木门前停了下来，门右边墙上的标牌上用哥特体写着：第六局局长党卫队少将瓦尔特·舍伦贝格。

办公室里，一名党卫队副官坐在办公桌后，是一名少校，正在打电话。他一只手捂住送话筒，问："舒尔茨上尉吗？"

阿列克谢脚跟并拢，行纳粹礼。"希特勒万岁！"

副官抬手回礼，为了行礼，他只得换手拿住电话，按在胸口。"希特勒万岁。"他指向一把空椅子，"请就座，舍伦贝格将军随时可能会见你。"他看了那两名盖世太保一眼。他们点了点头，出了门。

太阳可能并不灿烂，但阿列克谢不再觉得雨打在他身上了。

舍伦贝格亲自见他？那真的是很重要的事情。这个级别的会见，第一次是和卡纳里斯。舍伦贝格是帝国保安总局的副局长，只听命于莱因哈德·海德里希，而海德里希只听命于希姆莱。现在海德里希死了，被捷克的游击队员杀死了。阿列克谢回忆起他在捷克斯洛伐克的时光，心想，当然只能让刺客从伦敦飞过去空降，因为他们在当地找不到愿意拿枪的捷克人。现在舍伦贝格直接听命于希姆莱，他曾是希姆莱的私人助手，在纳粹里资格老、手段卑劣。战争刚爆发时，他曾引诱两名英国特工在荷兰会面，后将他们绑架并一路拖到德国境内，因而名声大噪。与阿列克谢之前在这里的地下室所见的那个棘手共产主义者不同，那两名懂事的英国人，只需威胁将他们挂到天花板上，就和盘托出了英国在欧洲现有的每一处情报网络。

电话响了。副官接起来说："马上，长官。"他转向阿列克谢说："你进去吧。"

这间办公室比卡纳里斯的要大，装修也更精致。阿列克谢在办公桌前立正，伸起右臂，大喊："希特勒万岁！"

瓦尔特·舍伦贝格长得挺帅，很像电影明星。他只有三十岁出头，穿着保安总局少将军装，脸上露着微笑，绕过极其宽敞的办公桌，来握阿列克谢的手。

阿列克谢觉得这是个好迹象。舍伦贝格的办公桌可谓臭名昭著。据说外面是钢甲，内置机枪，他只要按一下按钮，任何在他面前的人都会被消灭。不论真假与否，这都是大家希望在党卫队那里看到的好莱坞式情节剧。

"舒尔茨上尉，"他和阿列克谢热烈握手，"来，坐。"

舍伦贝格抓住他的肘部，将他带到房间另一侧由沙发、咖啡桌和软垫椅子组成的区域。

阿列克谢紧张地坐了下来。和如今进了纳粹瓦尔哈拉神殿的典型纳粹日耳曼人海德里希不同，舍伦贝格肤色偏深，五官精致。

“所以，舒尔茨，”他开口，“近两年，你一直在柏林这儿的阿勃维尔一局负责近东组，是吗？”

“是的，将军。”阿列克谢缓慢而谨慎地回答。

“你对这片区域所有信息都了如指掌，可以这么说吧？”

舍伦贝格戏剧化地朝他挥动着两根手指，这更像是陈述而不是问题，阿列克谢只好点头。

“这不是我想要谈的内容。”舍伦贝格压低声音，带着一种信任的语调，似乎在告知一个秘密。他靠向咖啡桌，拿起一份厚厚的文件。阿列克谢认识，那是他写的关于伊朗的报告。

“我得说，这读起来像最精彩的冒险故事，”舍伦贝格热情地拍着报告，“我带回家看了，半夜清醒无眠。我告诉自己：我必须见见这个人。”

阿列克谢决定冒个险。“我很荣幸为您效劳，将军，如果您有需要的话。”

舍伦贝格很赞赏地大笑起来。“我的人把你吓了一跳，呃？我来告诉你，我不想一通电话打到阿勃维尔总部的总机，请舒尔茨上尉来普林茨阿尔布雷希特大街一趟。”

阿列克谢礼貌地点头。毫无疑问，这是一个精明、狡猾的家伙，毕竟他是律师出身。

舍伦贝格不再讨论这方面的事情，而是当着阿列克谢挥了挥这份报告，扔回到桌上。“你知道我从中读出了什么关键的东西吗，舒尔茨？地方性知识。一名特工不仅懂得如何处处留心，而且他还独具慧眼，记得自己是间谍，不是什么新闻记者。”他一屁股坐到沙发上，双臂张开，搭在靠垫上。“这是我们存在的问题。除了你，我们在伊朗的行动毫无价值。当然，这是我私下里跟你这么说。”

“当然，将军。”

“我手底下那些军衔高的人整天像记者那样在餐馆里和亲德的王公贵族见面，难怪他们搞不过英国人、苏联人，而你却一直在提供有价值、及时的情报。和他们的夫人做生意，谁也不会怀疑你。”

阿列克谢脸上的表情肯定出卖了他，因为舍伦贝格笑了。“哦，对了，我们在伊朗还有其他情报渠道。他们不知道你是我们的人，只说这个瑞士商人谁都认识，伊朗每个有权势的女人都对他知无不言。只是怀疑你有不法行为，所有人要么是欠你钱、欠你人情，要么就是在和你做生意。真是出类拔萃啊！更何况，你的行动还为我们挣了外汇，与我们其他特工的花费相比，单是这一点就应该给你再晋一级。”舍伦贝格的眼睛在闪烁，“告诉我，舒尔茨，这些波斯女人如何？”

“就像酒瓶里摇过的香槟，长官。”阿列克谢告诉他，“一切看似平静，一旦打开瓶塞……”他双手做了一个爆发的手势。

舍伦贝格开心地拍着沙发背。“不可思议！但更重要的是，正如你提前很长时间告诉我们的那样，同盟国大举侵入——干得好——你不图德黑兰的安逸生活，而是像一名杰出的军官那样服从命令，直奔部落。你为你自己赢得了这个。”他指了指阿列克谢左胸口袋上别着的一级铁十字勋章，“本该是一枚骑士十字勋章。但遗憾的是，你没有德国人做见证。但我们将你报告的细节与我们在伊朗截获的英国陆军无线电内容联系起来，严丝合缝。你狠狠地叮了他们一口。”

除了没有提及他的英勇事迹是由一系列可怕错误导致的之外，阿列克谢准确地叙述了伏击和逃脱的细节。他最初的想法是正确的：唯一对这件事满意的可能就是德国人了。那次惨败的回报是一枚勋章和晋升上尉。此后他一直安逸地坐在阿勃维尔总部的办公桌后。

“我也派了一些人去和伊朗的部落打交道，”舍伦贝格告诉他，“他们拿了我们的金子却不办事。等金子花光了，就把我们的人卖给英国人。英国在易如反掌的入侵中，其遭受的所有伤亡几乎都是你一个人的功劳，而你最后还成功逃脱了。这是为什么？”

即使这不是个修辞疑问句，阿列克谢也没打算回答。

“我们有人懂得如何射击、如何爆破，他们是好士兵，却没有当特工的天分，”舍伦贝格说，“我们招募说外语的人，这很有必要，但他们缺乏一级特工的智谋。你一进入部落就努力发展线人，不管他们是何等奸诈。你一直眼观六路，耳听八方，所以才能及时逃脱。”

“遗憾的是，我一到卢尔人那里，电台就被他们控制了，”阿列克谢说，“否则我也许还能继续发挥作用。”

“那也是徒劳，我向你保证，”舍伦贝格说，“我们的行动大势已去。”他身体前探，手砸在咖啡桌上，“缺乏支援！我们有几个人任务执行得很出色，出类拔萃，但缺乏支援，最后还是功亏一篑。”他朝向咖啡桌对面微微一笑，“我激动起来就忘了礼数。想喝点什么？咖啡？茶？”

“不用。谢谢您，长官。”阿列克谢忠实地回答。舍伦贝格用甜言蜜语包裹他，现在，是要把他吃掉？

“随你吧。”舍伦贝格道。他打开一张大比例尺的伊朗地图，在咖啡桌上展开。“现在，我把你抓到这儿来，关于伊朗我有几个问题，兴许你能为我解答一下？”

“当然，将军。”阿列克谢答道。似乎他也别无选择。

在接下来的近四个小时里，舍伦贝格向他询问了德黑兰的有关情况，先是那里的地形，最后是部落和边境。起初，阿列克谢以为是想给他的故事挑毛病，但不是。尽管舍伦贝格极为谨慎，但越来越清楚的是，他的脑子里藏着什么计划。

终于，将军收起了地图。“我想我现在想知道的就这么多。但我要告诉你的是，明天过来见我，同一时间。”他露出蜜糖般的微笑，“我想我不用再派一辆车去请你了，对吗？”

“不用，将军。”阿列克谢回答。

“再次谢谢你，舒尔茨。和你交谈非常舒心。对了，我们的会面你会保密的，对吗？特别是不能让阿勃维尔知道。”

这也许是阿列克谢收到的最温柔的死亡威胁。“是，长官。”

他们握手，然后阿列克谢再次敬礼。“希特勒万岁！”

“希特勒万岁。”舍伦贝格道。他等到阿列克谢快到门口时，又说了一句，“对了，舒尔茨？”

阿列克谢转身。“在，将军？”

“你的瑞士身份还能用吗？”

阿列克谢不太确定，但以他的关系在德黑兰再搞一张护照不是难事，而且他也不想因此阻断任何选项。柏林现在是远离战争，但谁知道再过一年会如何？所以，他以苏联人的本能给了他们想要的答案：“是的，将军。”

之后，他一个人在办公室外面沿着走廊走的时候，思忖着自己刚才的言行。因为就算他对别的一无所知，他也明白任务汇报和任用面试的区别。

第五十章　1943年，柏林

女仆特意告诉他，汉斯叔叔喝多了。女仆又换了一个，埃尔克走了，大概他们的婚外情关系结束了。这就是你和自己老板搞在一起的结果，阿列克谢心想。你要么成为他新老婆，要么就是前女仆。

她说得对，至少是这样。他餐后喝的白兰地是他们以前两倍的量。德军在斯大林格勒退兵以后，所有知道内情的人都借酒消愁。如果苏联人在一场战役中损失了五十万人，他们会紧急征兵，再派五十万。当德国人损失那么多人时，他们的末日就开始了。尽管收音机里开始吹嘘新式武器和最终胜利，但你总是能分辨出情势有多恶劣。

“对不起，我不能给你雪茄了，我的孩子，”汉斯说，“好雪茄已经断货，现有的货不值得放进你的嘴里。”

“我可能很快又要离开了，叔叔。”

汉斯对这个消息的关切比阿列克谢想象的要强烈。“新任务？”他问，然后意味深长地停了一下，“东部前线吗？”

“另一个任务。”阿列克谢答。

“什么也不能告诉我？”

“对不起。”

汉斯颓然坐到椅子上，苦笑起来。

“即使你再去瑞士，我也没有什么给你的了。我怀疑这年头瑞士人还急着挣德国马克，他们是一个非常实际的民族。”

阿列克谢注视着火光里的叔叔，一言不发。

汉斯·舒尔茨将白兰地一饮而尽，又拿起玻璃酒瓶倒满杯子。他将酒杯放在身边的桌子上，这样他便不必起身了。他以前的那些纪律又废了一条。“至少要等到盟国侵入法国时，我们才会有上等的白兰地。”

阿列克谢只是坐在那里，不知为何，他叔叔觉得这个夜晚很难熬。汉斯·舒尔茨似乎是陷入他愠怒的思绪里，后来他终于爆发了。“我需要向莫斯科传个信。”

阿列克谢怀疑自己听错了。“您说什么，叔叔？”

“向莫斯科传信，我向他们效忠。”

如果保持镇定不是他长久以来的习惯，阿列克谢当时很可能无法冷静下来。他的第一冲动是开始大骂他卖国求荣，但觉得太夸张、做作。他转而平静道：“您要怎么做呢，叔叔？”

汉斯·舒尔茨只是像盯着傻子一样盯着他。“我不知道，你知道。”

然后他变得更加平静。“那么我要怎么做，叔叔？”

一杯白兰地一饮而尽。“没必要再把我当傻子一样。因为你也知道，我一点也不傻。”

汉斯的眼睛在火光的映照下变成了血红色，尽管阿列克谢知道这只是错觉。"实话说，我确实不知道您在说什么。"

汉斯·舒尔茨又像刚才那般苦笑起来。"'实话'，真会用词！"他又满上酒，"你以为，你还能以为，在我苦苦哀求共产主义分子让我的侄子离开苏联时，我竟丝毫不知他们会派一名受过训练的情报军官吗?"那双醉眼凌厉地瞪着他，"甚至，你是我的侄子吗?"

还是那种波澜不惊的语调。"我当然是您的侄子，叔叔。您喝得太多了。"

酒杯不服地砸在桌上。"还不够，没到一半呢，别跟我打哈哈。你是苏联间谍，没人比我知道得更清楚了。我帮过你，现在莫斯科必须报答我。告诉他们我向他们效忠。告诉他们，去啊！"

这是一个极其危险的时候，不只是因为这个人喝得烂醉。整个平行宇宙在阿列克谢面前裂开，曾经混沌不清现在却明若白昼。他敬畏地凝视着它，敬畏这场每个人都参与的游戏。

所以，一直以来，汉斯·舒尔茨都留了一手，打算将他作为安全保证，以防德国输掉又一场世界大战。毕竟，这个人用一个死掉的德国表亲给他创造了一个新的掩护身份，甚至比内务人民委员部做得更好。接着，每一步他都为他铺平道路，帮他安排进入陆军，然后是阿勃维尔，将他放在窃取情报的完美位置上。他自己就像情报军官一样经营着阿列克谢，甚至替他扫清了雷斯勒这样的敌人。但现在，他的生活却处在了危险边缘。是的，如果红军将支离破碎的第三帝国变成了德国苏维埃社会主义共和国，汉斯很可能希望同莫斯科勾结营私。而且，说实话，他们会需要一个像他这样有才能、无所顾虑的人。他们会利用他。他的生活水平会降低一半，但仍然过得比其他所有人都要好。

但假如阿列克谢亮明身份，一旦汉斯在盖世太保那边出现麻烦，那么就等于给了他一张王牌。看，先生们，我给你们揪出了潜藏在阿勃维尔内部的苏联情报军官，用他来换我一条命。很可能他随时准备在关键时刻出卖他的苏联侄子。

最后，是亚库舍夫同志的一席话帮他下定了决心。阿列克谢依然能够听到那个死人的声音。我们不是演戏，秘密特工在任何时候都不能明示或暗示自己的真实身份，除非对方已经知道了。暴露是绝对致命的，不管情势如何，只要你沉着机智，总会找到办法。

所以，一番思想斗争之后，到阿列克谢亮牌的时候了。他站了起来，来表明他自己是德国人的态度。“叔叔，出于对您的爱戴、感激和忠诚，我会装作这番对话从未发生。”又补充了一句，“如果您想效忠苏联人，我建议您耐心等待，等到他们攻入柏林。”

他走了出去，走出房间，走出家门。他认为刚才自己把德国军官的那种自命不凡演绎得很到位，但他依然还是要出去，而且不能再回去。他必须找个军队住所。

他抓着大衣，在身后关上门。雨夜，天阴沉沉的。他要走走。他沿着熄灯的街道小心前行。

一个人从他前面的门口冲了出来。阿列克谢几乎要伸手摸刀，结果发现是一名空袭报告员。那人大喊：“15级空袭危险！”然后一路疾跑，使出吃奶力气大喊。这句话意味着敌军一场大型空袭马上来临。

一两分钟后，防空警报响了。阿列克谢不明白雨天的晚上能见度这么低，英国人如何轰炸，所以他还是一直走。

探照灯突然打开，天空亮了起来，随后蒂尔加滕区柏林动物园高射炮塔上的防空炮开火了。他们快速地射击，声音震耳欲聋。定时引信炮弹在云层上方炸开，爆炸伴着闪光，映出了云层的轮廓。阿列克谢只是驻足观望。场面真壮观啊。

随后，高射炮射击间隙传来了飞机发动机的声音，似乎飞得很低。不一会儿，所有的声音都被远处炸弹爆炸的声音掩盖了。阿列克谢通过从看到爆炸火光到听到声音的时间，来估算他们离这边有多远。

一发一米长的绿色照明弹坠落到距离街道一百米的地面上，上下滚跳，最后停了下来，好像千条蛇般发出咝咝声。它突然点亮了街道，如同一场可怕的噩梦。阿列克谢马上意识到那是什么。是引导空中轰炸机投弹的照明弹。他开始跑起来。

他恰好在德国人所谓的地毯式轰炸的边线上，爆炸距离越来越近。

阿列克谢在跑的时候，用手捂住耳朵，嘴巴张开。声音震耳欲聋，气浪极为可怕。爆炸的冲击波像他父亲的拳头一样袭来，但现在像是钢筋抽在身上。脚下的地面上下起伏，他直接摔了个脸着地。爆炸将他弹了起来，像个玩具娃娃一样在人行道上翻跟头。它们的力量如此有威力，他完全站不起身来。一枚燃烧弹爆炸了，闪起火光，一道火焰喷射两条街。一栋楼的整堵墙倒在他面前的街上。又是一阵冲击波将他震到半空中，旋即狠狠摔到地上。强大的压力使他感觉无法将空气吸到肺里。

街上所有的窗户都震碎了。阿列克谢双手抱头躺在那里，上面飘下一阵玻璃雨。当他感觉“雨”停下来的时候，抬头望去，街上满是残砖碎瓦。碎玻璃在通红的火光照映下闪闪发亮。

在爆炸中，街上有一个人从他身旁跑过。那人身上着了火，后来火焰吞噬了他，但那人一直在跑。他感觉听到了一个女人呼叫:“杀人了!”一片轰鸣声之中，他也不知道自己是真的听到了，还是那只是他头脑中的声音。

他意识到留在这里是死路一条，于是爬到了最近的一栋房子门口。门已经被炸飞了，他爬了进去，来到漆黑的走廊里。炸弹猛烈地震撼着整栋房子，墙壁前后晃动。

他意外地撞到了楼梯。于是他向下爬，寻找安全的地方。整栋楼摇晃着，似乎随时可能坍塌。

向下转过第一个弯后，他可以抓到扶手借力，站了起来。他一瘸一拐的，用一只胳膊伸到面前探路。他碰到一扇锁着的铁门，于是开始砸门，边砸边喊。门开了，很多手将他拽了进去。

里面如井底一般漆黑，但有孩子在喊，女人在哭。实际上，阿列克谢倒觉得这种声音是一种巨大的安慰。他又被往里拉了一些，门在身后关上了。有人拿出一盏提灯，他终于能看见了。这是这栋楼的防空避难所，里面塞满了人。

有人问了一个愚蠢至极的问题。“外面怎么样了，上尉?”

“糟糕，”阿列克谢说了句，“糟透了。”

他在门边上找了块地方倒下。猛烈的撞击还在继续，在地下这么深的地方感觉就像一个铜鼓乐队。

有人在戳他的胳膊。他身边的一个男孩说:“你身上是什么东西，上尉？”

“什么意思？”阿列克谢问。

男孩用手在他身上扫拭。“是玻璃，”他说，“你身上全是碎玻璃。”

“小心点，别割到自己。”阿列克谢不假思索地说。

“别担心。”男孩道，手里拿着那顶希特勒青年团的帽子，认真地帮他掸掉身上的玻璃碴。

男孩掸完后，阿列克谢脚上留了一堆玻璃碴，在提灯照射下闪闪发亮。

阿列克谢想起上面的街道铺满了碎玻璃，在通红的火光下闪着光。首先映入他脑中的念头是，德国人在水晶之夜对犹太人犯下的罪行，现在报应来了。

大约一个小时之后，重击声平息了，人们开始争论是否出去看一下，结果被避难所门上的拳头砸门声所打断。他们开了门，一名消防员拿着手电筒站在门口。

“所有人出去，”他命令道，“起风了，可能会有大火。”

当他们蹒跚进入街道时，远处的地平线有三个方向上都是红彤彤的。他朝着看上去安全的地方走去，小心地穿过瓦砾。阿列克谢肩上扛了一个小女孩，怀里抱了一个幼童，这样那个母亲就可以自己抱着婴儿了。他们走的时候，随时都可能有一栋摇摇欲坠的楼房轰然倒下，或者一颗延时炸弹的爆炸划破宁静，那样，所有人都会惊恐地尖叫起来。

阿列克谢发誓要离开德国。不管舍伦贝格有什么后招，他都同意。他必须离开。

第五十一章　1943年，柏林

“很好，你准时到了，”阿列克谢进门的时候，舍伦贝格淡然说，“穿过街道简直就是与魔鬼同行。我的副手肯定是丧生了，可怜的家伙。想不出任何其他原因他没来。”

是的，你应该想不出来，阿列克谢心道。他依然穿着那身被炸坏的军装，胡子也没刮，但舍伦贝格看上去很精神，衣服熨得笔挺。他弯腰对着大办公桌上摊开的地图。在他旁边以相同姿势站着一名武装党卫队的少校，四十来岁，身材健硕，差不多有两米高。他戴着帝国师的臂章，脖子上挂了一枚骑士十字勋章。但你首先注意到的是横贯他左脸的一道深疤。阿列克谢自认为也算这方面的专家，他排除了是刀伤或弹片划伤的可能性。此前他从未对有剑伤伤疤的德国人印象很深。把那个给你留下这道疤的家伙指给他，他就会留下印象了。

舍伦贝格说：“这是沃尔特·舒尔茨上尉，这是奥托·斯科尔兹内少校。”

所以他就是那个人，握手时阿列克谢心道。斯科尔兹内也同样打量着他。他领导手下将意大利独裁者墨索里尼从监禁中解救出来，并带到希特勒面前，获得了那枚骑士十字勋章。尽管阿勃维尔的小道消息称，活儿全是最厉害的空军伞兵教导营干的，希姆莱却设法让党卫队的斯科尔兹内拿到了所有荣誉。这就是纳粹政治。

“我就坦率说吧，”舍伦贝格道，“我需要一名优秀特工潜入伊朗，为一次军事行动做好准备工作。我决定就派你。你有什么要说的吗？”

每当他们说对你坦率的时候，你可以认为他们没有。但阿列克谢也已经下定决心。“我听您的，将军。”

舍伦贝格又冲他灿烂一笑。“很好！唔，现在没有必要再遮遮掩掩的了。我可以告诉你怎么回事。这是件大事，我们最好坐下来。”

他们都坐到坐垫柔软的椅子上。阿列克谢耐心地等待着，他知道舍伦贝格，与其他那些人一样，都是戏精。

“我们知道一件确定的事情，”舍伦贝格开始说，“所谓的三巨头——斯大林、丘吉尔和罗斯福——将于今年11月28日至12月1日齐聚德黑兰。这将是一个千载难逢的机会，我们不能错过。我们会把他们全部消灭。”他用手做了一个割喉的手势。“这将使同盟国的军事行动倒退数年，给我们一些喘息空间，部署新式武器。你们觉得如何？”

阿列克谢觉得这是他这辈子听过最疯狂的事情，甚至比一群苏联大学生觉得自己可以杀死领袖还要疯狂。且不说丘吉尔和罗斯福。只要那两人在斯大林旁边，他们肯定有一个师的内务人民委员部的机枪手围着，尤其是在德黑兰。但当他听到这件事的时候，他依然像苏联人那样，知道这是党的路线。所以，他像一名优秀的党员大声说："我同意，将军。否则我们就不算为国尽责。"

"这正是我想听到的。"舍伦贝格狂喜道。斯科尔兹内只是专心地注视着阿列克谢。"计划是这样。时间紧迫，所以我们会把你空降到伊朗。你在德黑兰会议区附近找几处安全屋，搞几辆汽车，准备好一处伞兵空降区并标注出来。一旦时机成熟，斯科尔兹内少校的人——党卫队特种部队弗雷登塔尔部队——将会空降过去执行这项任务。之后，部队将退到部落地区，跨过边境到土耳其。"他转身向斯科尔兹内微笑。"奥托从这边跳到阿布鲁奇解救首领[1]，现在他将进行一次远跳，消灭三巨头。这就是'远跳行动'。全程由你担任向导。你有什么想法？"

阿列克谢没打算表达自己的想法，但如果这间房中所有人都准备疯狂起来，那么他最好也加入。"您还记得我们昨天的会谈吧，将军？我们讨论到您的手下还有我在部落那边遇到的问题。"

"对。"舍伦贝格说，皱起了眉头。

哦，这个人可是一点也不喜欢别人反对他，阿列克谢心道。"唔，我是否可以提个建议？德黑兰以南的库姆–德黑兰公路上有一处盐湖床。这片区域附近平若镜面。经年沉积，干旱紧实如混凝土一般。我可以准备几桶燃料作为跑道指示灯，哪怕

1 指墨索里尼。

最大的飞机也能在那里轻松起降。收到我的无线电信号就出发。这样的话，少校的部队可以撤离。”但愿好运，总是有用的。

“对当地很了解！”舍伦贝格称赞道，他抓住了斯科尔兹内的手臂。这时阿列克谢注意到这个大个子对此并不关心。“这就是为何你们必须了解当地情况。很好，舒尔茨。你这一个灵感解决了许多问题。稍等一会儿。”他抓着下巴，陷入了沉思。

阿列克谢和斯科尔兹内耐心地等待着。

“有了！”舍伦贝格终于说话，“你们将按照计划杀掉斯大林和丘吉尔，但要绑架罗斯福，送到元首那里，以此和美国谈判，让他们退出战争。”他得意地笑了，急切地观察阿列克谢和斯科尔兹内脸上的反应。

像这样从头到尾保持镇定几乎就和应对汉斯叔叔希望他同莫斯科搭线一般困难。如果同盟国看到第三帝国是如何做出决策的，他们一定会笑到不能自已。然后，想到斯大林得知德国会入侵时是如何应对的，或许又不会笑了。不论如何，阿列克谢心想，舍伦贝格是读了太多冒险小说，坏了脑子。让他写的伊朗任务报告见鬼去吧。或许纳粹将著名的心理学家弗洛伊德驱逐出境并非因为他是犹太人，而是怕他诊断出他们都是疯子。他转而观察斯科尔兹内会如何处理，或者看他是否和舍伦贝格一样疯狂。

“如果我可以——”斯科尔兹内缓缓道，这是他当着阿列克谢的面说的第一句话。他的声音低沉沙哑，似乎透过他的长相也能想象到的，“——杀掉的话，一定会杀掉。可能的话，俘虏他。”

“当然，当然。”舍伦贝格说，拍着他的膝盖，“放心，帝国领袖[1]和我相信，你们定会大获全胜。”

阿列克谢庆幸自己不是唯一有压力的人，现在有舍伦贝格和希姆莱一起敲打刀疤脸奥托的脑袋。

“你将立即被隔离，”舍伦贝格对阿列克谢说，“我们不能冒一丝泄密的危险。间谍无处不在。呃，你听说了吗？苏联有名间谍告诉他们说，我们会入侵。”

这让阿列克谢吓了一跳，以为自己暴露了。

“是的，”舍伦贝格继续说，“一个叫佐尔格的混蛋，扮作德国驻东京的记者，他很可能根本就是苏联人。日本人抓住了他。”

好吧，舍伦贝格误以为他脸上掠过的表情是愤怒。阿列克谢自问，你什么时候才能真正做到处事不惊。基于他的亲身经验，答案是不可能的。

“所以我们再小心也不为过，”舍伦贝格继续说，“而且你需要协助，有人帮你操作电台。”

“我是一名非常合格的报务员，将军。”阿列克谢立马道。

“嗯，我觉得搭档会有用的，”舍伦贝格坚持道，“根据之前的教训，我们发现两个男人在一起太容易引起注意，所以我会送你一个老婆。”他又坐了回去，似是在期待掌声。

阿列克谢说：“如您所知，将军，我之前自己一个人执行任务没有任何问题。”

“当然，当然，但在这种情况下，多一双手就可能改变世界。和你上次任务不同，这次保安总局定会助你一臂之力。”

1　指党卫军头目希姆莱。

无须很强的洞察力就可知晓，现在将军不希望别人与他争辩。他们从阿勃维尔绑架一个陆军军官的唯一原因就是他们需要他。他们会给他配一个保安总局女特工监视他，成功的话功劳会算到她和斯科尔兹内头上。

“我坦白告诉你，战争到了这个地步，要找会说特定外语的合适人选几乎是不可能的，”舍伦贝格道，“她将是你说德语的瑞士妻子，但不用担心——绝不会找一个军衔比你高的女人。”他走到办公桌前，拿起电话，按了一个按钮。阿列克谢听到房间外面的电话响了。

过了一会儿，没有丝毫动静。舍伦贝格挂掉电话，只是稍微有些尴尬。“我忘了我没有副官了。”他走到一扇侧门前，打开门说：“进来，进来。”

她肤色偏深，不可谓不漂亮，头发一丝不苟地梳到脑后，用发卡夹起来，身材隐藏在党卫队制服里。她是一名中尉，左袖上有信号兵的闪电箭头标志，肩章上绕有集中营守卫的棕色绲边。

“这是沃尔特·舒尔茨上尉，”舍伦贝格郑重地说，“厄纳·富克斯中尉。”

“中尉你好。”阿列克谢礼貌地说。

她抓起他的手，迅速地抬到他锁骨位置又降到腰带以下。“我期待我们的任务，上尉！”

多刺的玫瑰。阿列克谢想告诉她没有必要那么大声，但只是微微一笑。

这运气真是太不可思议了。无疑，保安总局派到伊朗的所有说波斯语的特工都被英国人和苏联人抓了。所以，真的，他将作为德国特工回到伊朗，而这多亏了他做苏联特工时的个人努力。生活真是无奇不有，但至少他要离开柏林了。即使他没有被英国炸弹炸得七零八碎，但所有人都明白大难将至。西方的同盟国如果这个夏天没在法国登陆，明年肯定会。苏联人如果今年没撕开德国在东方的防线，明年绝对能。一旦一切都崩溃了，他最不希望的是两边在纳粹首都会师时，他仍是柏林的一名情报军官。几乎可以肯定的是，德国人会让他这样一个拥有铁十字勋章、受过步兵训练的上尉冲在最前面，然后被美国人打死。这下不用了，谢天谢地。

第五十二章　1943年，伊朗上空

阿列克谢知道自己刚才在做梦，但当你被猛烈地晃醒时，你就什么也记不起了。他睁开眼，什么也看不到。意识到自己现在已经醒了，没在做梦，但觉得自己像瞎了似的，这时才记起为了遮住飞行护目镜透进的光线，他用围巾绕着眼睛系了一圈。他松了一口气，尴尬地将围巾摘下，回到容克Ju–290远程侦察机肮脏油腻机舱的现实当中。至少睡着的时候，耳朵里塞上棉花，扣上飞行皮头盔，他就不必忍受从副油箱那里灌进机舱的汽油味和那四台震耳欲聋的发动机，也不必担心那个摇摇晃晃的大家伙会在空中散架或着火。这时他才觉得长途的火车旅行并没有那么难熬。

富克斯中尉的嘴唇在他面前翕动。阿列克谢扯起飞行头盔的一角，声音就灌了进来。

“你怎么睡得着呢？”她问道。

“那也比盯着舷窗外面八个小时要强，”阿列克谢大喊着回答，“你把我叫醒就是问我这个事？”

“领航员找你。”

阿列克谢手扶着机舱顶，走到这架颠簸前进的飞机头部。尽管他穿了件羊皮外套，还是冻得够呛。

领航员弯腰盯着桌上的地图，阿列克谢拍了拍他的肩膀。

领航员指着地图上他们的航线。从维也纳到保加利亚，他们之前在那里落地，将油箱加满了油，接着穿过土耳其和伊拉克，现在到了伊朗。他们马上就到了。阿列克谢挤到领航员座椅后面，从观察窗向外望去。晴朗的夜空下是一片黑黢黢、广袤的伊朗沙漠，还有几座大小不一的城市所发出的微弱灯光。这和地图上完全对上了。是的，下面是哈马丹。阿列克谢敲了敲地图上的这座城市，点了点头。领航员也点头回应。阿列克谢很高兴这个家伙的技能很全面。德国空军试飞编队特种任务分队的人水平都不差，他们整天在敌后飞来飞去，必须这样。

伊朗沙漠广阔无垠，空降到错误地点意味着还没走到有人居住的地方水就喝光了。

她已经开始套降落伞了。扣背带的时候，她的手在颤抖。怕得要死，阿列克谢心想道。但又有什么好奇怪的呢？多年以前，他从慕尼黑车站下火车的时候膝盖也一样哆嗦，况且当时还不用跳伞。一旦遭遇过阿依达那样的，你就永远不会嘲笑女间谍了。但这位是无线电文员，在他们招募志愿者的时候，出于对国家社会主义的狂热她自告奋勇。她对将要面对的一切一无所知。

他们的飞行服里面都穿着便装。阿列克谢不情不愿地脱下他的大衣和绝缘靴，系紧皮制跳伞靴，绑上皮面棉里的护膝。

他仔细检查了RZ20降落伞，然后才背到背上，两条背带绕过双腿卡在腹股沟处，另两条扣过腰部和胸部。

因为RZ20降落伞的特点，背着这种降落伞执行任务的德国伞兵只能带一把手枪、一把刀，或许再加一把冲锋枪，其他所有装备都是用集装箱单独空降。阿列克谢和富克斯没有后一个选项。她坚持要带上电台，于是电台箱就绑在她的英式帆布包上。阿列克谢找了根绳子绑起他的行李，系在腰带上。他出舱门时必须将包抱在怀里，伞打开后再放下。

飞机上的一名射击员走了过来，将对讲机线插进了一个插口。他打开容克飞机两侧的货舱门中最后面的那扇，灌入的空气更加刺骨。阿列克谢指着舱口，富克斯使劲摇头。她想先走。随你便。

飞机开始逐渐下降。富克斯将编织的降落伞固定拉绳夹在头顶的横梁上，因为害怕舱口而死死抓住一根露出的铝制桁条。阿列克谢将他的拉绳也夹到横梁上，就站在她的身后，抓住拉绳使自己在颠簸的飞机中保持平衡。他向一侧的小舷窗外望去，确信他们正在飞过库姆上空。

射击员正通过喉式传声器同驾驶舱联系。他伸出一根手指。一分钟。富克斯盯着外面的黑洞。阿列克谢用靴子轻推她，直到她望过来，看到了信号。

富克斯紧紧握住那根救命的金属桁条，她向前滑步，来到舱门边缘。射击员示意稍候。阿列克谢用力拉了一下固定拉绳。背着德式降落伞，你必须头冲前跳出舱门。如果你身体不是横着出去，开伞时就会翻跟头，而且很可能会缠到伞绳上。

射击员示意离机。富克斯站在那里一动不动，盯着敞开的舱门，似乎她觉得难以置信。他们飞行时速一百二十五公里，就在她下决心的时候，他们已经飞过了很远一段距离。阿列克谢没打算因为她逡巡不前而飞回柏林。他单手抓住头顶横梁，将自己甩到前面，将她踢出舱门，然后双手将包裹紧紧抱在胸前，紧随其后，跳了下去。

当他穿过飞机后面的滑流时，阿列克谢感觉容克飞机的叉状机尾就在他头顶几公分的地方，然后，他在夜空中坠落。与往常一样，一切静得出奇。降落伞也有些德国人的特点。假如没打开，下降的速度会越来越快。现在伞还没打开。

突然嘣的一声，开伞的冲击力大得几乎将他眼珠子给崩出来，猛然将他的身子折了起来，他的膝盖几乎顶到了脸上。阿列克谢真切地看到了星星，并不是真正的星星，而是因为两根向上的粗伞绳挂在了腰带的两侧，使他脸朝下前倾落向地面。在这种冲击下，他没有抓住背包，而且现在一根伞绳悬荡在他两脚之间。腰带上吃的劲说明背包依然还在。

今夜，沙漠里有风，鼓动着他的降落伞前后摆动。不太妙。你无法抓住RZ20降落伞的伞绳控制方向，只能做出游泳的动作，至少保证你面向风吹的方向。这样护膝就不可或缺了。

这时伞在猛烈摆动。阿列克谢担心他还没落地，伞已经坍了下来。他望着地平线，趁还没摔下去看看能不能想出什么办法来。他并脚弯膝，这样至少他可以知道他的包什么时候先着地。

就在此时，风将他吹了过来，身体再次前倾。他没能做出德国伞兵标准的前滚翻着地，而是脸先冲进了一座大沙丘。

他可能昏过去了几秒钟，但如果没人告诉你，你永远都不会知道这事发生过。马上他就意识到依然鼓着风的降落伞将他猛地拽出了沙丘，一路向下拖到了地面上。

他无法拉到伞绳将伞收起来，身上有太多扣需要解开。阿列克谢摸到了飞行服右腿上的粘扣口袋，握住了德国伞兵重力弹簧刀。他将刀从口袋里抽出时，刀刃从柄中弹出。他按住拇指钮将刀锁住，然后向一侧翻滚，抓住一根伞绳，用刀割。他依然被伞拖着，但伞绳已经松了劲。他又翻到另一侧，用力割另一根绳子。伴着一声撕裂的声音，伞被吹走，他留了下来，止住了向前的力道。

阿列克谢在地面上躺了一会儿，吐出了嘴里的沙子。他摸了摸自己的脸，惊喜地发现鼻子没断也没流血，所有的牙完好无损。他小心地动了动身体，骨头没断，但隐约能预感到明天早上浑身的感觉。他似乎没什么大问题，于是试着站了起来。有一点站不稳，但经历了刚才那些，这已经算不错的了。

阿列克谢费力地将降落伞背带解了下来，脱下连体飞行服。月亮大概走了四分之三，借着月光，他能看到降落伞。它终于泄了气，摊在大约四十米远的地上。阿列克谢取出背包里的挖掘工具，开始挖坑。松散的沙地挖起来毫不费力。他将飞行服、护膝、头盔、伞具、背带都塞了进去，盖上沙子然后抹平。

最后他将帆布背包搭在肩上，爬到最近的沙丘顶上，看看是否能辨清方向。

除了沙丘什么也看不到，也没发现富克斯中尉的迹象。

一个不会说波斯语的德国女人独自在伊朗沙漠里，那怎么行？如果她不出现，那她最好祈祷自己被英国人找到，否则不是渴死就是被伊朗人先奸后杀。

阿列克谢在丘顶长长地撒了一泡尿，拿出地图和罗盘。在他左侧突然亮起一道光。他迅速趴在沙丘上。光线消失，然后又出现了。这可不妙。他要么是在别人头顶跳了下来，要么就是有人极为迅速地赶到了这里。他伸进外套摸他的手枪。

阿列克谢将这把布朗宁9毫米手枪上膛，耐心地等待。光线又突然出现了，这次更近了。不一会儿，变了风向，他能听到有个声音在喊："舒尔茨！舒尔茨！"

富克斯。在沙漠里打着手电乱跑，还扯着嗓门大喊大叫。她差一点儿就发射信号弹了。

阿列克谢一直心绪不宁，不知道如果自己被英国人抓了，苏联人是否会承认他。根据莫斯科那天的风向，那些混蛋可能就稳坐在那里，任由他被当作德国间谍枪毙。

他斟酌了一下自己的选项，认为她这么笨拙，带在身边不会有什么危险。

富克斯行走在沙丘之间，当然，她在这里看不见任何东西。她一手拿着手电筒，一手拿着鲁格尔手枪，依然吼着，"舒尔茨！"尽管现在她的声音已经到了歇斯底里的边缘。

阿列克谢没打算跳出去和她碰面。她手里还拿着枪呢。在她喊叫的间隙，他在丘顶说："小心手枪。"

他的声音吓得富克斯跳了起来，一枪不小心打进了沙丘的一侧。

阿列克谢直摇头。还好不是引爆了什么TNT炸药，但在夜里那动静也够大了。

富克斯松了一口气，几乎倒在地上。“天哪。”

阿列克谢说：“你何不把枪放回枪套，省得再闹出动静？还有，拜托你把手电关掉。”

她很不好意思地照做了。“你刚才去哪儿了？”

“找你，但我没有去惊动两公里以内的所有人。”

“天哪，好冷。”她喊道，用手摩挲着胳膊。

“这是沙漠，”阿列克谢说，“降落伞你埋了吗？”

她不服气地答了句“当然”。

“好吧，”阿列克谢说，“那么我们翻过那边那座山，就可以找到方位了。”

“那个方向有一条路。”她指道。

“对，我跳下来的时候就看到了。那是库姆–德黑兰公路。”

“那我们为什么不从那里走？”

“因为就算我们没有招来英国巡逻队，路上遇到的任何一个开车的人都会把我们送到最近的英国兵营，卖掉换钱。”

中尉说不出话来。

“我们先找到方向然后走到库姆，”阿列克谢说，“应该不超过二十公里。我们天亮之前能赶到。”

“为何不去德黑兰？”

“德黑兰到处都是英国、美国以及苏联的士兵，他们四处搜捕德国间谍。库姆是穆斯林什叶派圣城，朝圣者和信徒往来不绝。我们可以先在那里潜伏下来，等待时机。”

“准备任务的时候你为何不提？”她急问。

“因为那时有不了解内情的人会不让我这么做。我是伊朗专家，还记得吧？”

又是沉默的回应。

实际上，阿列克谢是不希望他们直奔德黑兰之后，却发现他的瑞士身份已经暴露，英国人正在搜捕德国间谍。他觉得最好还是先在库姆藏起来，用脚指头先试试水。

他背上背包时，富克斯抓住他的胳膊。远处亮起了车灯，而且正是沿着他们之前走过的路线。

“你觉得会是谁？”富克斯焦急地问。

黑暗中，阿列克谢只是摇头。不会吧？这么愚蠢的问题。“当然是英国巡逻队。不会有其他人晚上在伊朗沙漠里开车。”

“为什么不可能是罪犯呢？”富克斯忙问。

她的声音里明显透着恐惧。“罪犯不会开着灯，”阿列克谢耐心解释，“他们害怕遇到英国巡逻队。”

“你认为他们是怎么发现我们的？”

“我确定这绝对和开手电、大喊大叫以及开枪没关系，”阿列克谢答道，“你自己看看晚上在沙漠里光线能传多远？”

似乎是对他这句话的回应，富克斯拔出了鲁格尔手枪。

“我看看你的枪。”阿列克谢说。

她直盯着远处的灯光，交出了手枪。

阿列克谢确认她的枪上了保险，然后塞进外套口袋里。

“你干什么？”富克斯问，“快给我。”

“我们不能杀了他们，”阿列克谢耐心道，“如果他们人不见了，整个英国军队都会出动寻找。如果发现他们被人打死了，也会发现我们埋掉的伞具，然后就会在全国范围内搜捕两名德国间谍。”他想了一下，“把你的手电给我。”

富克斯把手电递给了他。

“放松，别做任何傻事。”阿列克谢建议。他靠向她的背，裁下一块衬住他们电台的麻布，包住手电的光圈，然后打开手电。光透过麻布微弱地亮了起来。

“你在干什么？”富克斯急忙问，有些惊慌了。

“把他们引到这里。”阿列克谢回答。他将手电放在地上，对着前进的车灯。他们之前有些迂回，但现在直奔他们而来，越来越快。等到靠近的时候，他看到那是一种他们叫作“吉普”、样式奇特的美国越野车。“好了，”他说，“现在我们下到背面去。”富克斯像只小狗一样跟着他。

吉普车在山丘底部停了下来，车灯照着松土上那对径直往上的脚印。两个男人下了车，都戴着英国陆军特有的那种馅饼盘状头盔。一个人掏出左轮手枪，另一个人到吉普车后座上拿步枪，枪上装了一把长军刺。他们悄悄地商量了一会儿，然后远远分开，从足迹两侧上山包抄，武器都上了膛。

在山底，两个黑影从他们刚才栖身的岩石地上起身，一个人影迅速地绕过山底，另一个紧随其后。

阿列克谢轻轻地将帆布包放在吉普车座椅上，溜到方向盘那里。发动机没熄火。最简单的把戏效果永远最好。富克斯一坐上去，阿列克谢就松开离合器，油门一脚踩到底。吉普车向后一震，熄了火。山顶上迸发出两股火光，子弹从头顶飞过。仪表盘那里几乎什么也没有。阿列克谢转动手柄开关。没有任何反应，他又拧了回去。一颗子弹从他身边掠过，打掉了后视镜。

“快发动。”富克斯大叫。

阿列克谢看不到脚下，只好用脚在踏板附近摸索。上面子弹横飞，他喊道："你看到启动开关了吗？"

富克斯探到仪表盘下面，阿列克谢可以看到她一通乱按，但她肯定是碰到了什么东西，发动机发动了。阿列克谢踩下油门，这次他将变速杆拉了下来。吉普车猛地前冲。阿列克谢转动手柄，又给了点油。前进挡停在了三挡，所以没费多少工夫。又一颗子弹射进了后排座位上。将油门踩到底，阿列克谢终于有时间将关灯的活塞按了下去。黑暗中，子弹仍不断飞来，却不似刚才那般近了。

这车跑得并不快，但他们一直在移动。阿列克谢察看了一下。富克斯还躲在下面，几乎是挤在仪表盘下。阿列克谢喊道："别担心，我们逃出射程了。"

话刚落音，一颗子弹打穿挡风玻璃，如果她在上面，那里就是她脑袋所处的位置。"我错了。"阿列克谢说。

这时富克斯坐了起来，盯着弹孔，双手紧紧抓住座位两侧。

"至少我们现在不用步行了。"阿列克谢喊道。

她转身瞪了他一眼，半是恐惧半是愤怒。"这和杀了他们没什么不同。他们会找到这个东西，然后找到我们。"

阿列克谢不禁大笑起来，一来笑她，二来纯粹是庆幸自己还活着。笑声压过了汽车的声响，风从敞篷车上方呼啸而过，渐渐微弱的枪声还固执地在远处持续。"别担心。他们会以为自己被伊朗毛贼摆了一刀。我们会把车留在我熟悉的一条街上。中午之前，这车连一个螺丝都不会剩下。"

他安下心来，注意着前方的沙漠。若是撞到什么东西，然后又不得不重新步行，那就尴尬了。

第五十三章　1943年，伊朗库姆

阿列克谢转动锁孔里的钥匙，冲进宾馆客房。他为她买的行李箱还开着，里面的东西也都小心地取出了。天哪，他们是在进行间谍活动，不是度假。他冲进浴室。厄纳在浴缸里，他的不期而至吓得她几乎搅动水浪，一跃而起。

“你干什么?”她露出半边身子，本能地用一只胳膊护在胸前。

“快穿上衣服,”阿列克谢命令道,“我们得离开这里。”

“什么?”她问，恐惧使得她提高了音量。

“快点。”阿列克谢再次催道。

回到房内，他打开桌子的抽屉，里面所有的东西都收拾得井井有条，就像典型的德国人。他把所有东西都扔进行李箱里，将箱子合上，和他那只未打开的箱子以及门边装电台的那只放在一起。

她从浴室中出来，一只手扣着衬衣的扣子，另一只手挥舞着鲁格尔手枪。

“把那把该死的枪收起来，”阿列克谢厉声道，“穿上鞋，准备迎接英国陆军的拜访。”

“你怎么知道的？”她问，声音在颤抖。她艰难地穿上鞋，一只耳朵下有一撮肥皂沫没擦掉。

“给小费一定要大方。”他打开门，手里拎着两只行李箱。装有电台的那只是她拿的。“快点，快点。”

她穿上外套，将鲁格尔手枪塞进皮包，拎起了装着电台的箱子。

阿列克谢已经走到走廊了。他们走到后面的楼梯，快速下楼。她朝出口走去，但这是一家小宾馆，阿列克谢已了解到后门是锁上的，以防房客欠费开溜。他为她打开了员工通道的门。

时值中午，为数不多的几名员工都在别处。这里甚至没有洗衣房。他们肯定是把床单送出去洗，或者，压根不洗。沿着这间脏兮兮的厅室往外走，就到了宾馆的工作人员出口。阿列克谢将门开了一条缝，察看是否有什么意外。没有，巷子里空无一人。“过来。”他道。

到了巷尾，他贴在拐角处瞥了一眼。宾馆门口停了一辆英国吉普，一个穿着卡其色军装的士兵正在抽烟，丝毫没有注意到他们。

阿列克谢出了巷子，往相反的方向而去。就在这时，一辆空的出租马车沿着街道驶向宾馆，准备揽客。阿列克谢招手，车夫掉转车头。

他将行李和厄纳弄上车，示意车夫沿着街道往前行驶。“他们到处检查旅馆，比我预想的要快一些。”他低声用德语说。

厄纳打开化妆盒，但她满头大汗，脂粉已经于事无补。她的手抖得厉害。“我们要去哪儿？”

“别担心。我刚才出去就是为这事。我为咱俩租了一套房子。”

第五十四章　1943年，伊朗德黑兰

阿列克谢用俄语道："您好，商务参赞同志。"

叶夫根尼·德米特罗维奇·马图什金立即转身。德黑兰大巴扎里像迷宫一样，人员混杂，买卖的人熙熙攘攘，这里没有阴谋诡计。这个地方很容易做到跟踪别人而不被察觉，或许他曾经不小心过，或许他有点谨慎过度。他先是打量了阿列克谢一番，然后放松了。他摇摇头，茫然道："你真是永远让人惊喜不断，大卫。"

"请你喝杯咖啡如何？"阿列克谢问。

"很惬意，"顿了一下，"至少我希望是这样。"

"我会竭尽所能。"阿列克谢说。

没走几步路就到了咖啡馆。他们在角落里找了一张桌子，要了两杯咖啡。马图什金试呷了一口，厚重的苦涩让他皱起眉头，于是加了许多糖。"我们最后听说，你在柏林。"

"四天前，我空降到这里。"

马图什金认为专业人士就应该安之若素、波澜不惊。"我们为何没有耳闻？”

阿列克谢叹气。算是知道了，马图什金一点没变，总是以抱怨开始。“因为德国人把我隔离了。”

“你的任务是什么？”马图什金追问。

“暗杀斯大林、丘吉尔和罗斯福。”

正在喝咖啡的马图什金呛了一口，赶紧拿手帕贴到脸上，防止喷出来。“你说什么？”

“真的还要我再重复一遍吗？”

“你是说德国人让你负责这一阴谋？”

“我来这儿是做准备工作。”阿列克谢递过一盒英国普雷厄尔香烟，“来，来一根。”

马图什金抖出一根香烟点上，在将烟盒揣进口袋之前，简单瞟了一眼里面卷起的纸团。“现在跟我详细说说。”

“我的基地在库姆之外。我准备在会址附近租一套房子用于刺杀行动，在远一点的地方再租一套用于集结等目的，还会购买车辆。德国人会空降奥托·斯科尔兹内和他的党卫队伞兵部队。你知道吧，就是营救墨索里尼的那个家伙。我开车将他们送至德黑兰的住所。他们从那里发动攻击，刺杀‘三巨头’。舍伦贝格和保安总局负责这次行动，他们将我从阿勃维尔挖过去，因为我会讲波斯语，而且熟悉伊朗。我欣然自告奋勇。”

马图什金一直听着，嘴巴有点合不上。然后，他怀疑地望了阿列克谢一眼。“他们不会起用已经在国内的党卫队的人吧？”

“你在说什么？”阿列克谢尖锐地问，“什么已经在国内的党卫队？”

“破坏小组。”马图什金道，似乎他现在不明白阿列克谢在说什么。

阿列克谢也茫然了一会儿，但他总算明白了马图什金的意思。“你是指‘弗朗索瓦行动’的破坏小组？”这是斯科尔兹内的另一项计划，将党卫队的破坏小组空降至亲德的卡什加人部落，这些反政府的卡什加人部落至少在表面上是亲德的。党卫队小组准备炸掉英国人和美国人用来向苏联人运送补给的公路、铁路，他们今年夏天的时候就已经出发了。斯科尔兹内做计划，但他本人不空降伊朗。“我在柏林的时候通过无线电向莫斯科报告了所有相关情报。你是要告诉我你们没有抓到他们吗？”

“抓了，”马图什金辩道，“只有一个小组还在逃。”

阿列克谢感觉到有事情瞒着他。“舍伦贝格给我明确的印象是，他们都损失了，因为缺少支援。”德国空军的运输机部队腾不出一架飞机，因为都在忙着撤离突尼斯溃败中的将军，忙着向被困苏联的部队空投补给。卡什加人拿了黄金、枪支，接受了武器训练，等到再无利可图的时候就将德国人交给了英国人。“这个在逃的小组在使用资金时一定是非常谨慎。”

马图什金似乎不想再谈论这个。“他们对这个愚蠢的阴谋真的很重视？他们以为我们不会采取应有的措施，来保护世界上最伟大的人吗？”

自然，他指的是斯大林，而不是另外两个。阿列克谢点头。“和我一起空降的还有一名党卫队的女中尉。她只会说德语，是个拿着化妆镜也找不到自己屁股的女人。”

马图什金大笑。“大卫，我一直很想念你。你虽常让人生气，但永远这般风趣。之前你失踪了，我很担心。但你就像谚语里的‘破便士’[1]一样，总是会出现。”

“我们当真要提起那段糟糕的往事吗？”阿列克谢说。

“不，”马图什金最后说，“你之前在这里的任务我很抱歉，但都是奉命行事。”

“这是自然。”

“必须立即上报莫斯科，”马图什金道，“最高层要做出决断。”

“英国人一直在追踪我。”阿列克谢说。

“我相信你肯定不会让他们找到你。”马图什金道。

果然不出所料，他又要孤军奋战了。一向如此。英国人想知道他们为什么要放过这两名德国间谍，而苏联人也永远不会告诉他们自己在阿勃维尔内部安插了特工。“把你使馆的电话号码给我。我每天都会给你打。”

马图什金写在一张纸上。阿列克谢只是看了一眼，点了点头。

“上午九点半打给我，”马图什金说，“我只会告诉你时间，所以我们约定的地点就在此处。”他低头看了看杯子。“只是下次我不喝咖啡，我会喝点别的。”

1　英语谚语“破损的便士总是被退回”，形容讨厌的人总是在不恰当的时候出现。

第五十五章　1943年，伊朗库姆

“你去哪儿了？”富克斯中尉厉声问。

阿列克谢想翻白眼，但又忍住了。这就是婚姻的样子。“我告诉过你，亲爱的。德黑兰。”

“这些没完没了的祷告快把我逼疯了。”她抱怨道。邻里那些穆安津[1]每日例行脯礼，还有下午礼拜时的祷告，声音好大。“你听听。”

这个房子住着一位伊朗房客。阿列克谢脑袋里仿佛有一只钟表在运转，他知道什么时候邻居了解了他们的存在，什么时候邻居开始说闲话，什么时候他们该搬走了。“一天只有五次，”他说，“但肯定会让你成为一个早起的人。”

“这不好笑。”她说，又开始在房中踱步，然后转身面向他，“你知道这里有多少犹太人吗？”

所以，他不在的时候，她一直在查探这座城市。他此前

1　意为“宣告者”，是指伊斯兰教清真寺内按时召唤信徒做礼拜的专职人员。

就知晓她是希特勒狂热的追随者。无论在哪个国家，苏联或是德国，似乎总有许多人笃信，只要他们憎恨的人——资本家、托派分子、犹太人——死掉，天下就会太平。

伊朗到处都是从欧洲逃难过来的人。与西方不同，伊朗人收留这些人的时候没有大发牢骚。至于犹太人，他们今年已经全部从柏林消失了。从人们讲述的在东方所发生的故事来看，你不需要多少想象力就可以猜到他们的命运。厄纳肩章上是棕色绲边，所以估计她知道的比他更多。在这件事情上，阿列克谢倒是赞同汉斯叔叔。水晶之夜足以警示所有那些为德国所憎恶的人，不该再犹豫徘徊。他永远无法理解那种对家园的牵绊，对已知的眷恋，以及对未知的恐惧。可能即使他理解了也不会同情他们。凶手就在那，帽子上有红星或是咧着嘴的银色骷髅的那些人。他们在等待邪恶王子降临。所以，如果他们要你的命，你就跑，哪怕你只穿着睡衣。但他只是说："不，我不知道。"

"他们无处不在。我必须做点什么。"她喃喃道。

她肯定从未在敌后做过间谍。她平时可没这个胆量。"厄纳，怎么了？"

她问："你搞到卡车了吗？"

"这一两天我就能搞到最后一辆。"阿列克谢盯着她的脸回答道。实际上，他只买到一辆卡车，这样她就能够报告柏林。德国人给了他一千英镑，没想到换汇之后缩水得太厉害。马图什金若听到他这样讲定会吐血。"怎么了？"

"你需要加快速度。"

哦，是吗？但他还未开口就发现桌子上电台旁边的报文纸。行李箱打开了，摩尔斯电键、耳机都放在桌上。“厄纳，发生了什么？”实际上他并不需要知道她发送的内容，内务人民委员部早已获悉他们使用的频率和密码。苏联人在监视着一切。

“计划有变，”她说，“在空降主力部队之前，他们准备空降一个六人通信小组。”

阿列克谢立即警觉起来。“什么时候？”

“两天之后。”

“他们为何这么做？”阿列克谢急问，“时间这么紧？空降两批人？只有我觉得这是在冒险吗？”

她只是耸了耸肩。

“发生什么事让他们怀疑了吗？”阿列克谢问。他在解读她的表情，而他所看到的使他必须深挖下去。“你记得在报文上加控制符号了，不是吗？”这是一个特殊的词或几个字母，就像他在给苏联人情报的时候末尾会署上“大卫”。漏掉控制符号就表明你已被敌人俘虏，在他们的控制之下发报。

“当然了。”她答道。

不论是她的回答还是她的表情都无法使他相信。“你忘记了，你在其中一份报文中漏掉了，是不是？”阿列克谢说，“所以，现在柏林并不十分确定我们是否自由，所以，他们要派几个人带上自己的电台，然后再派斯科尔兹内。”

“我没必要听你说这些！”她喊道，冲进卧室，摔上房门。

这时，阿列克谢翻白眼了。又是一个麻烦，他希望马图什金不会对此大惊小怪。设想一下，即使没有他的任何帮助，她也可能一个人毁了整个行动。

但他却有种不安的感觉，有别的事情正在发生。从卧室的钥匙孔无法看到桌子，他已经确认过了。他检查了外部电台，确实是设在正确的频率。他翻了翻她用来草拟和加密报文的那叠纸。都是空白的。他检查了第一张纸，看看有没有轻微的印痕。如果她的报文是垫在这叠纸上，而不是直接垫在硬桌面上写的，那么用铅笔涂在纸上就有可能影出报文内容。不，纸上干干净净。

他在厨房附近踱步，思忖着这件事情。或许茶会有用？他将手放在炉子上。然后跪下来打开了炉膛。纸灰。报文烧掉了。有一块烧焦的纸片就在那里，完好无损，但仿佛一触就破。阿列克谢小心地将其捡起，放置于炉顶。报文纸将碎而未碎。

他从架子上的盒子里取出一盒厨房用的火柴，轻轻地将炉顶烧过的纸片立起来。阿列克谢跪在地上，死死盯着纸片，划了一根火柴，放在纸后。火焰照亮了烤成棕黄色的纸，然后燃尽了它。

他只辨认出来四个德语单词。阿列克谢将刚烧的灰烬扫至手中，倒进炉膛内。“第二计划”。第二计划？计划中他们未告知于他的部分吗？就因为他是陆军，他们都是党卫队？还是其他什么原因？

然后他只好大笑。他表现得像一名德国间谍，不像苏联间谍。苏联人截获了报文，报文很可能解释了第二计划。他为什么还要担心呢？他在伊朗，英国人没有对他狂轰滥炸。不管第二计划是什么，现在都成了内务人民委员部的难题了。

他瞥了一眼紧闭的房门。今晚没戏了。

第五十六章　1943年，伊朗德黑兰

“我不明白你为何要让我真的去租那栋紧邻你们安全区汽车大门的房子，”阿列克谢说，“我本可以直接报告德国人，就省掉了所有麻烦。”

马图什金这次一直在喝茶。“可能还会有其他德国特工监视着你的行动，所以，你为他们做的准备最好都是真实的。”

阿列克谢以前是农场上的孩子。因为有人把屎铲到他的靴子上他知道了屎，但他也知道要把它弄掉。“不得不说，设置安保围栏真是明智之举。”内务人民委员部立起了安保围栏，用四米半高的亮紫色帷布将德黑兰使馆附近围了起来。这是区域封锁的一个经济便捷的方式。没人能透过帷布进行狙击。即使是布也无须担心——整片区域都会由内务人民委员部端着冲锋枪的哨兵全程巡逻。除非验明正身，没有人可以踏进那里一步。里面应该还会有更小、更严格的安保区。他看到防空火炮已经就位。“如果我现在依然从事纺织品贸易，我可以给你最大的优惠。”

马图什金抱怨："够了。说吧。"

"很好。别忘了我还有第二处房子，在巴扎以南。"德国人想要一处中间位置的房子用来安置部队，以防引起对附近那个房子的注意。他不想赶回库姆的时候就自己住。那个厄纳，他越是与她云雨交欢，她反而越是难以对付，这样的女人他倒是第一次遇到。"两处房子都花了一些钱。"

"这个我们不关心。"马图什金说，随后，似乎想澄清一下，"只要你花的是德国人的钱。"

"这是自然。"他们称其为资本家。

"上级决定，让这个法西斯通信小组空降，然后抓住他们，让他们发送任务失败的消息。"

"你们不打算抓住斯科尔兹内和他整个部队？"阿列克谢问，他颇为惊讶。那又为何让他搞到那所房子？

"是的。"

"机不可失啊。"

"如果没有任何失误，我们当然很想把他们一网打尽，"马图什金道，"但事关斯大林同志的安危，我们不能冒丝毫风险。"

"你们拿主意。"阿列克谢说。

"别失望，"马图什金说，"暴露他们的阴谋，你做得不错，我们都看在眼里。还有一个意外的好处呢。"

"哦？"阿列克谢说。

"美国使馆位于郊区，"马图什金道，"你也知道，英国使馆就在我们街道对过。这次刺杀三巨头的阴谋暴露之后，美国总统罗斯福和他的人就有必要在会议期间留在苏联使馆。

这是出于安全的考虑。美国人已经同意了。”

“我明白了，”阿列克谢说，“他们在苏联使馆的时候，你们就会监听他们所有的私下谈话，偷看他们的秘密文件。”

马图什金咬了一口波斯曲奇饼干，然后擦掉嘴里溢出的无花果馅料。“外交的本质就是如此。”

阿列克谢说：“那么，这个第二计划到底是什么？”

“和你没什么关系。”马图什金答道。

“你不说？”

“我们不关心，”马图什金说，这次更坚决，“所以你也不应该关心。”

阿列克谢顺从地点了点头。但只要苏联人对威胁有所遮掩的时候，总是有需要担心的事情。无论他所服务的德国人，还是苏联人，双方都对他有所隐瞒。

第五十七章　1943年，伊朗库姆

他回来的时候，门外拴了一匹马。阿列克谢非常肯定，绝不是厄纳出去购物顺便买了匹马。

起初，他曾想过掉头离开，不回去了。如果门口是一辆汽车的话，他会这么做。但一匹马是怎么回事？出于好奇，他将他那辆菲亚特1500停到了很远的地方，步行跑到了邻居家。他和邻居打着招呼，仔细地观察他们的表情。

他与马图什金接头后苏联人开始过来盯梢，除此之外再无其他监视。假如还有其他人监视的话，那些苏联人早就离开了。

不怕一万，就怕万一。阿列克谢绕到房子后面，一离开邻居视线就掏出了手枪。他溜到后门，小心地移开他布置在那里的椅子，有人开门就会碰倒，发出声音。

刚进去他就听到了一个男人在同厄纳说话。他停下来听。只是闲谈。但这个男人的声音如此熟悉，他不敢相信。

阿列克谢端起手枪走了进去，那两人就像偷东西被逮住一般惊跳起来。

“别开枪!”厄纳大喊,“没事的!”

站在她旁边举着双手的正是保安总局一级突击队中队长兼武装党卫队上尉库尔特·雷斯勒。若非像德国人一样梳着背头,他的穿着几乎就是伊朗的部落服装。

阿列克谢不禁大笑起来,但手枪依然端在手里。“你过来做什么?”

雷斯勒终于开口:“我来联络你。”

富克斯中尉说:“沃尔特——”

阿列克谢问:“你怎么来这儿的?”

“骑马。”雷斯勒答。

“这我知道,”阿列克谢不耐烦道,“我看到你的马了。我是问怎么来的伊朗?”

“我在这里有一段日子了。”

他不可能是独自行动。那样不出一周,英国人就会抓到他。阿列克谢脑中快速思索了一番,肯定就是那一个仅剩的党卫队破坏小组,也就是马图什金所讲的尚未抓获的那个。他们依旧在活动,这就意味着不可能是雷斯勒在领导。

阿列克谢关上手枪保险,把枪塞进背后的枪套里。有时天意弄人,这种令人难以置信的巧合时有发生。“坐,”他高兴地说,“我看到你终于能够执行任务了。”而且逃离了汉斯叔叔将他扔到的地方。

“你们认识?”厄纳问。

阿列克谢从她的语气断定她在撒谎,雷斯勒肯定已经告诉她了。“哦,我们老早在柏林就认识,但我似乎从未记得在我的任务说明里提到你。”

“我从柏林接到指令，”雷斯勒道，“先头部队空降后，我将与他们会合。”

“你说谁？”阿列克谢问。他们俩都坐了下来，他依然站着。

厄纳站起来，递给他解密的报文。

阿列克谢看了一遍。是的，是给他们的。新命令。这没道理呀，但……实际上，他想了一下，这样对自己更有利。“好吧。你可以从我买的卡车中挑一辆。”

竟然没有就此争论，雷斯勒似乎有些惊讶。“不，我已经做了安排。”

“哦？”阿列克谢高兴道，“那你需要汽油吗？”

“我想到了一个更好的主意。”雷斯勒骄傲地说。

“保密吗？”阿列克谢询问。

“我买了七头骆驼。”雷斯勒道。

“你干吗？”阿列克谢说，不太相信自己的耳朵。

“骆驼。”雷斯勒说。

确认这个消息后，阿列克谢惊得停了下来。“你买骆驼。你出去买骆驼？”

“当然。”

当然了。他只能想象出雷斯勒在市场上挑的那些被虱子咬的怪物。“我很好奇。想问问，为什么是骆驼？”

现在雷斯勒变成了那个同傻子交谈的人。“当然是为了保密起见，骑着骆驼就可以混入人群。”

是呵，他怎么如此愚蠢？即使骑着骆驼，他们看上去肯定也是七个骑着骆驼的德国人。“所以，你们打算骑着骆驼去空投区，然后再去德黑兰？骑六十公里？”

“当然。”

“如果不介意的话，我再问一个愚蠢的问题。你之前骑过骆驼吗？”

雷斯勒轻蔑地瞥了他一眼。“我买的时候骑过。”

“很好。那么，你是准备把部队带到我之前在德黑兰准备的那所房子，还是别的地方？”

“德黑兰的住所。”雷斯勒道。

“你要地址吗？或者告诉你怎么走？”阿列克谢问。

“我已经交给他了，”厄纳插话，“也报告了柏林。”她又补充说。此时，她谨慎地躲离了阿列克谢拳头所能攻击到的范围。

“是的，中尉已经详细向我汇报了。”雷斯勒道。

“那就没问题了，”阿列克谢说，“还有什么我能出力的吗？”

“一切我都准备好了。”雷斯勒道，故作微笑。

“什么时候动身？”

“差不多马上。”

是啊，骑着骆驼肯定要花不少时间。“走之前吃点？要不喝一杯？我相信和卡什加人在一起渴坏了吧。”

“你对部落人了解多少？”雷斯勒急问。

“应该比你知道得多，”阿列克谢高兴地说，“除非你在那几句学生时代的法语之外还学会了波斯语。”

“我会说几句。”雷斯勒辩解道。

“我相信，”阿列克谢现在开始公然刺激他，“还是上尉？现在我也是了。”

“对，我听说了，”这时雷斯勒强装欢笑，“要不喝一杯。”

“伏特加？”阿列克谢说。这是他为厄纳准备的，只有这个东西能抑制她的焦虑。

“苏联伏特加？”那个词中带着那种怀疑的强调，这只有一名以前的反情报人员才能做到。

“我们现在所处的地方喝伏特加可比喝杜松子酒近多了。”阿列克谢说。他向厄纳点了点头，她起身取来三个玻璃杯。

“我以为你不喝酒呢。”雷斯勒说。

“我现在也一样，”阿列克谢说，“但我还是要小抿一口，祝你一路顺风，然后我就离开。”

“你要走？”雷斯勒问。

阿列克谢看了看手表。“半个小时后，我还约了人，再买一辆卡车。”

“你不早说。”雷斯勒道。

“不，我说了，”阿列克谢说，“你也知道，在这个国家，卡车可不是那么好弄的。我猜你是知道的，因为你没开车来。你的马看上去性情很温和。”他补了一句。

雷斯勒只是怒视着他。

阿列克谢也瞪着他。这不是在柏林，他们现在在他的地盘上。

富克斯中尉从椅子上起身，端起酒杯。“马到成功。”她赶紧说，女人的直觉告诉她，冲突一触即发。

能观看雷斯勒骑骆驼，让阿列克谢买门票都愿意，更不用说在沙漠里即将发生的一切。深夜里，脏兮兮的牲口，六个一辈子都没骑过骆驼的党卫队信号兵。用不着苏联人动手，雷斯勒和信号兵可能会因为他们的一意孤行而从此在世界上消失。

他们碰杯的时候，他没有说“马到成功”，而是“再见”。这个词似乎更准确。这个再见不是下次见面，而是永别。

第五十八章　1943年，伊朗库姆

阿列克谢沿着大街走到易卜拉欣先生的杂货店。他有一部电话。

“啊，我亲爱的瑞士朋友！”易卜拉欣先生招呼道。

阿列克谢微笑着。杂货店老板无所不知无所不晓。每个人都到他那里买东西，他到他们家里送食物，给他们赊账。如果他关心库姆的情况，这是一条很好的情报渠道。但他并不关心，他只是需要打个电话。他们握了握手，因为易卜拉欣先生认为那是与欧洲人的礼节。“祝您安康。”他用波斯语问候。

“也祝您安康，”易卜拉欣回礼，“要和我一起喝点咖啡吗？”

“等我打完这个简短而重要的电话，不胜感激。”阿列克谢说。

“请自便。”易卜拉欣先生说着，指向他算账柜台后面的那部老旧木制电话。

阿列克谢穿过顾客到了那里。商店周围是玻璃展示柜，柜台后面是货架墙。易卜拉欣先生的几个儿子正在将货架上的商品取下来拿给男顾客，女儿则在为女顾客服务。因为这里是库姆，不是德黑兰。

阿列克谢从电话架上摘下听筒，拨动磁电机摇把，打到当地的交换台。他重复了五次，才将接线员吵醒。他将马图什金的号码报给他。全世界的电话接线员都是女人，只有中东和苏联使馆例外。在任何时候，你不能指望男接线员的效率有多高。

使馆的接线员终于接通了马图什金的电话。他拿起了电话。阿列克谢用俄语说话，以迷惑正在监听这条线上的绝大多数人。他必须冲着送话器喊才能让对方听到。他快速而含糊地解释道："对，是这样。现在上路了。他，还有六个新来的，我猜你已经听所有人都说过了。是的，骆驼。我知道，我知道。你需要将那个也考虑在内，所以封路可能对你不利。对，如果事情越来越糟，在开会的那个房子。但以我对那个家伙的了解，最后的结果可能是所有人永远迷失在沙漠里。是的，我自己正赶往那所房子，以防他们成功到达。如果有需要，你将派人在那边支援我？我知道今天谁要来——别告诉我你人手不够。我知道你要多少人就有多少。是的，我知道自己又失礼了。好。我一会儿就开车往北。"阿列克谢将听筒放回挂架上。

"没事吧，我希望。"易卜拉欣先生道。

阿列克谢在他手里放了一些钱，易卜拉欣想要还给他，但并不十分真心，不过是一种客套罢了。阿列克谢把着杂货店老板的手，让他握住钞票，于是钱就进了易卜拉欣先生的口袋。“你明白生意是怎么一回事，我的朋友。总是有些麻烦。”今天丘吉尔先同罗斯福在开罗会面，而后飞过来。不知是因为这件事，还是因为斯大林已经到了德黑兰，反正马图什金已经开始紧张了。

“我们现在喝点咖啡如何？”易卜拉欣先生邀请道。

阿列克谢倒是颇为心动，尤其是因为易卜拉欣先生的夫人做的冰冻果子露十分美味，配上咖啡相得益彰。但他还想在天黑以前尽早赶到德黑兰。英国人在路上设置了检查站，开车需要多花一倍的时间。除了英国士兵和在外搜捕德国伞兵的内务人民委员部特种部队之外，还有太多紧张不安的手指扣在扳机上。至少他不想在交火时，他还在沙漠里候着。“我乐意至极，我的朋友。但要务缠身，我向您保证，下次一定。”

“愿上帝保佑你。”易卜拉欣先生道。

第五十九章　1943年，伊朗库姆

阿列克谢站在菲亚特汽车前，拍了拍口袋。他的钥匙哪去了？他又翻了一遍，这次更抓狂，然后他想起来：他把钥匙落到桌上了。

该死。他之前还差点儿要感谢雷斯勒，因为多亏了他，他离开的时候厄纳才没有像往常一样，没完没了地问他要去哪儿。好吧，现在也别无他法了。

阿列克谢径直从正门走了进去，但起居室空无一人。穿过厨房，他常放钥匙的桌子上也没有。这就麻烦了。

这时，他听到有声音从敞开的厨房窗户传了过来，于是立即蹲下，躲开他们的视线。雷斯勒和厄纳在后面。

“他总是在外面，”她说，“大部分时间在德黑兰。我觉得这就是他违抗命令把房子安在库姆这里的原因。他把我留在这里，不让我跟着，而且从来不讲他在做什么。你知道，德黑兰到处都是英国人和苏联人。”

“这就是你在报文中漏掉控制符号的原因？”雷斯勒问。

“是的，”她回答，“我怀疑他。”

阿列克谢气得张开了嘴。满嘴胡言的贱人。自己把事情搞砸了，现在想把责任推到他身上，而雷斯勒则是这件事最好的听众。这就是他没在沙漠里杀了她的回报。

“我不确定是否要向柏林汇报他的情况。”

“要汇报，”雷斯勒说，“一定要汇报。”

阿列克谢悄悄地溜到起居室，将无线电的晶体谐振器拽了下来，踩碎在脚底下。

回到厨房，他听到厄纳说，“我没告诉他第二计划，这样做对吗？”

“对，”雷斯勒说，“不管主力出于什么原因未能空降，我们也要继续干下去。现在好了，我蛰伏数年，就等着解决掉那个叛徒。”

够了。阿列克谢掏出手枪，走过那道厨房门。他们都惊呆了。雷斯勒掏枪比阿列克谢预想得要快，但这时阿列克谢已经准备好了。

他知道在对手倒下之前不能停止射击。雷斯勒身中数弹。事实上，阿列克谢以为要打光枪里的十三发子弹，雷斯勒才会倒地，这给了厄纳逃过街角的时间。

雷斯勒躺在地上，睁着眼睛，满是惊讶，他的嘴无声地翕张。阿列克谢从旁边跑过的时候，在他的眉心又补了一枪。至少他知道了是谁对他下的杀手。

等到他追过街角，厄纳已消失在了下一个街角。阿列克谢拼命追过去，但他知道她很能跑。发生在雷斯勒身上的事让她没有理由不奋力。

真巧啊，今天老天可是要把他逼疯。她选择逃跑的那条街正是他之前停放菲亚特的地方。现在他总算知道他的钥匙去哪儿了，因为当他转过那处街角时，她刚好爬进车里。

阿列克谢赶紧冲她开了两枪，然而弹夹空了。等到他换了新的，她已经呼啸而去。

枪声惊动了邻居，所以他彻底没戏了。他把布朗宁手枪藏了起来，两名一直监视他的苏联人跑了过来，掏出了托卡列夫手枪。

“去追她！”阿列克谢用俄语喊道，“她知道了我们的事情，现在往德黑兰跑。你们必须告诉马图什金，德国人还有一支队伍。那就是第二计划——他会明白的。他们已准备好攻击，现在可能已经在城里了。”

“另一名法西斯分子呢?”一名内务人民委员部特工问。

“死了。”阿列克谢答。

他必须表扬他们，他们没有磨蹭。不一会儿，他们开着车出发了。阿列克谢但愿他们车上有电台。

他跑回住处，抓起停在后院的另一辆车的钥匙，一辆雪铁龙P45卡车。这辆车追不上菲亚特，但起码能将他送到德黑兰。

第六十章　1943年，伊朗德黑兰

老旧的法国卡车从坑坑洼洼的库姆公路开到德黑兰平整的街道，一路喘震颠簸。街上的汽车依然比马车要多。此时他来到了城市南边离集市不远的地方，街上是穿着各国军装的士兵。或者，如果是英军，那就是一个国家、穿着不同军装的士兵。

经过火车站后，穷人东倒西歪的木房子逐渐变成了坚实的砖墙、整洁的街道。阿列克谢选择的这所房子远离繁华的市中心，却有喧闹的街头店铺。

有人在那里。他离开的时候特意将窗帘拉开了，现在所有的窗帘都拉得严严实实的。可能厄纳到了，已经进去了，而苏联人还在后面追？

阿列克谢没有停下来，而是开过去了。他知道这附近有电话的地方是一家药店。他将卡车停在药店前，店里全是老旧的深色木头和玻璃橱柜，上面摆满了瓶子，柜台上有老式的天平。你几乎能闻到尘土的味道。

“我得用一下你的电话。”他冲进去喊道。

药剂师是一名头发灰白的老人，老态龙钟，似乎随时可能归西。他情急之下结巴起来。“我……你不能……我接到命令……”

阿列克谢直接将钱甩到他身上，拿起竖立式电话。

苏联使馆的总台终于接了，那种怀疑的语气一如往常，仿佛只有他们国家的敌人才敢给他们打电话。马图什金没接通。当然，接线员不敢将任何内务人民委员部特工的电话接给他。这毕竟是苏联使馆。邻居们都不存在了。这是在刺激他们暴露身份。阿列克谢危言恫吓，但没奏效。他将听筒摔到挂架上，冲了出去。

他将卡车停在那里，沿着街道小跑，匆忙之中制订了一个计划。当然，他以前进每栋房子之前都会事先确定逃跑路线，而这次，逃跑路线就是他进去的路。

房子后面有一堵矮墙，以前是用来拴马的。伊朗所有有钱人的房子都有院墙，以抵御外面动荡不安的世界。阿列克谢爬上去，沿墙走到拐角处，靠向房子一侧，然后他爬到附在外墙上的棚架，借此爬上二楼。他的偷盗生涯教会了他一件事，那就是一定要从上层潜入屋内，因为那里的门锁没有底层那么好，防守也没有底层那么严密。他攀在棚架上，向前一越，将刀子插进最近窗户的缝隙中，手腕一转，窗户滑开空隙，足够他将手指塞入，打开窗户。自始至终，他的动作都十分缓慢，悄无声息。

紧紧抓住窗框，从棚架上起身，阿列克谢在半空中悬了一会儿，然后才爬进窗户。他先是用双手支地行走，然后整个身体都爬了进来。

他蹲在那里，手伸到背后，拔出腰带里插着的布朗宁手枪。他小心地等待，侧耳静听。如果你有耐心，这所房子总归会透露究竟有什么人在里面。可几分钟过去了，什么动静也没有。

阿列克谢小心翼翼地穿过房间，不让地板发出声响，进了楼上的大厅。他将手枪上膛，严阵以待。假如此时有人突然在背后出现，他将难以招架，所以他先查看了一遍楼上的房间。什么都没发现，但浴室有使用过的痕迹，而且还不止一人。女人总是会留下蛛丝马迹，而且绝不会把毛巾留在地上。

现在赌一把，下楼。因为如果有人在，而且听见了他，那里就是他们所有武器对准的地方，等着他现身。

阿列克谢不会让他们如此轻易打死他。他爬到木扶梯上，横坐着滑下来，就像当年在孤儿院大人不在的时候他经常做的那样。快到底的时候，他跳了下来，张开胳膊，半蹲着落地，举着手枪。没人向他开枪。

他看到起居室里有奇怪的东西，但他非常谨慎，没有直接走过去，而是溜到角落，检查起一楼的其他地方。谨慎起见，他甚至打开了所有壁柜和橱柜。空无一人。但他放在储藏室的食物都被吃光了，水池里堆满了盘子。到底是怎么回事？

既然已确认只有他一人，他就回到了起居室。放在起居室中间的那个东西他一眼就认出来了：武器吊舱。这是一个有斜面的圆柱体容器，有一米半长，是德国伞兵部队空投武器用的，有伞包的一端是空的，另一端是波浪状的金属减震器。涂有沙色迷彩的吊舱打开着，周围有许多MP 40冲锋枪用

9毫米子弹64发装的纸板箱，已经打开而且空了。另外还有手榴弹箱，雷管和保险引信箱，一个丢弃的野外爆炸装置上的测试灯，还有一些他从未见过的空的木板条箱。这些都是敞开放置，里面有一个架子用来放置两种弹药。但会是什么呢？

阿列克谢翻看封盖。前面印着“RMun 4322”。是4322型火箭弹？那又究竟是什么东西？43……43打头的肯定是新式武器，是今年新研发的？新在哪里？他有些焦虑，于是努力镇定下来搜索记忆。真他妈该死！一句俄语的咒骂脱口而出，是RPzB 43。43型反坦克火箭筒，德国仿制美国巴祖卡火箭筒的新式武器，它可以在一百米开外发射反坦克榴弹。

一辆汽车停在了外面。阿列克谢跑到窗口。是一辆美国车，却喷着暗绿色的军用涂装。下车的两个人绝对是穿着便装的苏联人，不是从库姆来的那两个，但绝对是内务人民委员部的人。

他们还没到门口，阿列克谢就拉开门，小心地将握枪的手藏在门后。

两个苏联人伸手去摸枪。

“住手！”阿列克谢用俄语说，“别紧张。我是大卫。”

那两个苏联人放松下来。“我们是马图什金派来的。”领头的那人说。

“快点，进来。”阿列克谢着急道。

他几乎是将这两个人拽进门，带到空投武器吊舱那里。“你们知道依然在逃的党卫队破坏小组吗？”

苏联人似乎波澜不惊。“我们知道。”领头的人说。

“好吧，你们看不见吗？”阿列克谢现在几乎是喊道，“他们之前就在这里。他们有冲锋枪，可能还有一挺机枪，确定有一支新型火箭发射器，可以在百米之外炸掉坦克。这就是暗杀阴谋的第二计划。”

“我们知道这些。”领头那人平静道。

阿列克谢此时几乎发狂了，“你们知道？那你们知不知道如果他们此时不在这里，就在安保区车辆出入口旁边那栋房子里，还带着榴弹发射器？他们现在他妈的没在这里！如果你没有无线电，就必须找个电话通知他们。”

“别担心。”领头那人道。

“别担心！”阿列克谢喊道，“你疯了吗？他们要杀三巨头。”

“我说别担心，”领头那人重复道，平静得似没事人一般，“斯大林同志和罗斯福在我们使馆里很安全。”

“但丘吉尔今天飞抵！”阿列克谢吼道，似乎只有音量才能往他们的头脑中灌进去一点理性。“他将从机场开车过去——”突然他停下来，不说话了。整个残酷的现实突然在他脑中清晰了，他几乎被自己的话给呛到。“一切你们都知道，你们早就在盯着他们了。你们想先让德国人杀掉丘吉尔，然后再消灭他们。”

两个苏联人面面相觑，然后领头的说：“不要去想那些与你无关的事情。”

阿列克谢已经很长时间没有与如此典型的苏联人说过话了。察言观色，曲意逢迎，苟且偷生。他立即改变态度，做出一副典型的俄式顺从姿态。“当然，同志。”他谦逊道。

两名内务人民委员部的人放松了警惕。

阿列克谢举起手枪打死了这两个人。

第六十一章　1943年，伊朗德黑兰

确认内务人民委员部的这两个人死了之后，阿列克谢立即开始在包装箱和空投武器吊舱里翻找，看看是否有他可以利用的东西。

现在别无选择，他很清楚内务人民委员部的行事方式。如果他不在他们谋划的圈子里——显然他不在，那么他就已经被列为清除对象了，只要任务一结束他就会消失。

在德国人丢下的杂物里散落着一些9毫米子弹。他捡起来装满了手枪弹夹。在空投武器吊舱的底部有一个帆布包，里面有四板一公斤重的TNT炸药，显然是他们不需要才丢弃的。没有雷管或者引信。如果没有引爆物，它们与板砖无异。先不管了，或许会出现什么能用的东西呢。他将包的背带搭在肩上。

一只盖着的手榴弹金属箱就在那堆打开的空箱子旁边，里面整齐地码着三枚24型柄式手榴弹。这种木柄手榴弹被德国人称为“土豆粉碎机”。箱子里原本有八枚。阿列克谢抓起一枚，将木柄从炸药包处拧下，看看里面的雷管。这不是那种会在手中爆炸的零延迟手榴弹。他们肯定带了足量的手榴弹，才将这些多余的丢弃了。

他将三枚手榴弹插进腰带，跑出房门。

内务人民委员部那两人的汽车是美国雪佛兰1500系列，从美国军方租借的。苏联人甚至懒得重新喷漆。他还巴望着车里能有些武器，但不走运。

阿列克谢发动引擎，开车上路。他不停换挡，换到最高时一脚油门直踩到底。他的运气不太好。他一直希望有另一个办法，事实上任何其他的办法都行，只要不是全速开车赶往布满德国杀手、处在同盟国士兵枪口之下的那所房子。可惜他别无选择。

阿列克谢双手钳住方向盘，一刻未停地穿过德黑兰的一个个路口。仪表盘上速度计读数为80，即使美国车的发动机没有反应如此剧烈，他也知道单位是英里而不是公里。

在一个车辆众多的路口全速转弯时，他碰倒了一名伊朗交警插在路中间的遮阳伞。那个倒霉蛋跳开了，才捡回一条命。转弯时雪佛兰的轮胎发出尖厉的声音。阿列克谢驶入人行道，绕开堵住他去路的车流。一路上他只降过这一次挡。

一匹拉车的马惊慌失措，若不是马车翻了拽着它，这匹牲口怕是要逃走了。在下一个路口，他将另一辆车撞离了车道。

他快要到了。他从腰带中拉出一枚手榴弹，用嘴咬住手柄顶端的金属盖，把它打开。盖子摘下以后，他将拉绳的瓷珠抖了出来，将手榴弹的头部塞进了旁边座位的缝隙里。

路上严严实实地挤满了车，前方两侧的交通都堵上了。阿列克谢拐上人行道，行人纷纷跑开避让。他现在可以看到房子了，他租的那套就在该死的安保围栏旁边。他可以看到楼上的窗户开着，足够从中架起一支该死的火箭筒。

他混乱的出场绝对不是意外。他从旁边飞驰而过的时候，阻断交通的两名苏联宪兵冲着他打光了手枪里的子弹，但他们也很有效地赶跑了路口的所有车辆。就在他抄近道时，阿列克谢看到一支车队就停在前面的车辆入口，那个著名的肥胖身影正悠闲地站在轿车旁抽雪茄。

别无选择了。阿列克谢将这辆雪佛兰正对着房子开去，从座位上抓起手榴弹，左手手指夹住瓷珠，猛地一拉，启动擦发引信。

雪佛兰加速穿过路口，阿列克谢打开驾驶座车门，身体侧出，只留左手抓着方向盘，让自己不掉下去，然后用力将手榴弹扔进了房子楼上开着的窗户里。一阵弹雨打爆了挡风玻璃，如果他在方向盘后的话，早就死了。他能感觉到子弹在四处横飞。他连忙回到车里。

雪佛兰撞在房子一侧，巨大的冲击力使阿列克谢弹起后砸在仪表盘上，又摔到车内底板上，将他肺里的空气都撞了出来。他一时间失去了意识。他觉得他听到了爆炸声，但究竟是手榴弹的爆炸声还是车撞在房子上发出的巨响，他不确定。

阿列克谢立刻起身，体侧的刺痛使得吸气都变得困难了。他从原来挡风玻璃所在位置的大洞里爬了出来，爬过引擎盖后，进入房子里。雪佛兰一半在房子里，一半在房子外。阿列克谢蹒跚着穿过起居室，碎砖石木差点儿让他摔了一跤。

空气中扬起的尘土还未落定。这时，一阵冲锋枪雨从楼梯顶上猛射下来，这说明上面还有德国人活着。为了阻止他们冲下来，阿列克谢拔出手枪，朝着大致方位开了几枪。

楼上又来了两次长时间的冲锋枪扫射，打穿了地板。子弹密密麻麻，将石膏打得到处都是，阿列克谢连忙打了一个滚，离开了子弹的路线。这时，一枚手榴弹从楼梯上扔了下来，砸到墙上，又弹进房间里。

他熟悉这所房子。他扑进隔壁房间，同时疯了似的从腰带中拽出一枚手榴弹。

伴着震耳欲聋的声音和冲击波，德国人的手榴弹爆炸了。阿列克谢了解他们的训练模式：他们会趁着手榴弹的震慑作用，冲下楼梯射杀他。他站了起来，猛拉引线激活手榴弹，然后跑了回去。那个房间里弥漫着爆炸后腾起的浓烟。

一。

尽管他看不见，但他清楚楼梯上方在哪里。阿列克谢用左手拿着手枪冲着楼梯上方一通乱射，只是为了将他们逼回去。

二。

手榴弹的引信已经充分燃烧，这下他们就无法捡起来再扔给他。他以一定角度将手榴弹朝楼梯上方扔去。如果直接扔，他们就会开枪打他。手榴弹砸到墙上，弹进了楼上大厅。他已经做好准备，万一失手就赶紧跑，但它在楼上爆炸了。

两次爆炸已将他震聋，他已无法听到上面任何的脚步声。这样反而好，管不了那么多了，因为他的时间不多了。若是孤身一人拿着手枪对抗冲锋枪，他不是被楼上的德国人打死，就是被随时可能冲进来的苏联人打死。

怎么办?

经过刚才两次爆炸，他还有一些头晕眼花，脚下前后踉跄，就像他此刻在逃跑和战斗之间犹豫不决。他只剩下一枚手榴弹和一只弹夹，上面随时都可能再朝他扔一枚手榴弹。这次德国人肯定会吸取教训，跟进更快一些。

正是他的前后晃动，让他想起自己背上还有一包TNT炸药。他一开始跳进车里的时候就没将它取下来。

阿列克谢取下背包，将最后一枚手榴弹头朝下塞进去，然后用背带将包扎紧，使TNT炸药板紧贴着手榴弹。他拧开手榴弹的底盖，抓住瓷珠，深吸一口气，猛拉，跑。

一。

他的路线正好要经过楼梯口。当他冲过时，一阵冲锋枪向下冲他扫来，但稍稍慢了那么一瞬。

二。

进了厨房。他没有停下脚步，抓起一把椅子放在身前，就像中世纪骑士的长矛。

三。

阿列克谢跳起——椅子砸开厨房窗户，他跟着椅子跳到了外面，重重地摔在地上，疼痛似电击般瞬间传至两只手肘。他爬起身，不停地跑。

四。

整栋房子爆炸了。

包里的炸药不足以将整栋房子炸成碎片，但当TNT瞬间从固体变成高速气体时，气体的切割力能找到任何结构的弱点。所有窗户都爆裂了，碎木头和碎玻璃也都变成了炮弹和子弹。屋顶被掀飞，部分又落了回去，其余的爆炸威力则消化在房子内部。整个街区晃动得如同地震。

冲击波再次将阿列克谢肺里的空气抽了出来，同时又将他拍在地上。爆炸刚过去，他就摸爬着寻找安全的地方，这个无意识的举动纯粹是出于求生的本能。房子的碎片在他的四周纷纷落下。

当他终于低头看时，这才发现自己在隔壁一条街的中间。爆炸过后，整个区域笼罩在一片浓烟之中。阿列克谢意识到这是绝佳的掩护，不想自己被枪打死也只能靠它了。他蹒跚着穿过街道，走到他所能看到的最近的一扇门跟前。他想打开，但门锁了。阿列克谢退后几步，一脚踹开门。他的思维极其缓慢。他摸了摸外套口袋。不，手枪早就不见了，是在地上打滚的时候掉了吧。但他还有刀子。早在他登上容克飞机前往伊朗之前，他就把自己的幸运俄国小折刀塞在内裤里的口袋中了。

“有人吗?”他用波斯语喊道。没有回应。门边上有一把椅子，那是用来坐在那里脱鞋的。他将椅子抵在门把手下面。

他拔出刀子，蹑手蹑脚地上楼。没人在家。可能这个片区的人都去串亲戚了，省得每次出门都会被士兵拦下来搜身。

楼梯上面，有一架梯子通往一扇门，门外就是平楼顶。阿列克谢谨慎地探出脑袋，看到楼顶上放着几把椅子。因为没有院子，楼顶就是好天时呼吸新鲜空气的地方。

他在楼顶上爬行，以免暴露自己。他抬眼从楼顶的边缘望过去，看到了苏联作为安保围栏的紫布，以及从那里往街上跑的士兵。棕绿色的军装。肯定是苏联人。偶尔传来一串急速的冲锋枪响。总是有神经质的笨蛋对着影子开枪，但混乱对他是有利的。

街边的房子连成一排，所以他面前相连的屋顶至少有两百米长。他一向喜欢屋顶。阿列克谢缓慢地向安保围栏那个方向爬去。他很有耐心。

从倒数第二个屋顶上面瞥去，阿列克谢看到一个苏联士兵在那边的房檐上探出身子，观望着下面街道的情况。

阿列克谢以他老练的目光观察着那名苏联哨兵，然后看了看手表，在屋顶上摊开四肢，让自己舒服一些。再过几个小时天就黑了。那个苏联人看起来和他身材相仿。

第六十二章　1943年，伊朗德黑兰

英国大使馆的守卫在午夜时分换了岗，现在是凌晨3点。那名列兵沿着大使馆院墙里面的那条路巡逻。他的右侧就是使馆公园小树林开始的地方。德黑兰11月的夜晚，他穿的羊毛作战服外套有点过于单薄，为了暖和一些，他哈着白气，走得很快。他的步枪挂在肩上。他很想抽一支烟，但他知道假如他点了烟，混蛋警卫班长肯定会抓到他。他到了该他巡逻的那段墙的末尾，四处张望着，结果发现一支苏制冲锋枪的枪管正对着自己。

“请不要出声。”阿列克谢用口音很重的英语说。

列兵咽了口唾沫。

“我不想伤害你，”阿列克谢说，“如果你听懂了，请点头。”

列兵点头。

“我要你带我去见英国情报高级军官，”阿列克谢说，“这很重要。你明白吗？”

列兵又点头。

“很好，”阿列克谢说，“你可以拿着这个。”他递给列兵那把PPSh冲锋枪。

列兵接了过来，他望着手里的冲锋枪，又看了看阿列克谢，然后喊道：“警卫班长！”

第六十三章　1943年，伊朗德黑兰

阿列克谢依然穿着偷来的那身苏联军装，衬衫上衣的扣子开了一半，露出肋骨骨折后缠上的弹性绷带，脸部和颈部被玻璃划开的伤口上贴满了胶布。他双手放在膝盖上，镇定地坐在那里。透过衣服，他能感觉到他那把幸运折刀坚硬的轮廓。在搜身方面，英国人做得不比其他人好。

一名戴着上校军衔的英国军官坐在他对面，前面摆着一本写满笔记的拍纸簿。他们已经坐了很长时间。

门把转动，门开了。那位伟人走了进来，没有任何排场。那人抽着一支雪茄，穿了一身他也曾穿过的那种领部开口、滑稽可笑的连体跳伞装，腰上的布带扣得很松，胸前有两个大口袋，胸口处有一条拉链。

阿列克谢肃立。

温斯顿·丘吉尔一挥手，将雪茄从口中取下。那著名的嗓音说："他们跟我说，你救了我一命，年轻人，把手给我。"

在英国上校护卫犬一般警惕的注视下，阿列克谢身体向桌子探去，和丘吉尔握手。

丘吉尔松开他的手，带着一种纯粹的贵族威严示意他坐下。他一言未发，坐在了上校的椅子上。

阿列克谢闻出了雪茄的香味，古巴产的罗密欧与朱丽叶系列。那也是汉斯叔叔的最爱。

“你的故事与我有关，”丘吉尔道，那个著名的咬舌音在近距离听得尤其清楚，“非比寻常。如果你不介意，我自己也有几个问题。”

“悉听尊便，先生。”阿列克谢希望自己说的是正确的英语，因为他都是从书里看来的。

丘吉尔眼中闪过一丝喜悦。接着，他的眼神都变得严肃起来。“他们告诉我，你是地道的苏联人，对吗？一名苏联情报军官。”

“是的，先生。”

“七年间，你一直伪装成德国人，最终加入了他们的军队，成了一名德国情报军官？”

“是的，先生。”

“不简单，实在不简单。”

丘吉尔听上去好像对此种历险颇有些神往。阿列克谢想，假如他告诉这个人，自己卷入整个事情都是被逼无奈，是否会使他失望呢。他每次都是被人用刀架在脖子上。

丘吉尔恢复了严肃，道：“我的问题是，作为苏联情报军官，你觉得这件事会不会是某个低级军官自己策划的呢？”

“不可能，先生，”阿列克谢立即回答，“绝无可能。在苏联没人敢做这样的事情。谁都不敢，哪怕是贝利亚。确凿无疑。”

丘吉尔严肃地点了点头，抽了口雪茄，似乎陷入了沉思，尔后说：“我知道只有一个人知道这个问题的答案，但或许你能帮我分析一下，他为何要这么做。”

“您是指策划暗杀您吗，先生？”

“是的。”

“我只能猜一猜。”

“望不吝赐教。”

“您一直反对布尔什维克，先生。从十月革命开始，一直是共产主义的死敌。而他的信条是，待时机成熟，消灭一切敌人。”

丘吉尔注意到了他的犹豫。“然后呢？”

“德国人愚蠢地嘲笑他们。我不知道苏联人怎么想，但明眼人都能预见美国人将在战后崛起。或许，先生，他能够轻而易举地说服他们住进苏联大使馆，在那里他们所有的内部谈话将被内务人民委员部的人录音，所有机密文件将被窃阅，也许他觉得，如果没有您站在美国人身边，他就能够更轻易地在所有事情上说服他们。”

这时丘吉尔带着怒意沉声道：“他愿冒着滔天大险？”

“并不算什么大险，先生。内务人民委员部所做的一切就是自己让开，让他们一直监视的党卫队暗杀小组在房子里就位。那所房子是我给他们搞到的，但从未打算使用。我听说苏联人在门口拦下了您的车，要求出示身份证明。是在我来之前的那段时间吧？就好像他们不知道您是谁。”

丘吉尔点头。

“他们知道像您这样的人是不会在兜里揣身份证的。所以，你才会遇到一名过分忠于职守、将英国首相拦在门外要求出示身份证件的苏联列兵。不知变通、愚蠢地执行命令，任何了解士兵的人都会笑。我猜您在等着管事的人过来澄清误会的时候，一定也笑了。”

丘吉尔露出了那众所周知的、斗牛犬似的愠怒表情，又点点头。

“苏联人只需让您变成一个固定的靶子，先生，给德国人足够的时间瞄准。他才不在乎刺杀中会损失几十个苏联士兵呢。如果德国人成功了，所有在大门附近的苏联人，所有接到命令拖住你的人都会因安保不力罪而被枪决。刺杀你的德国人自然也会全部毙命。莫洛托夫会带着精美的花圈出席您的葬礼，很可能会动情而泣。为了纪念您，他们可能会将莫斯科的一条街道以您的名字来命名。但如果德国人失败了，英勇的苏联士兵就会获得解救英国首相的美名。成败概率极为接近，所以，大家都同意将这件事永蔽于天下。所有逐级接到命令的人都会被枪毙，永远闭嘴。他是在冒险，而他不会有任何损失。迫于需要，今天您依旧是他的盟友，但您绝不会喜欢他。这就是他一贯的作风，先生。在苏联他可没必要如此小心。”

丘吉尔又盯着他的雪茄。“他在苏联的所作所为就如我所想的那般邪恶吗？”

“现在集中营里关着的人比你们全国的人口都多，先生，如果不在那里，他们就会被赶到德国人的枪口下。地下黑牢里被随意射杀的人不计其数。”

丘吉尔点点头，似乎这正是他所期待的答案。“最后一个问题。不要误解我，年轻人。我很感激你救了我一命，但我很好奇你为何如此大费周章地来做这件事情。”

阿列克谢知道这个人经验极为丰富，他不会相信别人告诉他这人拼死救他是出于正义，直觉告诉他要说实话。“先生，我在柏林的时候，曾报告说德国将在何时、以何种方式入侵苏联。我相信还有别人也提醒过他。”

“我也提醒过他了。”丘吉尔插道。

“是的，先生。他全都置之不理。最后，向他提供这条情报的所有苏联人都得死。他不会容许别人知道是他对情报置之不理，任由希特勒入侵，几乎侵占了整个苏联。他决不能。”

丘吉尔又对着雪茄上方出神。

和汉斯叔叔很像。阿列克谢觉得这是一个思索时让所有人等候的好办法。“如我此前所说，先生，每个知晓这场阴谋的苏联人，即使是最高层，迟早也会被清除。”

“像你这般能力出众的人也无法消失得无影无踪吗？”丘吉尔问。

“我不想这样，先生。”阿列克谢回答道。在他那张不露声色的俄国面孔后面，隐藏着燃烧的怒火。他救了这个老混蛋一命。他不企望他们像俄国人一样亲吻他，但他要跪下来乞求大英帝国庇护吗？好吧，不得已的话他会的。

丘吉尔吐出一口古巴雪茄烟。“你真是个厉害的家伙，不是吗？”

这并不是一句夸奖。阿列克谢没指望谁理解他的经历，他只说了一句，“俄国有句老话，先生，要想活在狼群中，你必须表现得像头狼。”

一丝悦色从丘吉尔脸上倏然闪过，似乎他本来期待别的回答，而这句则让他更喜欢。他站起身，阿列克谢和上校也一同站了起来。他再次伸出手，“再次谢谢你，年轻人。我们对拥有你这样才能的人寄予厚望。上校——”

他刚要报出上校的名字，就被上校毫不掩饰的警告目光制止了。

“很好，”丘吉尔道，也几乎毫不掩饰被人纠正错误后的愠怒，“这位上校会和你讨论这些事情。”

“先生。”阿列克谢说，满脸困惑。寄予厚望?

他们一直站着，直到丘吉尔走出房间。房门关上后，两人坐下了。

上校迫不及待地点了一支烟。“首相觉得香烟不健康。每天十支雪茄，那才不健康。”

“寄予厚望?”阿列克谢问。

上校挥了挥手中的火柴，“和你一起的那个德国女人在城郊撞到了桥上，死了。”

阿列克谢点头。意料之中。内务人民委员部做得很利索。“寄予厚望是什么意思?”他重复道。

上校吸了一口烟，“你加入我们是千载良机。我们打算将你作为我们的特工，安插回德国。我们已经通过瑞士开始谈判，用你交换一名被德国囚禁的英国情报军官。”

阿列克谢只是点头。英国人笑了，以为他同意了。但对阿列克谢来说，这完全是他早就预料到的情节啊。

这就是你傻乎乎地和盘托出的结果。

第六十四章　1943年，伊朗德黑兰

英国陆军通过体型来选拔宪兵，就像警卫团一样。不同的是，遴选警卫要考虑身高，这样在举办活动的时候看起来才整齐划一。宪兵则是用于威慑。这两名宪兵并排行走，堵住了使馆的整条走廊。橄榄色作训服带着精致的折痕，黑色军靴泛着光泽，绑腿是白色的，手枪武装带也是白色的，制式军帽上面是宪兵标志的红盖。极不协调的是，其中一个端着餐盘，上面盖着东西。端餐盘的是那名一等兵，中士则空着手。

“别数了，”一等兵道，“一份不错的油煎菜，鸡蛋，面包，还有茶。他们吩咐，要好好招待，可以在床上吃早餐，但必须关起来？”

“不用数，”中士用中士该有的口吻说，“你只需把那破早餐拿给那家伙就成。”

“他是个间谍，对吧？”一等兵问，“我听说雷吉·斯迈思执勤的时候被他吓了一跳。他进到院子里，没人看到，也没声音，从草丛里突然蹦出来，拿一把冲锋枪顶在雷吉脑门上。还和丘吉尔本人进行了交谈。”

“你再瞎讲，小心进军事监狱，”中士抱怨道，“你知道宪兵被关起来是什么下场。”

他们在门口停了下来。

“等一下。”中士道。他左手拿好钥匙，松开枪套的按扣，露出恩菲尔德左轮手枪的枪柄。

一等兵看了他一眼，像是在问要不要这么大惊小怪。

中士用拳头砸门。“早餐，先生。”

他们都微微前倾，但无人应门。

中士耸肩，将钥匙插进锁孔。

“估计他还没穿好衣服吧。”一等兵笑道。

“跳梁小丑。”中士道。他转动钥匙，将门推开。

房间空无一人。阿列克谢·伊万诺维奇·斯米尔诺夫不见了。

“我操！”一等兵惊呼。

“我他妈这下惨了。”中士悲哀地喊道。